迦陵談詩二集

葉嘉瑩

三民書局

國家圖書館出版品預行編目資料

迦陵談詩二集／葉嘉瑩著.－－三版一刷.－－臺北市:
三民, 2019
面； 公分.－－(葉嘉瑩作品)

ISBN 978-957-14-6495-4 (平裝)

1. 中國詩 2. 詩評

821.886　　107018147

© 迦陵談詩二集

著作人	葉嘉瑩
發行人	劉振強
著作財產權人	三民書局股份有限公司
發行所	三民書局股份有限公司
	地址 臺北市復興北路386號
	電話 (02)25006600
	郵撥帳號 0009998-5
門市部	(復北店) 臺北市復興北路386號
	(重南店) 臺北市重慶南路一段61號
出版日期	初版一刷 1985年2月
	三版一刷 2019年1月
編號	S 820320

行政院新聞局登記證局版臺業字第〇二〇〇號

ISBN 978-957-14-6495-4 (平裝)

http://www.sanmin.com.tw 三民網路書店

緣起

葉嘉瑩教授專長於中國古典詩詞，從事教學、研究多年，成果斐然，蜚聲海內外。

本局出版葉嘉瑩教授的五本詩詞論著作品：《迦陵談詩》、《迦陵談詩二集》將感性之評賞與知性之理論相結合，引領讀者細品詩歌的精神和生命；《清詞選講》看十位清代詞人如何在國破家亡的巨大黑暗中，創作出瑰麗耀眼的詞作；《迦陵談詞》品賞晚唐到兩宋等詞家的風格特色，提出迥異於舊說的新見解；《好詩共欣賞》評賞陶淵明、杜甫與李商隱三位風格各異的詩人作品，以傳統詩論與西方理論細細品味詩中趣味。這五本著作賞詩品詞無不深入淺出，不僅引領讀者涵泳於詩詞作品中，更能覓得與己心同感之抒懷。

本局秉持好書共讀、經典不輟的理念，重新設計版式、封面，期為古典帶來新意。誠摯邀請讀者，品賞古典詩詞的動人韻致，憶起曾觸動心弦的詩詞美句。

三民書局編輯部　謹識

迦陵談詩二集

目次

鍾嶸《詩品》評詩之理論標準及其實踐

氣之動物，物之感人，
故搖蕩性情，形諸舞詠。

鍾嶸《詩品》乃是中國文學批評史中第一部評詩的專著，在開始討論這一本書的內容理論之前，我想我們應該先對作者寫作本書之年代及其寫作之動機略加介紹。

根據〈詩品序〉所云：「其人既往，其文克定，今所寓言，不錄存者」的話來看，可見《詩品》中所論及的作者皆當是已去世之人，《詩品》中曾錄有沈約，而沈約卒於梁武帝天監十二年❶，故《詩品》之成書必在天監十二年之後。就當時之時代背景言之，則南朝諸帝王莫不愛好文學，影響所及，故作家莫不各逞才華紛紛致力於辭藻及聲律之美的研求，在這種風氣之下，鍾嶸的《詩品》一方面表現了矯正風氣重視內容情意的深遠的用心，一方面卻也未免受時代風氣之影響，對於一些文辭較為質樸的作者降低了對他們的品第的高下❷。

至於《詩品》一書之寫作動機，則據其序文所言：「今之士俗……庸音雜體人各為容，……觀王公搢紳之士，每博論之餘，何嘗不以詩為口實，隨其嗜欲，商榷不同，……喧議競起，準的無依。近彭城劉士章俊賞之士，疾其淆亂，欲為當世詩品，口陳標榜，其文未遂，感而作焉。」從這些敘述來看，可見鍾嶸撰寫此書之動機乃是有見於當世寫

---

❶《梁書》卷一三〈沈約傳〉。

❷ 如陶潛之列於中品，曹操之列於下品，一則被鍾嶸目為「質直」，一則被鍾嶸稱為「古直」。

詩之作者雖眾，而對詩之評價卻沒有一定之標準，因而乃想要為詩歌定出一個品評的標準，把詩人分別出高下的品第來。像這種品第高下的觀念，實在曾受了魏晉以來九品論人的影響，與沈約之《碁品》❸、庾肩吾之《書品》等，都同樣是這種風氣之下的產物。

《詩品》之內容當然主要乃是品第詩人之高下，而對之分別加以批評的按語。除此以外他也還對一些較重要的詩人做了一番推源溯流的工作。關於他所做的這兩件工作，過去雖曾受到不少讚美，但也曾受到不少批評。先就推源溯流一方面來講，《詩品》所曾加以品評的詩人共有一百二十二人，鍾嶸對其中三十六個較重要的作者，都曾分別指出其淵源流派，而一一上溯，則歸源於《詩經》及《楚辭》二大主流。對此種推溯加以讚美者如章學誠在其《文史通義》中即曾云：「《詩品》之於論詩……專門名家勒為成書之初祖也……《詩品》思深而意遠……深從六藝溯流別也，論詩論文而知溯流別，則可以探源經籍，而進窺天地之純，古人之大體矣，此意非後世詩話家流所能喻也。」❹又如陳延傑〈讀詩品〉亦曾云：「《詩品》既為三十六人溯厥師承，使後世得以探其源而尋其

❸ 沈約《碁品》今佚，《全梁文》存〈碁品序〉一卷，見嚴可均輯《全上古三代秦漢三國六朝文》，《全梁文》卷三〇。

❹ 章學誠：《文史通義》，內篇五〈詩話〉。

流者，鍾氏之功也。」❺傅庚生〈詩品探索〉亦曾云：「記室持歷史的觀點以論詩，故首明其流變。」❻至於對鍾嶸這種推溯覺得不滿意的，則如《四庫全書總目提要》即曾云：「其論某人源出某人，若一一親見其師承者，則不免附會耳。」❼謝榛《四溟詩話》也曾說：「鍾嶸《詩品》專論源流，若陶潛出於應璩，應璩出於魏文，魏文出於李陵，何其一脈不同邪。」❽這兩種不同的見解，實在分別道出了《詩品》在推源溯流這一方面的長處與缺點。先就其缺點來說，則任何一個詩人在閱讀前人之作品時，當然都不免或多或少會受到一些影響，其所受之影響既不必只限於一人，則除非有極特殊的有意模倣之情形，如果便斷言說某人源出於某人，當然有時就不免有過於主觀武斷之弊，而其長處所在，則是這種推源溯流的探討，可以對詩歌之發展建立起一種歷史性的觀念。鍾嶸此書，其所品評者原以歷代之五言詩為主，而從他的序文中便已開始了對五言詩句的

❺ 陳延傑：〈讀詩品〉，載《東方雜誌》第二三卷，頁一〇六，商務印書館，上海，一九二六年十二月。

❻ 傅庚生：〈詩品探索〉，見《中國文學批評家與文學批評》冊一，頁四一，一九七一。

❼ 《四庫全書總目提要》卷三九，〈詩文評類〉一，頁九四，商務印書館，上海，一九三三。

❽ 謝榛：《四溟詩話》卷二，頁五上下，見丁仲祜輯《歷代詩話續編》本。

追溯❾。他之重視歷史之發展的觀念，乃是顯然可見的，這種觀念對於詩歌之品評實在極為重要，因為無論任何時代任何作家的作品，都唯有放在歷史的發展中纔能看出他在繼承和開展中的真正成就與價值，而且也唯有將一個作家與另一些風格近似的作家相比較纔能判斷出他們真正的高低上下來，所以鍾嶸評詩對重要作者所做的追源溯流的工作，實在應該是極值得重視的。至於鍾嶸之所以不免為後世所譏評，則主要實在是因為鍾嶸對其所提出的淵源流派缺乏理論客觀的說明，這種理論性的欠缺，一則既不免使讀者對其所分別之淵源，不易完全了解和接受，再則也不免使他自己在推源溯流之際，因乏客觀理論之標準而不免有流於主觀武斷之弊，這一點實在不僅是鍾嶸《詩品》的缺點，也正是中國文學批評的一般通病。

再就其品第高下來講，《詩品》所錄，列在上品者，除無名氏古詩外計共十一人，列在中品者，計共三十九人，列在下品者，計共七十二人。關於他所分別的品第，歷代以來也曾受到過不少批評，王世貞《藝苑卮言》即曾云：「邁（顧邁）、凱（戴凱）、昉（任昉）、約（沈約），濫居中品，至魏文不列乎上，曹公屈居乎下，尤為不公。」❿王士禎

❾《詩品序》首舉夏歌「鬱陶乎予心」，楚謠「名余曰正則」，以為乃「五言之濫觴」。見陳延傑《詩品注》，頁一，商務印書館，香港，一九五九。

《漁洋詩話》亦曾云：「鍾嶸《詩品》余少時深喜之，今始知其踳謬不少，……乃以劉楨與陳思並稱，以為文章之聖，夫楨之視植，豈但斥鷃之與鵾鵬邪？又置曹孟德下品而楨與王粲反居上品……位置顛錯，黑白淆譌，千秋定論，謂之何哉？」⓫關於這種批評，後世也有不少人曾為鍾嶸做過辯護，如《四庫全書總目提要》就曾駁王士禎之說云：「近時王士禎極論其品第之間多所違失，然梁代迄今，邈踰千祀，遺篇舊制，十九不存，未可以掇拾殘文定當日全集之優劣。」⓬傅庚生在其〈詩品探索〉一文中，亦曾云：「至於三品升降，鍾氏亦嘗自云『差非定制』，而變裁陟黜，當已煞費平章，品張華詩云：『置之中品疑弱，處之下科恨少，在季孟之間耳。』其審而慎也可見一斑，故知凡所論列，心必有存，非出率爾，偶有不當後人意處，多緣時尚不同。」⓭從這些話看來，他們為鍾嶸辯護的理由大約有以下三點，一則是鍾嶸在當年所據以品評的詩人的作品，有的已經散失不全，自難以據今日之遺篇殘卷，定鍾嶸品第之得失。再則是鍾嶸之品第亦

❿ 王世貞：《藝苑卮言》卷三，頁一一下，同❽。
⓫ 王士禎：《漁洋詩話》卷下，頁二下，見丁福保輯《清詩話》本。
⓬ 同❼。
⓭ 同❻，頁二一三—二一四。

非絕對「定制」，陟黜高低雖不能盡如人意，但在鍾嶸則已極為審慎。三則是因為各時代之風尚不同，對詩歌之品第自不免有不同之標準，亦難以據後世之標準，論鍾嶸品詩之得失。以上三則理由，自然都可以成立，何況每一位讀者的趣味與修養都有所不同，如果各持己見的話，恐怕對詩人高下之品評千古也難以下一定論。因此我們所當做的實在並不是爭論其品第的高低，而是要根據《詩品》中的各種評述，為鍾嶸所區分的源流品第找出一些可以據信的理論和標準來。

說到鍾嶸品詩的標準，首先我們從他的序文來看，其中最可注意的，乃是他在開端所提出的：「氣之動物，物之感人，故搖蕩性情，形諸舞詠」之說。從這段話來看，可見鍾嶸所認識的詩歌，其本質原來該是心物相感應之下的發自性情的產物，由此引申，所以他反對平淡的說理的詩，以為「永嘉時貴黃老，稍尚虛談，於時篇什，理過其辭，淡乎寡味」；又反對用典，說：「至於吟詠情性，亦何貴於用事？『思君如流水』既是即目，『高臺多悲風』亦惟所見，『清晨登隴首』羌無故實，『明月照積雪』詎出經史？觀古今勝語，多非補假，皆由直尋。」又反對聲病格律的嚴格拘束，說：「使文多拘忌，傷其真美，余謂文製本須諷讀，不可蹇礙，但令清濁通流，口吻調利斯為足矣。」從這些話來看，可見他對詩歌的品評，主要乃是重在心物感應的一種性情的表現，這從他所標舉出的一些例證也可得到證明，如其所云：「若乃春風春鳥，秋月秋蟬，夏雲暑雨，冬月祁寒，斯四候之感諸詩者也。嘉會寄詩以親，離群託詩以怨。至於楚臣去境，漢妾辭宮；或骨橫朔野，或魂逐飛蓬；或負戈外戍，殺氣雄邊；塞客衣單，孀閨淚盡；或士有解佩出朝，一去忘返；女有揚蛾入寵，再盼傾國。凡斯種種，感蕩心靈，非陳詩何以展其義？非長歌何以騁其情？」從這些例證不僅可以看出他所讚賞的乃是心物交感的性情之作，而且其所謂心與「外物」的相感，實在乃是兼有外界之時節景物與個人之生活遭際二者而言的。

此外從〈詩品序〉中，我們還可看出鍾嶸評詩的另一標準，那就是詩歌之表達方式的問題，〈詩品序〉中曾經有一段話說：「故詩有三義，一曰興，二曰比，三曰賦。文已盡而意有餘，興也；因物喻志，比也；直書其事，寓言寫物，賦也。宏斯三義酌而用之，幹之以風力，潤之以丹采，使味之者無極，聞之者動心，是詩之至也。若專用比興，患在意深，意深則詞躓；若但用賦體，患在意浮，意浮則文散。嬉成流移，文無止泊，有蕪漫之累矣。」從這一段話看來，可見鍾氏對於詩歌之表達方式，乃是主張「比興」與「賦」體兼用，「風力」與「丹采」並重的。關於比興與賦體兼用的主張，實在與鍾嶸對於詩歌內容本質的體認有密切的關係，因為如我們在前一節之所言，鍾氏既曾提出過「氣之動物，物之感人，故搖蕩性情，形諸舞詠」之說，又曾經舉出過時節景物及身世遭際與詩歌之密切關係，如此則在表達方式上自然就不免要兼用以心物感應為主的比興之體與抒寫敘述為主的賦體了。

至於說到「風力」與「丹采」並重，則首先我們該辨明的實在該是「風力」二字之所指，從鍾氏之以「風力」與「丹采」並舉來看，可見「風力」原來該是與所謂「丹采」之指外表的辭藻雕繪相對立的，也就是說「風力」該是屬於詩歌之內容本質的一種東西。再從《詩品》一書本身來看，其言及「風力」者除去此一句外，在序文中還有一句說：「爰及江表，微波尚傳，孫綽許詢桓庾諸公，詩皆平典，似《道德論》，建安風力盡矣。」此外在中品論及陶潛詩的時候，也曾經說過「又協左思風力」的話，因此我們要想了解「風力」二字的含意，就不得不對這幾句話一加檢討。先從「建安風力盡矣」一句話來看，鍾嶸在此句之前，原曾說過「永嘉時貴黃老，稍尚虛談，於時篇什，理過其辭，淡乎寡味……詩皆平典，似《道德論》」，然後才說「建安風力盡矣」，由此可見「風力」與詩歌中平淡說理的內容也是相反的，如此，則「風力」既然與「丹采」所指之辭藻相對，又與平淡說理之內容不同，則「風力」一辭自然當指詩歌中既不關於辭藻也不完全關於內容的另外一種質素。有人因為在這兩段話中，鍾氏所用之「風力」一辭，一則與「丹采」對舉，一則與平典說理對舉，似乎不能一致，因此就把這兩處的「風力」解釋做不同的意思，如李樹爾在〈論風骨〉一文中，即曾經舉鍾氏這兩段話加以解釋說：「鍾嶸在《詩品》中說『幹之以風力』……他把『風』稱為文章的骨幹。」又說：「鍾嶸認為在劉琨郭璞之後『建安風力盡矣』，這就是說他又把『風』看成了文學潮流。」⑭李樹爾的這種解說有兩點不妥之處，第一，他不該把「風力」一辭簡稱為「風」，又將之隨便附會為「骨幹」或「潮流」之意，因為在中國文學批評中像這種抽象概念的批評術語，如「風」、「風力」、「風神」、「風骨」、「風采」等，一字單用，或二字連用，其含意原有種種之不同，每一種不同的組合都暗示有不同的義界，我們雖可以在相互比較中得到一些參考的提示，卻決不可以執此以說彼來強加附會。第二，這種抽象概念的批評術語，雖然因為缺乏明白之義界的理論說明，因此同一術語在不同的場合使用時，有時其義界也可以有多少出入之不同，可是如果是同一作者在同一篇作品中使用此同一術語，則其義界實不該有迥然相異的差別，因此在〈詩品序〉中先後出現兩次的「風力」，決不可能如李氏之所云一指「骨幹」一指「潮流」，而實在應該有某一種共同的義界才是。那麼它所指的究竟是什麼呢？從其不同於「丹采」來看，它該是不屬於外表辭藻的某些關

⑭ 李樹爾：〈論風骨〉，見《文學遺產增刊》第一一輯，頁三六。

於詩歌之本質的東西，再從它之有異於平淡說理之內容來看，則它又必然該是詩歌中除去平實之內容以外的另一種質素。再從「風」字與「力」字之結合以及「幹之以風力」的「幹」字來看，則此種質素又必然是可以支持振起詩歌之效果的一種力量，那麼這種力量究竟從何而來呢？要想對此加以了解，我想鍾嶸在評陶潛詩時所說的「又協左思風力」一句大可以供我們參考之用。如果我們試取左思的詩一讀，就會發現左思與太康其他詩人有一個極大不同之處，那就是其他詩人如三張二陸兩潘之詩，儘管辭藻華美，然而有時卻往往缺乏一種由心靈中感發而出的力量。鍾嶸對此一點應該是有著深刻之體認的，如其評張華詩即謂「其體浮豔，興託不奇」，評陸機詩則謂其「氣少於公幹」，評張協詩則謂其「巧構形似之言」。可見當時太康的詩人，一般多只不過是以辭藻之華美工巧取勝，而缺少一種由心靈中感發而出的力量。獨其評左思詩，則稱其「文典以怨，頗為精切，得諷諭之致」。他所說的「怨」及「諷諭」實在極值得我們注意，因為「諷諭」二字原來就是指由外物感發以比興為喻託的表現方式，而其所謂「怨」則當是指詩歌中所喻託的一分內心的情思，可見左思的詩其長處乃在於有一種心物相感發的情思，如果我們再取陶潛詩一讀便會發現陶潛詩在內容與風格各方面雖然都與左思有很多不同，可是他們二人的詩卻有一點根本上相似之處，那就是陶潛的詩也具有一種由內心感發而出的力量，所以鍾嶸評陶潛詩便也曾稱其「辭興婉愜」，所謂「辭」當然是指其用以表現之文字，而所謂「興」則正是指詩歌中一種心物相感發的感動，「婉愜」則是說陶潛的詩可以用文字把這種感動表達得婉轉愜當恰到好處，從以上我們自《詩品》中所舉的例證來看，其所謂「風力」應該是指一種由心靈中感發而出的力量當是可信的。何況「風」字本身無論就大自然之現象言，或者就中國文學傳統對此一字之使用而言，原來也都有著感動發生的意思，而且這種解說與鍾嶸在〈詩品序〉開端所標舉的「氣之動物，物之感人，故搖蕩性情，形諸舞詠」的觀點也完全相合，所以我們把「風力」解說成為一種「由心靈中感發而出的力量」應該是不錯的。因此我們可以下結論說鍾嶸對詩歌之表達，乃是主張比興與賦體兼用，而且除了須注意「丹采」的潤飾外，還需要具有一種「風力」，也就是由心靈中感發而出的力量以支持振起詩歌之表達效果，這是鍾嶸在〈詩品序〉中所提出的有關詩歌之表達的另一項重要標準。

以上我們既然從《詩品》的序文中對於鍾嶸品詩的重要理論與標準有了大概的認識，現在我們就將取其對個別詩人之品評來一加探討。

第一點我們要提出的乃是鍾嶸對於詩歌中感情內容尤其是哀怨之情的重視，這種情形在上品的幾則品評中尤為明顯，如其評古詩謂其「意悲而遠，驚心動魄」，評李陵詩謂其「文多悽愴，怨者之流」，評班婕妤詩謂其「怨深文綺」，評曹植詩謂其「發愀愴之詞」，評阮籍詩謂其「頗多感慨之詞」，評左思詩謂其「文典以怨」。在上品的十二則評語中，竟有七則之多皆涉及感情哀怨之內容，則鍾嶸對詩歌中感情內容之重視自可想見。

第二點我們要提出的乃是鍾嶸對於詩歌中之「氣」、「骨」、「風」等質素的重視，如其評曹植詩，謂其「骨氣奇高」，評劉楨詩謂其「仗氣愛奇，動多振絕，真骨凌霜，高風跨俗」，評陸機詩謂其「氣少於公幹」，評劉琨詩謂其「自有清拔之氣」。

第三點我們所要提出的乃是鍾嶸對於比興諷諭的重視，如其評左思詩謂其「得諷諭之致」，評嵇康詩謂其「託諭清遠」，評張華詩謂其「興託不奇」，評顏延之詩謂其「情喻淵深」。

第四點我們所要提出的乃是鍾嶸對於詞采聲音等屬於文字之美的重視，如其評古詩謂其「文溫以麗」，評曹植詩謂其「詞采華茂」，評劉楨詩謂其「雕潤恨少」，評陸機詩謂其「才高詞贍，舉體華美」，評潘岳詩謂其「翩翩然如翔禽之有羽毛，衣服之有綃縠」，評張協詩謂其「詞采蔥蒨，音韻鏗鏘」，評謝靈運詩謂其「麗典新聲，絡繹奔會」。

從以上四點來看，可以說鍾嶸在個別詩人的品評實踐方面，乃是與他在序文中所提出的理論及標準完全互相應合的。第一點對感情內容的重視與他在〈詩品序〉開端所提出的「搖蕩性情，形諸舞詠」之對詩歌本質要以性情為主的說法既相應合，而其重視哀怨之情則更與他在序文中所舉之「託詩以怨」的作品如「楚臣去境，漢妾辭宮」等例證相應合，至於第三點對比興諷諭的重視，則也與他在序文中所提出的重視心與物之相感應而在表達時當以比興與賦體兼用的主張相應合，第四點之重視辭藻聲音等文字之美與第二點之重視「氣」、「骨」、「風」等詩歌中一些其他之質素，也與他在序文中所提出的既需「潤之以丹采」也需「幹之以風力」的主張相應合，只不過有兩點需要略加說明之處。

其一是鍾嶸在〈詩品序〉中雖曾說過「潤之以丹采」的話，卻也曾提出過反對用典與反對聲律之說，可是鍾氏在對於個別詩人的實踐批評中，卻曾明白地對謝靈運之「麗典新聲」加以讚美，關於這一點我們可以仍舉鍾氏對謝靈運的評語來作說明。當他論及謝靈運詩時，原曾提出過「尚巧似，頗以繁富為累」的批評，可是其後又說：「嶸謂若人興多才高，寓目輒書，內無乏思，外無遺物，其繁富宜哉。」可見工巧繁富一類喜用典故的詩篇，原來只要有「興多才高」的長處，可以驅使繁富的事典，就也未嘗必不可以用典。再者鍾氏雖反對聲律，但其所反對者原來只是齊梁間新興起的四聲八病等過於嚴格的拘束，而他對於自然的聲調之美，所謂「清濁通流口吻調利」的詩篇卻原是賞愛讚美的。因此王忠在〈鍾嶸品詩的標準尺度〉一文中便曾經特別提出過鍾嶸的主張得「中」的文學觀⑮，以為無論就內容言，就形式言，或就風格言，鍾嶸都主張不可以有過與不及之弊，而應該求其得「中」，因此鍾嶸對用典和聲律的看法實在乃是相對的，而不是絕對的，這是我們所須加以說明的第一點。

其次鍾氏在〈詩品序〉中曾經提出過對於「風力」的重視，「風力」原是除了內容及文字以外，另一種足以支持振起詩歌之表達效果的力量，這我們在前面已曾經加以說明過了。至於鍾嶸在個別詩人的實踐批評中，所提出的「氣」、「骨」、「風」等辭，與「風力」之義界雖然並不全同，可是它們卻同樣也都是有關詩歌之表達效果的另外一些質素，與「風力」也大有相通之處。不過在序文中總稱之為「風力」，而在個別品評時則分別或稱之為「氣」為「骨」為「風」而已，只是我在前面論及「風力」時既已曾說過這些抽象概念的批評術語，一字獨用或二字連用時之義界原來並不能盡同，因此我們便不得不對「氣」、「骨」、「風」等辭與「風力」一辭之關係及其義界之同異略加說明。

在中國的文學批評中，一個極大的特色原來就是特別喜愛使用這些抽象概念的批評

⑮ 王忠：〈鍾嶸品詩的標準尺度〉，載《國文月刊》第六六期，頁二六—二八，開明書店，上海，一九四八。

術語，而一般的習慣用法，則是將一個抽象概念的名詞批評術語與一個抽象概念的形容詞批評術語相結合，如在我們前面所舉的例證中，其評曹植詩稱其「骨氣奇高」，「骨氣」是名詞，「奇高」則是形容詞，評劉楨詩稱其「仗氣愛奇」，「氣」是名詞，「奇」是形容詞，又稱其「真骨」「高風」，「骨」和「風」是名詞，「真」和「高」是形容詞。又評劉琨詩稱其「自有清拔之氣」，「氣」是名詞，「清拔」是形容詞。從這些例證中，我們實在可以歸納出一個結論，就是在中國文學批評中，這些抽象概念的批評術語，其名詞一類大多指文學中所具含之某種質素，而形容詞一類則大多指由這些不同質素而形成的不同風格，其所予讀者之不同的感受。現在就讓我們先探討一下《詩品》中所提出的「氣」、「骨」、「風」等辭，其所指的究竟是詩歌中的哪些質素。先說「氣」字，「氣」字原是中國文學批評中所最為習用的一個批評術語。關於文學中的「氣」，有人往往溯到《孟子》中的「養氣」之說⑯，孟子所說的「浩然之氣」無疑的乃是指一種精神的作用。其後曹丕《典論・論文》則開始提出「氣」字以論文學，他曾說：「文以氣為主，氣之清濁有體，不可力強而致。」⑰又曾以「氣」字批評當時之作者說：「徐幹時有齊氣。」又說：

---

⑯ 郭紹虞：《中國文學批評史》上冊，頁二四－二五，商務印書館，上海，一九三四。又羅根澤：《周秦兩漢文學批評史》，頁五七－五八。

「孔融體氣高妙有過人者。」[18]又在〈與吳質書〉中說：「公幹有逸氣，但未遒耳。」[19]從這些「氣」字的使用看來，其所指者約可分為兩類之不同，一種是「氣之清濁有體」及「孔融體氣高妙」的「氣」字，這一類「氣」字，應當是指因每人之稟賦修養不同，其精神本體所表現之不同的氣質，故大多與「體」字連言。另一種如「齊氣」、「逸氣」等，則是指不同之精神氣質透過作品所表現的不同的風格，這種風格之形成又與作者所使用之文字語氣等有相當重要之關係，因此後世遂又發展成為韓愈的「氣盛則言之短長與聲之高下者皆宜」[20]的文章氣勢之說。這是在中國文學批評中「氣」字所指之一般的幾種義界。至於「骨」字與「風」字之所指，則最好的一篇參考資料，就是較鍾嶸時代略早的劉勰《文心雕龍》的〈風骨篇〉，在〈風骨篇〉中，劉勰首先提出「風」字來加以解釋說：「詩總六義，風冠其首，斯乃化感之本源，志氣之符契也。」[21]如果從《詩經》

---

[17] 《文選》卷五二，頁五上，胡克家重刊宋淳熙本。

[18] 同上，頁四下。

[19] 同[17]，卷四二，頁六下。

[20] 韓愈：〈答李翊書〉，《韓昌黎全集》卷一六，頁一一，中華書局《四部備要》本。

[21] 《文心雕龍》，頁一〇九，世界書局，上海，一九三五。

六義來解釋「風」字，則其意自當以「感化」為主，所以劉勰乃云「斯乃化感之本源」，不過當「風」字普遍用於一般文學批評之時，則其含意便已經不限於六義的政治教化的感化之意，而應該有著更為廣義的「感化」之意了，這種「感化」實在應該兼指外物與作者心靈間相觸發的一種感動，與作者表現於文字中的一種足以使讀者感動之力量而言，所以劉勰在〈風骨篇〉中便又曾說過「怊悵述情，必始乎風」及「情之含風猶形之包氣」㉒等話，也就是說文學中所表現的感情，首先必須具有這一分真正感動的力量。感情中須具有這種感動的力量，正像人之形體必須具有呼吸氣息纔是一個有生命的人一樣，如果沒有這種感動的力量，則文學中所表現的感情，便也只不過是一具僵死的屍骸而已，所以「風」字在中國文學批評中，一般當指一種感動的力量，至於「風」字與別的字相結合，如「風格」、「風調」、「風采」、「風神」等辭，則孳衍相生，可以產生許多不同的意思，不過在基本上大致還保有一種以流動活潑之精神為主的意味而已。

此外劉勰在〈風骨篇〉中也曾對於「骨」字有所解說，云：「沉吟鋪辭莫先於骨，故辭之待骨如體之樹骸。」㉓從這段話來看，所謂「骨」者，實在應當是指文辭所依附

㉒ 同上，頁一〇九，一一〇。

㉓ 同上。

的一種重要的骨幹。這種骨幹應該乃是以內容情意為主，以作品之結構為輔所形成的。而情意與結構又必得用文辭來表現和組織，所以劉勰乃又云：「結言端直則文骨成焉。」㉔如果只有美麗的辭藻而沒有充實的內容和嚴謹的結構，則如劉勰所云：「瘠義肥辭、繁雜失統，則無骨之徵也。」㉕所以「骨」字該是指情意結構而言的。

以上我們既然對「氣」、「骨」、「風」等字在中國文學批評中一般的用法有了大致的了解，現在我們再回頭檢討一下這三個字在《詩品》中的用法，就可以發現曹植之所以被稱為「骨氣奇高」乃是指其詩歌之內容情意以及其精神之表現於聲吻氣勢之間者，都有過人之處。劉楨之「仗氣愛奇」，則是指其好以氣勢取勝，不喜平實之鋪敘，至於「真骨凝霜，高風跨俗」則是指其情意之真、風力之高都有超越流俗之處。至於陸機之被評為「氣少於公幹」則是因陸機的詩辭藻雖然華美，可是卻缺少一種感人的氣勢。而劉琨詩之被稱為「有清拔之氣」則正是指劉琨詩中所表現的一種清勁挺拔的氣勢。

至於「氣」、「骨」、「風」三者與「風力」的關係則自當以「風」字與「風力」之關係最為密切。「風」字指一種感發，「風力」則是由一種感發所生出的力量，所以劉勰在

㉔ 同上。

㉕ 同上。

〈風骨篇〉之開端雖然單舉「風」字，可是在〈風骨篇〉的結尾劉氏卻曾以「蔚彼風力嚴此骨鯁」為說，以「風力」一辭來代替「風」，以「骨鯁」一辭來代替「骨」，可見「風」與「風力」乃是確實有著相通之處的。至於「氣」字，則本來雖以精神作用為主，但精神作用表現於外時也自然會形成一種力量，所以劉勰在〈風骨篇〉中就也曾經說：「索莫乏氣，則無風之驗也。」㉖也就是說精神氣勢不足便不足以產生感動人的力量，可見「氣」與「風力」也是有著相通之處的。至於「骨」字雖以情意結構為主，可是充實的情意，精嚴的結構也可以產生一種力量，所以劉勰在〈風骨篇〉中也曾說過「鷹隼乏采而翰飛戾天，骨勁而氣猛也」㉗。可見「骨」與「氣」與「風」在其可以有動人之力的一點上乃是可以相通的，因此我們也就可以明白鍾嶸在對個別詩人之實踐批評中，雖然曾經分別舉出了「氣」、「骨」、「風」等三個批評術語，代表詩歌中之三種不同質素，可是在〈詩品序〉中卻只提到「風力」一辭來與「丹采」對舉，那便正因為「風力」一辭所提示的感動人的力量可以概括精神氣勢與情意結構等各種感人之力的緣故，所以鍾嶸《詩品》中極值得注意的一點實在乃是他對於平典之內容及華美之辭藻以外的一種詩

㉖ 同上。

㉗ 同上。

歌中感人之力量的重視。

除去以上我們所提出的鍾嶸在個別批評之實踐中與其序文之理論標準可以相配合的幾項要點以外，還有一點，我們也願提出來略加說明的，那就是他在批評之實踐中，對於抽象的風格常喜歡用一種具體的意象來作為喻示，如其評潘岳詩曾引李充〈翰林論〉云：「翰林嘆其翩翩然如翔禽之有羽毛，衣服之有綃縠。」又引謝混之言曰：「潘詩爛若舒錦，無處不佳，陸文如披沙簡金，往往見寶。」又評謝靈運詩云：「譬猶青松之拔灌木，白玉之映塵沙，未足貶其高潔也。」又評顏延之詩以之與謝靈運做比較，而引湯惠休之言曰：「謝詩如芙蓉出水，顏如錯采鏤金。」又評范雲及丘遲詩云：「范詩清便宛轉，如流風迴雪；丘詩點綴映媚，似落花依草。」從以上這些例證來看，其中有一點極值得我們注意的，就是除去其中評謝靈運詩及評范雲丘遲詩這兩則評語以外，其他的一些意象化的評語，鍾嶸實在都是從他人的評述轉引而來。這種輾轉引述的現象可以說明一種情形，那就是這種以具體之意象來喻說詩之抽象風格的品評方式，在當時必然頗為風行，而這種品評方式，實在與鍾嶸之以三品評詩一樣，也同樣是魏晉間九品論人之風氣下的產物。這種風氣的影響，我們可以從《世說新語》中看出明顯的痕跡來。如《世說・德行篇》載郭林宗論黃叔度之言曰「叔度汪汪如萬頃之陂，澄之不清，擾之不濁。」❷❽又如〈賞譽篇〉載「世目李元禮，謖謖如勁松下風。」❷❾又載王戎稱王夷甫：「太尉神姿高徹，如瑤林瓊樹。」❸⓿像這一類的例證，在《世說》中真是不勝枚舉。可見自東漢魏晉以來，用具體之意象來品評人物殆已蔚成風氣。這種風氣之產生，自然有其歷史方面的社會背景，其源蓋起於東漢朋黨之清議，迄於曹魏既定九品中正之制，遂使清議逐漸成為合法化，而自正始以來，清議又逐漸轉為超現實的清談，所以對人物的品評，便也在這種清談的士大夫群中，養成了一種以美麗的語言具體的意象來品題人物的風氣，而且這種品題，更逐漸有了自品題人物發展及於品題文學的趨勢。如《世說·文學篇》即曾載孫興公評曹輔佐之言曰：「曹輔佐才如白地明光錦，裁為負版絝，非無文采，酷無裁製。」❸❶又載其評潘岳陸機之言曰：「潘文爛若披錦，無處不善，陸文若披沙簡金，往往見寶。」❸❷而鍾嶸《詩品》在評潘岳詩時便也曾經引用這一則評語，不

---

❷❽《世說新語》卷上之上，頁一下，中華書局《四部備要》影明刻本。
❷❾同上，卷中之上，頁三五上。
❸⓿同上，頁三七下。
❸❶同上，卷上之下，頁二七下。
❸❷同上，頁二六上。

過鍾嶸未言及孫興公之名，而以為此一評語乃出於謝混之言。古直在《鍾記室詩品箋》中曾經以為「仲偉以為益壽之言，豈益壽祖述興公邪」㉝。此外，鍾嶸所引湯惠休評謝靈運及顏延之的評語，據《南史》顏氏本傳則以為乃鮑照之言㉞。古直《詩品箋》亦曾云：「豈照有是語，而惠休襲之邪。」㉟其實無論是否謝混祖述孫綽之言，湯惠休亦襲鮑照之言，而鍾嶸又引述二家之言。總之由這種評語之被輾轉引用的情形來看，也已足可見其淵源所自，與其為當時人所傳論愛好之一斑了。而自鍾嶸把這種品評方式在《詩品》中加以明顯地應用之後，於是這種以具體化之意象來喻示抽象之風格的辦法，遂成為了中國文學批評傳統中，一種頗可注意的特色，如唐代司空圖之《詩品》便曾經把詩歌區分為二十四種不同的風格，而分別各以一些不同的意象來作為喻示。除此以外，唐代之論古文也喜用這種意象化的品評，如皇甫湜之〈諭業〉便是全以意象化的喻示來品

㉝ 古直：《鍾記室詩品箋》，頁一〇，一九六八年影印本。

㉞《南史・顏延之傳》載：「延之嘗問鮑照己與靈運優劣，照曰：『謝五言如初發芙蓉，自然可愛；君詩若鋪錦列繡，亦雕繢滿眼。』」見《南史》卷三四，列傳第二四，頁五上，上海涵芬樓影《百衲本二十四史》。

㉟ 同㉝，頁二五。

評當代古文家的一篇作品㊱。至於宋代古文家之論文，詩評家之評詩也往往仍用這種意象化的品評方式㊲，直到近代王國維《人間詞話》之論詞如其以「畫屏金鷓鴣」、「絃上黃鶯語」及「和淚試嚴妝」等詞句之意象來分別喻示溫庭筠、韋莊及馮延巳諸詞人之風格㊳，便也依然是此種批評方式的承襲沿用。這種批評方式可以說有其長處也有其缺點。先從其長處來說，意象式的喻示全以觸發讀者的直覺感受為主，而詩歌之特質也原以感性為主，所以對詩歌之了解和傳達，如果藉用意象化的喻示，無疑的便也最能保存詩歌之本質，使詩歌之整體生命和精神，由直覺感受的觸發而達到一種生生不已的效果，於是這種意象化的品評其本身同時也就具有著一種詩意的美感，這可以說是這一種批評方式的長處所在。至於其缺點所在，則是全無理論的根據也全無客觀的標準，評詩人對其

㊱ 皇甫湜：〈諭業〉，見《皇甫持正文集》卷一，頁四，商務印書館《四部叢刊初編》本。

㊲ 如蘇軾〈文說〉自評其文如「萬斛泉源」，見《經進東坡文集事略》卷五七，頁三三五，商務印書館《四部叢刊初編》本。又如嚴羽《滄浪詩話》論詩曾以「羚羊掛角」為喻，又評李白杜甫之詩喻之為「金鳷擘海，香象渡河」，又評孟郊賈島之詩喻之為「蟲吟草間」，見郭紹虞《滄浪詩話校釋》，頁二四，一六二。

㊳ 王幼安校訂：《人間詞話》，頁一九五。

所提供之意象乃全憑一時主觀之感受，如此則其所提供之意象的喻示便不一定會完全切當，而讀詩人對其所喻示的風格，當然也就更不一定都有切當之了解，而如果追究起來，則又全無客觀理論可以作為爭辯解說的依據。這種模糊影響的通病，乃是這種批評方式的一個最大的缺點，即以鍾嶸所提出的這幾則意象化的喻示來說，陳衍在其所著〈鍾嶸詩品平議〉中便曾經提出說：「以潘為『爛若舒錦無處不佳』，吾斯之未能信。」❸❾葉夢得在《石林詩話》中也曾提出把謝靈運的詩比做「初日芙蕖」的品評，說：「靈運諸詩可以當此者亦無幾。」❹⓿可見這種意象化的品評，如果全無理論的說明，則儘管極其精妙，也仍是不易使讀者完全了解和同意的，因此我們便將對鍾嶸的這幾則評語略做嘗試性的說明。

首先我們該提出的是鍾嶸雖有時引用前人的一些評語，但卻並不代表他對於前人的評語完全同意，即如其引李充〈翰林論〉及謝混之言來評審潘岳詩，鍾嶸就並不完全同意他們二人的品評，現在先把《詩品》中這一節評語的全文錄下來：

---

❸❾ 陳衍：〈鍾嶸詩品平議〉，同❻，頁八六。

❹⓿ 葉夢得：《石林詩話》卷下，頁一〇上，何文煥輯《歷代詩話》本。

晉黃門郎潘岳詩，其源出於仲宣，翰林歎其「翩翩然如翔禽之有羽毛，衣服之有綃穀，猶淺於陸機。」謝混云：「潘詩爛若舒錦無處不佳，陸文如披沙簡金往往見寶。」嶸謂益壽輕華故以潘為勝，翰林篤論，故歎陸為深。余常言，「陸才如海，潘才如江。」

從這段話已可看出這種品評方式之未免易於流入主觀，重內容思考者以陸為深，重辭藻文采者以潘為美，不過一般言之則潘岳與陸機之詩蓋同為太康時代詩人偏重辭藻之風氣下之作品。不過，潘之辭藻雖美而內容思考不及陸之深廣，而陸雖深廣卻有時又不免蕪漫，所以李充與謝混之評語可謂各有所見，鍾嶸只不過引二者之說加以折中之論而已。

其次再看鍾嶸所引的湯惠休對謝靈運與顏延之二家的評語，這一則評語被鍾嶸引在顏延之詩的評語之下，可見鍾氏主要蓋在引此說以評顏，而並不在引此說以評謝。我們試取顏謝之詩一讀，就會發現顏謝之詩實在都以厚密工綺見長，不過謝詩往往有極聳拔或極自然之句挺出其間，顏既少此一股聳拔自然之氣乃但餘綺密之工矣，這大概就是謝之所以被稱為「出水芙蓉」，而顏則被喻為「錯采鏤金」的緣故。不過謝靈運詩也並不是每篇每句皆能如「出水芙蓉」，所以葉夢得乃云：「靈運諸詩可以當此者亦無幾」，因此鍾嶸也並不曾引此語以評謝，只不過以之為評顏延之詩的一個陪襯而已。

至於鍾嶸自己對於謝靈運詩的評語，則是「譬猶青松之拔灌木，白玉之映塵沙，未足貶其高潔也」。這實在是二句絕妙的比喻。因為如我們在前一節之所敘述，謝靈運詩之佳處固正在能於厚密工綺之中時見聳拔自然之氣，正如鍾嶸所云：「頗以繁蕪為累，……然名章迥句，處處間起，麗典新聲，絡繹奔會。」如果將其繁冗蕪漫之處比做「灌木」「塵沙」，則其「名章迥句，處處間起，麗典新聲，絡繹奔會」之處，豈不就正是拔於「灌木」中的「青松」，和映在「塵沙」中的「白玉」？所以鍾嶸乃又在此比喻之後加上一句說：「未足貶其高潔也。」也就是說謝靈運詩雖然有如「灌木」「塵沙」的繁冗蕪漫之處，也不能減少其如「青松」「白玉」一樣之「名章迥句」及「麗典新聲」所表現出的一種聳拔傑出的光彩。鍾嶸所舉出的這一個意象化的喻示，對於謝靈運詩來說，實在是極為貼切適當的。

最後我們再看一看鍾嶸對於范雲與丘遲二家詩所提出的評語：「范詩清便宛轉，如流風迴雪；丘詩點綴映媚，似落花依草。」傅庚生〈詩品探索〉，對此二語曾極為稱賞，既云：「此記室品詩神來之句也。」又云：「品范雲詩『如流風迴雪』，丘遲詩『似落花依草』，寥寥數字傳出二子詩之勝境。」㊶鍾嶸這二句評語實在可以說是在中國文學批評中以具體之意象來評詩的典型代表。第一，其所舉之意象明白真切；第二，在舉出意象之前有簡潔扼要之概念的說明；第三，其概念與意象相配合之喻說能適切恰當地掌握住所批評之作品的風格。范雲與丘遲詩時代較晚，都曾受齊梁間重視辭藻聲律之風氣的影響，古意漸失，雖無深厚博大之內容，然而音節婉轉，文字纖麗，正如大自然中之有「流風迴雪」「落花依草」之景物，雖乏高山大川雄偉奔放之姿，然而亦自有其優美纖秀足以使人賞愛之處，此所以鍾嶸此二句評語所舉之意象雖美，然而范雲與丘遲詩卻只能列於中品之末，而不能與於上品之內也。

從以上我們對鍾嶸《詩品》的分析看來，我們大約可以將其批評理論與批評實踐歸納為以下幾點來加以概括的結論。

第一在詩歌之內容方面鍾嶸主張以心物相感之感情內容為主，至於感人的外物則兼外界之時節景物與作者之身世遭際而言，像這種重視心與物的相感而以「吟詠性情」為主的論詩標準，在中國實在有其極為悠久的傳統，在《書經・舜典》中即曾有「詩言

㊶ 傅庚生：〈詩品探索〉，同❻，頁六一—六二。

志」42之說，雖然〈舜典〉寫作之時代經近人之考證乃後世之偽託43，不過詩以「言志」為主的觀念卻應該是產生得極早的。如《左傳》襄公二十七年載趙文子告叔向即曾云「詩以言志」44，《莊子‧天下篇》亦曾有「詩以道志」45之言，《荀子‧儒效篇》也曾說：「詩言是其志也。」46《禮記‧樂記》亦曾云：「詩，言其志也。」47而且根據《詩》三百篇中，詩人對於寫作詩歌的自敘來看，也早已就有了這種以「言志」為主的傾向，如〈魏風‧園有桃〉篇即曾云：「心之憂矣，我歌且謠。」48〈小雅‧何人斯〉篇亦曾云：「作此好歌以極反側。」49〈四月〉篇亦曾云：「君子作歌，維以告哀。」50從這

42 《尚書》卷三，頁二六上，阮元校勘《十三經注疏》，嘉慶二〇年江西南昌府學本。

43 顧頡剛：〈從地理上證今本堯典為漢人作〉，《禹貢》半月刊二卷五期，頁二—一四，一九三四年十一月。

44 見《左傳》襄公二七年，竹添光鴻《左傳會箋》，頁三九，一九六一年影印本。

45 郭慶藩：《莊子集釋》卷一〇下，頁二下，思賢講舍刊湘陰郭氏本。

46 梁啟雄：《荀子柬釋》，頁八九，太平書局，香港，一九六四。

47 《禮記‧樂記》，同42，卷三八，頁一二下。

48 《詩經‧魏風》，同42，卷五，頁六上。

49 同上，《詩經‧小雅》卷一二，頁一八下—一九上。

些例證，我們都可看出中國古代詩歌中以吟詠性情為主的這種「言志」的傳統。雖然後代論詩的人把「言志」曾經區分為「聖道之志」與「性情之志」51的不同，其實這在中國古代的詩歌中，原來是並沒有嚴格區分的，即如《文心雕龍・明詩篇》，也但云：「人稟七情應物斯感，感物吟志莫非自然。」而並未曾對「志」做任何區分。因為詩篇除了可以抒寫個人之悲歡喜怒之情以外，在這種情感的表達中，原也可以反映時代之治亂安危以及詩人自己的懷抱和理想，所以「言志」的傳統不僅由來已久，而且「言志」的觀念也應該是非常廣義的。即以《詩》三百篇而言，其中既有個人吟詠性情之作，也有對時代美刺之作，然而〈毛詩序〉卻曾總論《詩》三百篇說：「詩者，志之所之也，在心為志，發言為詩。」52可見《詩經》中的詩篇原都是以廣義的「言志」也就是「吟詠性情」為主的。至於較《詩經》稍晚的《楚辭》一書，則就其主要的作者屈原之作品而言，實在更都是以「吟詠性情」為主的，所以鍾嶸〈詩品序〉即曾特別提出以屈原之被放逐之遭際為主的「楚臣去境」之作品，作為其所標舉的「搖蕩性情形諸舞詠」的足以「感

50 同上，《詩經・小雅》卷一三之一，頁一八下－一九上。

51 見羅根澤：《周秦兩漢文學批評史》，頁四九。

52 〈毛詩序〉，《詩經》卷一之一，頁五上，同42。

蕩心靈」的代表作之一種。司馬遷在《史記・屈原列傳》中亦曾云：「屈平疾王聽之不聰也，讒諂之蔽明也，邪曲之害公也，方正之不容也，故憂愁幽思而作〈離騷〉，〈離騷〉者猶離憂也。」㊼又說：「屈平正道直行竭忠盡智以事其君，讒人間之可謂窮矣，信而見疑忠而被謗能無怨乎，屈平之作〈離騷〉，蓋自怨生矣。」㊽

從《詩經》和《楚辭》的例證，我們不僅可以看出鍾嶸所標舉的吟詠性情的詩歌傳統，而且也可以看出他在感情內容方面特別重視「怨」情的淵源之所自，更可以因此而了解鍾嶸《詩品》在推溯源流一方面何以將所有詩人之作品都一一上溯而總歸之於《詩經》與《楚辭》二大主流的根本原因之所在。至於他在推源中又分別為《詩經》與《楚辭》二者之不同的緣故，則主要該是由於二者風格之不同。《詩經》與《楚辭》雖然就內容本質言都不外乎「感蕩心靈」的性情之作，可是《詩經》之風格較為純樸，《楚辭》之風格較為綺豔，《詩經》之抒情較為蘊藉，《楚辭》之抒情較為激揚，這應該是這兩大源流的主要不同之點。至於在《詩經》一派中，鍾氏雖大多推其源於〈國風〉，惟對阮籍一人則又以為出於〈小雅〉，關於這種分別，在近人黃節所著的《阮步兵詠懷詩注》的序文

㊼《史記》卷八四，頁一，同㉞。

㊽同上。

中，有二段話頗可供為參考，黃氏云：「鍾嶸有言，嗣宗之詩源於〈小雅〉，……今注嗣宗詩，開篇鴻號翔鳥徘徊傷心，視〈四牡〉之詩『翩翩者鵻，載飛載下，集於苞栩，王事靡盬，我心傷悲』抑復何異，嗣宗其〈小雅〉詩人之志乎。」[55]此外黃氏之友人諸宗元之序文，亦曾云：「若阮公之詩，則〈小雅〉之流也，憂時愍亂，興寄無端。」[56]從這些話我們都可看出，鍾嶸之所以獨以阮籍詩為出於〈小雅〉者，乃是因為阮籍詩中所表現的憂時念亂之感獨深，與〈小雅〉之風格為近，與〈國風〉中一般詩歌之但抒寫個人之性情遭際者稍微有所不同的緣故。至於鍾氏《詩品》對於其中三十六位作者所做的推源溯流的工作，雖然後世評者對之也頗有微詞，不過一則《詩品》所評之作者，其全集多有已散失不全者，我們自然也就難以其佚散僅存的篇章來推斷其源流之所自出，再則對於抽象之風格的源流影響之追溯，究竟難免主觀之見，如果我們要對其彼此之影響一一強加附會之判斷，也未免嫌於多事，所以我們現在也就不對各家源流一一辨析，而僅提出其推溯源流中的《詩經》與《楚辭》兩大主幹，來藉以說明鍾嶸論詩之獨重「吟詠性情」之作亦復其來有自而已。

---

[55] 黃節：《阮步兵詠懷詩注・序》，頁三－四。

[56] 同上，頁一。

鍾嶸論詩除去「吟詠性情」之內容外，另外還有兩點要素，我們在前面也曾討論過的，那就是對於「風力」與「丹采」的重視，所以在《詩品》上品的十二則品評中除去以前所舉出的七則都曾涉及情感內容的評語外，此外鍾嶸在品評中曾涉及有關「風力」的「氣」、「骨」、「風」等評語的有四則，涉及有關「丹采」之辭藻聲音者有六則，而此三者彼此間之關係則是內容之「情性」既須要有「風力」為之振起，又須藉「丹采」為之表達，而其配合運用，則更須要切當適中無過與不及之弊。關於鍾嶸這種論詩的標準，我們在《詩品》中可以找到一個最好的例證，那就是他在上品中對曹植的品評，鍾嶸曾極力稱讚曹植的詩說，「譬人倫之有周孔，鱗羽之有龍鳳，音樂之有琴笙，女工之有黼黻」；而曹植詩之所以如此被推崇的緣故，如果從鍾氏本身的話來看則正是因為曹植的詩，一則有「風力」，所謂「骨氣奇高」，再則有「丹采」，所謂「詞采華茂」，三則更兼有一分如〈小雅〉之怨誹而不亂的情感內容，所謂「情兼雅怨」。而除去此三項要素外，更有一點可貴的，則是曹植的詩在內容與外表二方面配合之適當，所謂「體被文質」，所以我們舉出「性情」「風力」與「丹采」為鍾嶸評詩之三項要素，以及要求「得其中」的標準，應該是不錯的。

至於在這三項要素以外，還有一點鍾嶸也非常重視的，則是「比興諷諭」在詩歌中之作用，因為比興諷諭的作用正是一種感動觸發的作用。這種作用可以分做兩層來看，第一步乃是「氣之動物，物之感人」的詩人的感發作用，第二步乃是「使味之者無極，聞之者動心」的讀者的感發作用，而這種感動觸發的作用也正是詩歌的生命之所在，所以中國的詩論一直有著極為悠久的比興諷諭之說的傳統。不過可惜的是中國自《毛詩》的比興之說開始，往往過於著重對於政教的美刺，好牽附事實來勉強立說，卻反而把心與物相感應以及自意象引發聯想這一點最基本的詩歌的感發作用忽略了。鍾嶸在《詩品》中對於詩人的品評雖然也曾提出「比興」的重要，看重詩人之有「諷諭之致」，並以「託諭清遠」為美，然而卻能不為牽強比附之說，而只單純自感發作用一方面，掌握了中國詩歌之比興諷諭的傳統，這一點是頗為值得我們重視的，而且如果單純只就其感動觸發之作用言，則這種感動的力量實在也正是「風力」之所由生，如此我們纔能看出鍾嶸論詩既重視詩歌中之「性情」、「風力」、「丹采」三項要素，同時也重視「比興」之作用，其間原來也正有一種整體性的關係。

總之，鍾嶸《詩品》初看起來雖然頗難掌握其理論與品評之標準，然而仔細研讀則會發現鍾氏此書實在不僅有源流有品第，而且也有他自己用以推溯源流和品第高下的理論與標準。儘管後世之人對其所推之源流所品之高下的意見不能完全贊同，但是他對於詩歌的一套理論與標準在中國詩論的傳統中，則仍是極可重視的。希望本文的研討對於讀者們在了解《詩品》之理論與標準方面能有一些小小的幫助。

關於評說中國舊詩的幾個問題

這種喻示是從心靈深處喚起的一種共鳴與契合，
使詩歌整體的精神和生命，
在評者與讀者之間，
引發一種生生不已的、接近原始之創作感的一種啟發和感動。

在中國文學的古代遺產中，我們所保有的最豐富的一項遺產，無疑的乃是中國的舊詩。雖然因時代的演進，現在年輕的一代寫作舊詩的人，已經一天比一天減少，可是注意到舊詩的價值，想用新方法新理論來對中國舊詩重新加以評析和估價的作者，卻在一天比一天增加。在這種寫作之人日少，而評說之人日增的兩歧的發展下，有一些頗值得我們反省和思考的問題，那就是我們的生活、思想以及表情達意、用辭造語等等的習慣方式，既都已遠離了舊有的傳統，而我們所使用的新方法與新理論，又大都取借於西方的學說和著作。在這種情形下，我們對舊詩的批評和解說，是否會產生某種程度的誤解，這種誤解又究竟應當如何加以補救，這些當然都是在今日此種兩歧之發展下，所最值得反省思索的重要問題。

以前我在臺灣雖曾講授舊詩有十幾年之久，也曾經寫過一些評說舊詩的文字，不過當時我的講課和為文，實在大多是以個人的興趣為主，並未嘗真正想到自己對舊詩的教學，該怎樣負起傳承的責任來。因為當時對於舊詩具有深厚修養及工力的前輩先生甚多，傳承的責任自有賢者去負擔，而我自己便樂得只選些自己喜愛的作品，在講課和為文時，作一番任性自得的享受。但是自從出國以來，有時常會看到一些評說中國舊詩的西方著作，在理論及方法上雖然不乏新意，可是在真正觸及到中國舊詩本身的評說時，卻往往不免有著某些誤解或曲解的現象。而且即使是在臺灣的年輕一代的學者和同學們，近年來在他們所寫的一些嘗試以西方新理論來評說中國舊詩的文字中，在真正觸及到詩意之解說時，也常不免有著某種偏差的現象。加之以近來又聽說臺灣許多前輩先生們都將先後退休，因之乃不免對中國舊詩傳統之逐漸銷亡，頗懷杞人之憂。因此本文乃想一改我舊日純以個人興致來寫作的態度，切實提出一些在評說中國舊詩時所當注意的重要問題，來試加討論。不過因我一向就不是一個善用邏輯方法歸納和分析問題的人，也許我所能做到的便也只不過是提出一些問題來，以喚起大家對這一方面的注意而已。

1

在討論問題以前，我想先提出來一談的乃是中國舊詩之評說的傳統，是否需要以西方的新理論來補足和擴展的問題。關於此一問題，我的答案乃是肯定的。我這樣說，並不意指我對於傳統評說的成就之否定或輕視，而僅在於我深覺因時代之不同，傳統的評說方式已經不能完全滿足今日讀者的需要，可是外來的新理論卻又決不能完全取代中國的傳統批評，因此在想要把新理論融合入中國舊傳統以前，我們就勢不可不對中國舊詩的評說傳統先有一番認識。

中國說詩的傳統，說起來實在是源遠流長，其歷代的學說演變自非本文所能盡，而且諸家之中國文學批評史具在，也不需筆者更在此多作饒舌。本文現在所要提出來一談的，只不過是中國說詩的舊傳統中幾點值得注意的特質而已。造成這些特質的原因，可分為語文方面的因素與思想方面的因素兩點來談。

先談語文方面的因素。中國傳統說詩的著作，其文字大多精鍊有餘而詳明不足，有籠統的概念而缺乏精密的分析。這種特色的形成，實在與中國語文的特性有極密切的關係。

中國的語文乃是以形為主，而不是以音為主的單體獨文。在文法上也沒有主動被動、單數複數及人稱與時間的嚴格限制。因此在組合成為語句時，乃可以有顛倒錯綜的種種伸縮變化的彈性。再加之以中國過去又沒有精密周詳的標點符號，因此在為文時，便自然形成了一種偏重形式方面的組合之美，而忽略邏輯性之思辨的趨勢。駢文之講求整齊諧合的儷偶，散文之講求短長高下的氣勢，便都是為了一則這種富於彈性的語文，本來就適宜於純然形式之美的講求，再則，也因為有了這種形式上的儷偶或氣勢，才能補足中國語文本來沒有標點符號所造成的不便閱讀斷句的缺點。

這種語文的特性表現於中國的說詩傳統，自然便形成一種偏重文字形式之美，而在內容上卻只能掌握籠統的概念，且不長於精密之分析的結果。中國舊傳統的說詩人，曾經極優美地發揮過這種語文特色，為我們留下了不少本身具有極高之文藝價值的文學批評著作。近年我在國外中國文學的班上，曾講到幾段陸機〈文賦〉和劉勰《文心雕龍》的譯文。即使是透過英文翻譯，還使不少外國學生對於中國古代作者能寫出如此體驗深微而文字優美的文學批評，讚賞不已。

不過就理論之分析來說，則中國的文學批評實在不及外國文學批評之富有邏輯之思辨性，乃是不可諱言的事實。即以〈文賦〉而言，其中有一段論及寫作時意識之活動及其浮現為文字的經過，陸機曾寫過如下的話說：「浮天淵以安流，濯下泉而潛浸。於是沉辭怫悅，若游魚銜鉤而出重淵之深；浮藻聯翩，若翰鳥纓繳而墜層雲之峻。」又如《文心雕龍》論及神思與寫作之關係時，劉勰也曾寫過如下的話說：「文之思也，其神遠矣。故寂然凝慮，思接千載，悄焉動容，視通萬里。吟詠之間，吐納珠玉之聲，眉睫之前，卷舒風雲之色。」這種把抽象之思維化為具體而優美之意象的表現，以及整飭而和諧的音節句法，乃是中國文學批評家之所優為。

可是西方人論及創作的意識活動，則可以有意識、意識流、潛意識、集體潛意識等多種精微細密的理論分析。即使僅以他們所使用的這些富有邏輯思考性的術語，來與中國批評家所使用的具象的比喻及玄妙的「神思」等術語相比較，我們也足可以清楚的看到，中國與西方的文學批評在性質上之根本的差異了。

雖然西方的文學理論乃是就西方的文學現象所歸納出來的結果，並不能完全硬生生地把它們勉強應用到中國文學批評方面來，可是他們的研究分析的方法以及某些可以適用的術語，乃是有助於我們參考之用的。何況自白話文及標點符號通行使用以來，對於以白話文來寫中國文學批評的文字，在精微的分析解說方面也有了不少方便之處。因之，如何來整理中國寶貴的古代遺產，使我們一方面能保存古代傳統固有的精華，一方面能使之有理論化、系統化的補充和擴展，這當然是我們今日所當努力的工作。

再就思想因素方面來談，則中國的說詩傳統與中國民族固有的精神思想，實在有極密切的關係。在中國固有的思想中，自當推儒家與道家為二大主流，其影響及於後世者也最為深廣。在中國文學批評方面，當然便也不免留下了受有這二派思想影響的明顯痕跡。所以在中國文學批評史中，雖然一代有一代之流派，一家有一家之學說，可是大別言之，則在說詩的傳統中卻不得不推受儒家之影響而形成的「託意言志」的一派，與受道家之影響所形成的「直觀神悟」的一派為二大主流。

儒家思想原是一種重視實踐道德的哲學，所以當其影響及於文學批評時，便形成了「說理則以可實踐者為真，言情則以可風世者為美」的一種衡量標準。因此說詩人乃經常喜歡在作品中尋求託意，並且好以作者之生平及人格為說詩與評詩的依據。這正是「託意言志」一派之所以盛行的主要原因。

至於道家思想則主要在於重視自然而摒棄人為，所以莊子既曾說過「得意忘言」的話，又曾經有過使「象罔」求「玄珠」的比喻，其影響及於文學批評於是遂形成了一種棄絕智慮言說而縱情直觀的欣賞態度。更加以禪宗思想的流入中國，其「直指本心，不立文字」的妙悟方式遂與道家思想相結合，而更加強了中國說詩傳統中「直觀神悟」一派的聲勢。

以上兩派說詩的主流實在各有其獨特的長處，不過從現代文學批評的觀點來看，則託意言志一派的拘執限制與直觀神悟一派的模糊影響，當然也各有其不可諱言的缺點。

先就「託意言志」一派而言，中國自《詩經》《楚辭》以來，比興諷喻之說可以說早就為此派奠立了悠久的歷史傳統。雖然西方現代的文學批評強調作品本身的重要而忽視作者的生平，以為作者之生平與作品之優劣並無必然之關係，這種論調就評價文學本身藝術之成就言，原是不錯的。可是在讀中國舊詩時，則對某些作者之生平及其時代背景之了解，卻是非常重要的一件事。因為中國既有悠久的「託意言志」之傳統，不僅說詩者往往持此以為衡量作品之標準，即是詩人本人，在作品中也往往確實隱含有種種志意的託喻。說詩的人如果忽略了這一點，在解說時就不免會發生極大的誤解，從而其所評定的價值當然也就失去了意義。例如楊誠齋在其《朝天續集》中，載有題為〈過揚子江〉的兩首七律，其第一首云：

祇有清霜凍太空，更無半點荻花風。天開雲霧東南碧，日射波濤上下紅。千載英雄鴻去外，六朝形勝雪晴中。攜瓶自汲江心水，要試煎茶第一功。

這首詩如果只從表面來看，則前四句乃是寫作者渡揚子江時所見的眼前景物，五六兩句則因眼前景物而感慨當年六朝之盛衰，七八兩句則是寫他渡江之際，曾經汲水煎茶的一件閒事。就一般讀者而言，對這首詩所得的印象大概是前四句寫景，感受真切而氣象開闊。五六兩句，感慨古今，俯仰盛衰，也寫得極為雄健有力。只有七八兩句，卻是從開闊的天地及千古的歷史，一下子跌進了一件屬於個人的「閒事」的敘寫之中。過去頗有人以這二句為敗筆，清代紀昀在《瀛奎律髓刊誤》中就也曾批評「功」字韻一句以為「押得勉強」，因為「汲水煎茶」的事又有何「功」之可言。這種批評實在犯了一個極大的錯誤，因為作者楊誠齋此詩的重點及深意，原來卻正在這末後的二句之中。紀昀又曾評此二句說：「用意頗深，但出手稍率，乍看似不接續。」於是乃嘗試加以解釋說：「結乃謂人代不留，江山空在，悟紛紛擾擾之無益，且汲水煎茶，領略現在耳。」紀昀畢竟是受過傳統訓練的人，所以仍能感覺到結尾的二句應該有頗深的用意，但可惜他對當時誠齋寫作此詩的歷史背景及地理背景，都未曾深考，因此才會誤認為其「用意」只不過是感慨「人代不留，江山空在」、「且汲水煎茶，領略現在」而已。

其實楊氏此詩乃是作於南宋光宗紹熙改元的一年，當時他正在祕書監任上，奉命為全國賀正旦使的接伴使，〈過揚子江〉二詩便正是作於他奉命為接伴使的途中。而在渡江之際，可以遙望金山，所以他的另一首詩便有「一雙玉塔表金山」之句。而根據陸游《入蜀記》卷一的記載，則在金山上原來建有吞海亭一座，乃是「每北使來聘，例延至此亭烹茶」的所在。明白了這些歷史和地理的背景，然後我們才可以了解楊誠齋這二句詩的用意，決不是僅如紀昀說的什麼「汲水煎茶，領略現在」的意思而已，而是別有一種身負接待北使之任命，雖然心懷羞憤，而又深覺其使命艱鉅的雙重感慨。而因此也可以推想到前面的「千載英雄鴻去外」二句，也決不是如紀昀所說的只是指「人代不留，江山空在」的浮泛的慨嘆而已。近人周汝昌在其《楊萬里選集》的序文中，便曾指出說：「那兩句明明是借古弔今。『千古英雄』指的就是紹興年代乃至乾淳之際的劉、岳、韓、張諸位大將……。『六朝形勝』指的就是『直把杭州作汴州』的南宋小朝廷，因為它也是偏安江左。」所以「汲水」「煎茶」二句詩，實在乃是了解這首詩的重要關鍵所在。對於這種寄意深微的詩句，如果妄指為「出手稍率」以為是「敗筆」，當然會是一種極大的誤解。紀昀雖然以其舊傳統訓練而來的直覺，感受到此二句詩之「用意頗深」，可是他的解說卻一樣造成了另一種誤解。

這個例證便恰好說明了中國舊日「託意言志」一派說詩傳統的優點所在，也說明了它的缺點所在。因為從這首詩的歷史背景、地理背景及作者的生平與這二句詩的關係來看，中國說詩的「託意言志」派的傳統，乃是確有其不可忽視之重要性的，可是紀昀的誤解卻也說明了這一派的說詩人，所最容易犯上的橫加猜測妄為指說的缺點。

紀昀所犯的錯誤，在於他雖然感到這二句該有「深意」，可是卻並未能真正了解其深意所在，遂不免以己意為猜測之說。此外，更有一些說詩人則是硬想在本無深意的作品中，妄指其為有深意。例如陳沆《詩比興箋》之以枚乘的生平來解說〈西北有高樓〉等幾首古詩，張惠言《詞選》之以韓范諸人的被斥逐來解說歐陽修的小詞。這些作品，有時連作者誰屬都尚且沒有定論，則其強加比附的說法，又如何能使讀者完全信服。

所以中國「託意言志」的說詩傳統，雖然在評說舊詩時確實有其不可忽視的重要性，可是如果把一首詩的衡量和評說的依據，完全放在牽強比附的「託意言志」之標準下，而把一首詩本身的文字、意象及結構等種種分析評說的依據，完全置之不顧，那自然就不免會造成一種拘執狹隘的流弊，這種流弊無疑的乃是需要以西方的精密批評理論來為之糾正和拓展的。

其次，再說「直觀神悟」一派而言。這一派與「託意言志」一派的批評方式，可以說乃是完全相反的。後者不惜深文周內以求其句內之深意，前者則貴在超脫妙悟以體會其言外之神情。所以這一派說詩者的特色，實在乃是重在妙悟而不重在言傳的。譬如世尊拈花，迦葉微笑，如果讀者果然可以因說詩人之拈花的一點啟示，乃一笑而頓悟，那麼便自然可以進入佛門，得成正果，不然，則即使吃盡棒喝，恐怕也只好終身做個門外漢了。

由於如此，在理論上這一派說詩人的最高境界，實在乃是「不說」，而由讀者自己去參悟。其次，不得已必要以言語傳授的話，則也僅只提供一點啟示而已。例如宋代著名的詩評大家嚴羽，其《滄浪詩話》一書開端所標舉的便是「朝夕諷詠」，「自然悟入」的方法。至於其真正評詩的例證，如其評阮籍詩云：「阮籍詠懷之作，極為高古。」評建安詩云：「建安之作，全在氣象。」評李杜詩云：「李杜數公，如金鳷擘海，香象渡河。」像這種只舉一二字的一個抽象的概念，或者只舉一種意象來作喻示的評詩方法，在中國詩話詞話中極為流行。如沈德潛之評李白詩所說的：「大江無風，濤浪自湧；白雲卷舒，從風變滅。」周濟論韋莊詞所說的：「端己詞清豔絕倫，初日芙蓉春月柳，使人想見風度。」降而至於近代的批評大師王國維在其《人間詞話》中所說的：「『畫屏金鷓鴣』，飛卿語也，其詞品似之。」「『絃上黃鶯語』，端己語也，其詞品亦似之。」的一些評語，便也仍是中國傳統的「直觀神悟」一派說詩方式的繼承者。

這一派之所以如此為人所樂道，主要應該是由於它所掌握住的乃是詩歌之整體生命和精神，而不是破壞生命和精神的枝節的解析。所以這一派所最常用的一種說詩方式，乃是取用一個富有暗示性的相似的意象來作為喻示，這種喻示是從心靈深處喚起的一種共鳴與契合，使詩歌整體的精神和生命，在評者與讀者之間，引發一種生生不已的、接近原始之創作感的一種啟發和感動。

如果以保全詩歌之本質來說，則無疑的這種「直觀神悟」一派的詩說，實在較之字解句析的說詩方式有著更近於詩之境界的體悟。只可惜這種方式雖然高妙，然而卻是「可為知者道，難為俗人言」的。這種說詩人的對象必須是一些對詩已有深刻體悟的足以喚起共鳴的讀者，於是當他們讀到了這種說詩人所提供的喻示，自然就會有一種「夫子言之，於我心有戚戚焉」的一種頓悟的欣喜。何況中國語言的特色原來也就是唯詩的、唯美的、不適於做邏輯分析的，中國的文人，又一向對於優美的文字較之精密的說理有著更多的偏愛。因之，在過去的傳統中，說詩人與讀詩人便可以從這種「直觀神悟」一派的說詩方式中，同時享有一種對如「禪」的妙悟的會心，及對如「詩」之評語的賞愛的雙重欣喜。

不過這種說詩的方式，實在隱含有兩種缺點，其一是它既缺少理論的分析為根據，因此說詩人所提出的喻示，便只是憑他個人讀詩所得的一點感受而已。如果確實是一位高明的說詩人，則自然可能提供給讀者切合適當的喻示。反之，如果是一位並不高明的說詩人，則他所提出的喻示，豈不就往往有誤把讀者引入歧途的可能？而且說詩人的才力性情各有所偏，他可能對某一類作者及作品有較深之會意，因而提供了恰當的喻示，可是對另外的作品及作者，則因缺乏深入的了解而提供了錯誤的喻示。凡此種種，如果不能有充足的理論解說為依據，其模糊影響難以分辨真偽是非的弊病，乃是無可諱言的。再則，說詩的目的主要的該是指導未入門的讀者，如果讀者已與說詩者有了同樣的「會心」，則又何貴於說詩者的解說和提示。在這方面，無疑的這種模糊影響全無理論為依據的說詩方式，當然就不免會使一些缺少「會心」而亟待引導的讀者難以滿意。尤其在西方文學理論發展日趨於細密精微的今日，這種「直觀神悟」式的說詩方法，有待於新學說、新理論的研析和補足，當然也是明白可見的。

中國說詩的舊傳統的特質及其有待於新學說、新理論來為之開拓補足，既已如上所述。可見揉合新理論於舊傳統之中，實在是當前從事中國文學批評所應該採取的途徑，只是在接納新學說新理論之時，卻有幾點必須注意的事項。第一，理論乃是自現象歸納而得的結果。中西文學既有著迥然相異的傳統，則自西方文學現象歸納而得的與中國文學現象並不全同的理論，其不能完全適應於中國之文學批評，自不待言。這種相異，正如兩個身材全然不同的女子，按照這個人體型所做的衣服，穿在另一個人身上，自然不能完全適合。可是體型雖然不同，然而剪裁製作的原理卻又正有著某些共同的可以相通之處。如果不能從原理原則上著眼來對中國說詩的傳統加以拓展和補足，而只想借一件別人現成的衣服來勉強穿在自己的身上，則一方面既不免把自己原有的美好的體型全部毀喪，更不免把借來的衣服扭曲得十分醜怪。這是當我們採用新理論來評說中國舊詩時，所當注意的第一點。

再則我們評說的對象既是中國的舊詩，就應當先對中國舊詩具有相當的了解，才不致在評說時產生重大的錯誤。在今日要想為中國舊詩的評說拓展一條新途徑，最理想的人選當然乃是對舊詩既有深厚的修養，對新理論也有清楚的認識的古今中外兼長的學者。如果不得已而求其次的話，則對舊詩的深厚的修養實在該列為第一項條件。《戰國策》載有季良諫魏王所說的一段比喻云：

今者臣來，見人於太行，方北面而持其駕，告臣曰：「我欲之楚。」臣曰：「君之楚將奚為北面？」曰：「吾馬良。」臣曰：「馬雖良，此非楚之路也。」曰：「吾用多。」臣曰：「用雖多，此非楚路也。」曰：「吾御者善。」此數者愈善，而離楚愈遠耳。

用新理論來評說舊詩，有時也有相類似的情形。如果不能真正認清如何去了解舊詩的途徑，則所應用的新理論越多，有時也不免會發生距離舊詩越遠的現象。這是當我們採用新理論來評說中國舊詩時，所當注意的第二點。

以前朱自清批評民國初年新詩人之模倣法國象徵派詩的流弊，曾經提出過「創造新語言的心太切」，「母舌太生疏」，及「句法過分歐化」的幾種缺點。現在的說詩人似乎也有著「引用新理論之心太切」，「對舊詩傳統太生疏」，及「思想之模式過分西化」的幾種相類似的缺點。然而我們卻也決不可因噎廢食的便把這一條拓新的途徑，認為不祥而妄加堵塞。因為中國文學批評之需要新學說新理論來為之拓展和補充，可以說是學術發展的必然趨勢，這是任何人都無法加以阻遏的。唯一可以補救的方法，只有使這些勇於開新的有志之士，對自己可能發生的錯誤有較大的反省，對自己所忽略的舊傳統有較深的體認。也許如此才不致把中國舊詩的評說導向歧途，而使之確實能得到博大中正而合理的拓展。

因此，本文在下面便想舉出一些評說舊詩最容易犯的錯誤，來提供給說詩者作為參考。這些例證都只是一時偶然想到的，並未曾有意的做過搜集整理的工作。至於其中所舉的例證，則取之古人之作品者有之，取之今人之作品者亦有之，取自中文作品者有之，取自英文作品者亦有之，而且其中有些作者，原是我平日所尊敬的極有成就的學者。不過疏失錯誤乃是任何一個人都不可能完全避免的，我所舉的例證，既無損於他們所已有的成就，也絲毫未曾減少我對他們一向的敬意。只是為了避免一般讀者的誤會起見，所以在引述例證時，我對於時間及空間距離較近的作者，乃都將他們的姓名略去不提，以表示本文之僅以單純的討論事例為主，決無任何涉及作者個人之意。再者，本文只是一時隨筆之作，論說中自難免有許多錯誤及不盡周全之處，凡此種種，都希望能得到讀者們的普遍諒解。

2

首先我們所要提出來討論的是有關詩之句法及字意的問題。中國語文如我們在前面所言，本來就是極富有彈性的，有時可加以節略，有時可加以顛倒，在組合方面缺少嚴格之文法限制的一種語文。而中國舊詩的語言，為了要適應聲律或對偶的緣故，較之散文和口語在組合方面就顯得有更為精簡而錯綜的現象。因此如果對舊詩語文的組合慣例沒有熟悉的認知，在解說詩意時當然便不免會發生種種的錯誤。在這一方面，語言系統迥異於中國的西方人士，自然較中國人士發生誤解的可能性更多，而距離舊詩傳統較為生疏的現代說詩人，較之舊傳統訓練出來的說詩人發生誤解的可能性自然也較多。然而即使是舊詩傳統訓練出來的說詩人，對於某些精簡錯綜的詩句，實在也仍不能避免有時會發生誤解。我們現在就先舉一個舊傳統的說詩人，發生誤解的例證來看一看。

清代曾著有《選詩定論》的吳淇，在解說〈古詩十九首〉時就曾發生過一些極明顯的錯誤。如其解說「遊子不顧返」一句云：「顧返猶言返顧。」「遊子日遠，豈敢望其還家，求其一返顧而不得。」吳氏的這種解說，實在犯了兩點錯誤。其一乃是對字義方面的誤解。「顧」字在中國舊詩中通常有兩種用法，一是「顧念」的意思，一是「回顧」的意思。吳淇解作「返顧」便是用的「回顧」的意思，但其實這一句中的「顧」字，卻是「顧念」之意。《文選》李善注此句即曾引鄭玄《毛詩箋》曰：「顧，念也。」所以張庚〈古詩十九首解〉便曾解釋此句云：「『不顧返』猶言不思返也。」吳淇把「顧念」之意誤解作「回顧」，當然是由於對字意之誤解所造成的一個錯誤。再則，此一句中就句法而言，實在應把「不顧」二字連起來讀，而不當把「顧返」二字連起來讀。「不顧」二字在古詩中往往連用，如樂府〈東門行〉云：「出東門，不顧歸。」與此句之「不顧返」的句法便極為相近。吳淇忽略了「不顧」二字連讀的習慣，竟誤把「顧返」二字連讀，又因為「顧返」二字本無如此連讀的可能，遂顛倒過來勉強解作「返顧」。當然，有的詞語是可以顛倒使用的，如孫奕《履齋示兒編・倒用字》一節中所舉的「莽鹵」之於「鹵莽」，「角圭」之於「圭角」，便都是此種例證，但那實在因為它們相結合的兩個字乃是詞性相同的字，如「鹵」及「莽」之皆為形容詞，「角」及「圭」之皆為名詞。可是「返顧」則前一字為副詞，後一字為動詞，詞性既不相同便決無可能顛倒過來說成「顧返」之理。吳淇對於中國舊詩之字意與句法慣例可謂只知其一而不知其二，因此才會對字意及句法都產生了誤解。

以吳淇這樣一位清代著名的學者，尚不免會因一時的疏忽而產生如上的誤解，何況今日的說詩人，距離舊詩的傳統日遠，寫作舊詩的經驗日少，對舊詩句法之組合的習慣也日益生疏，而現代人又往往喜歡自標新意，「自標新意」本來是一種可喜的現象，只是在對於舊詩之傳統不甚熟悉的情形下，自標新意的結果有時就不免會產生某種程度的誤解。例如有人解說王融的〈自君之出矣〉一首樂府小詩，對其中的「思君如明燭，中宵空自煎」二句，就曾提出一種較新的讀法，以為可以在「思」字下一頓，而把「君如明燭」當作是所思的對象之象喻。這種讀法在文法上雖沒有明顯的錯誤，可是就中國舊詩句式的頓挫習慣，以及就〈自君之出矣〉這類樂府詩的特殊句式而言，卻都顯然地有著一些問題。因為就前者言，五言詩一般是二、三的頓挫，所以此句的讀法應是在「思君」二字下一頓，而此句的「如明燭」三字，及下句之「中宵空自煎」，則是承接著上面的「思君」二字來寫思君之情的熱切悲苦，有「如明燭」之「中宵空自煎」。如果在「思」之下讀斷變成一、四的頓挫，雖在舊詩中也有此種例證，如「自君之出矣」在文法上便是如此。但凡是舊詩中此種變格的句式大多都是在文法上沒有按正格句式誦讀之可能時，方得成立，如韓愈之「有窮者孟郊」、「在梓匠輪輿」、「乃一龍一豬」等都可為證。但如在一句詩中本可按正規句式誦讀，如「思君如明燭」一句可在「思君」下讀斷者，則此句便當按正格句式讀，而變格讀法便難以成立，此其一。再則就〈自君之出矣〉這一體樂府小詩言，詩中末二句之必在「思君」下讀斷，乃是一般約定俗成的讀法，如范雲的「思君如蔓草，連延不可窮」，辛弘智的「思君如百草，撩亂逐春生」，便都是以「如蔓草」之「連延不可窮」及「如百草」之「撩亂逐春生」，來寫「思君」之情的不可以已。而並不是說所思的人「如百草」或「如蔓草」，此其二。此外，自全詩上下文來看，如果把此句讀做思「君如明燭」，將後四字視為所思之對象，則與下面「中宵空自煎」之寫思念之情的句子，便不相銜接，此其三。在這種情形下，說者又提出了一個新解，以為「中宵」一句可以脫離上句而獨立起來解釋作「午夜煎炙著它自己」，並加以英譯。這句詩從這種現代化的讀法及英譯來看雖似可以成立，然而如果就中國古典詩而言，則「中宵」一辭一貫都是指時間而言，並沒有將之人格化起來作為主詞用的例子，此其四。像這種情形便大都是因為現代的說詩人不大顧及舊詩傳統之句法字意而造成的誤會。

至於就西方人士而言，則他們的語言系統既與中國迥異，當然發生誤解的情形也就更多。最近有一本新出版的英譯《詩經》，作者提出了許多新鮮的見解，可是卻因在解說詩意時對句法與字意有一些誤解，因此遂往往使他的結論也失去了依據。例如其中有一節談到《詩經》中一些戀愛的詩篇，作者首先引了一段「襄王雲雨」的故實，強調中國古代文學中有著「性」的主題，於是接著引了幾首《詩經》中的戀愛詩來作為例證，其中有一首是〈鄭風・將仲子〉。作者自出新意，以對話的方式來譯這首詩，每章首尾皆譯作女子之口吻，而將其中的「仲可懷也」一句譯為男子的口吻。譯文為："Chung: 'Will I ever hold you in my arms?'" 他的見解和譯法雖新，可惜這句譯文卻犯了三點錯誤。其一，作者在「仲」字後面加了一個冒號，於是後面三字遂成為「仲」所說的話，「仲」成了說話的人。這種標點及造句的方式，實在過於現代化了，可以說與中國舊詩的句法傳統完全不合。我們就以《詩經》一書來看，《詩經》中表示說話口氣的共有三種方式，我們可以用新式標點分別如下：

1. 在說話者後面加一個「曰」字，如〈鄭風・溱洧〉：「女曰：『觀乎？』士曰：『既且。』」

2. 把說話的指稱「曰」字完全省略，而直截以對話方式寫出，如〈齊風・雞鳴〉：「『雞既鳴矣，朝既盈矣。』『匪雞則鳴，蒼蠅之聲。』」

3.前一句敘述說話及受話之人，後一句接寫所說的話。如〈大雅・烝民〉：「王命仲山甫：『式是百辟。』」及「王命仲山甫：『城彼東方。』」

這些是《詩經》中表示說話口氣的通例，決沒有像這位譯者所用的把說話人與所說的話放在一個短句中，不用「曰」字而只以冒號「：」表示說話的口氣如「仲：『可懷也。』」的方式。這當然是譯者對《詩經》句法不清楚而造成的錯誤。再者，中國古典文學中，當一句中前面有一個名詞後面有一個動詞，而兩個詞中間有個「可」字的時候，則前面的名詞必定是後面動詞的受格而決非主格，如「頭可斷」、「血可流」、「彼可取而代」、「氣可養而致」都是此種句法的例證。因此在「仲可懷也」一句中，「可懷」者實在是「仲」而並不是說「仲」要去「懷」什麼人。這是譯者因對句法認識不清而造成的又一點錯誤。三則就「懷」字之字意言之，中國文言文中此字通常大概有三種用法。一種是作名詞用，如「襟懷」、「素懷」；另一種是作動詞「懷念」的意思用，如「懷鄉」、「懷舊」；再一種是作動詞「懷有」或「懷藏」的意思用，如「懷才」、「懷寶」。至於如這位譯者所解釋的「攬入懷中 hold in my arms」之意思用，則除曲文中有「牀兒上被兒裡懷兒抱」的用法外，在古典詩中，特別是在《詩經》一書中，可說決無此種用法。而且若用為「懷抱」之意，則多與「抱」字連用，若只用一個「懷」字，如「懷妻」、「懷女」、「懷人」等，則一定是「懷念」之意，而非「懷抱」之意。同時，在《詩經》中所用的「懷」字，大都為「懷思」、「懷念」之意，譯者竟譯為「攬入懷中」之意，這當然是因譯者對中國舊詩之句法與字意缺乏認識所造成的錯誤。

而由於對一句詩中一兩個字的誤解，往往可導致對通篇主旨的誤解，因而也就可能影響到評說時整個論點的錯誤。即如「仲可懷也」一句，是「懷思」而非「懷抱」之意，如此則這首詩雖為情詩，但與譯者依其錯誤譯文所強調的「性」的主題，便顯然仍有一段距離。此外，這位譯者在同一書中還曾根據《詩經・王風・兔爰》的「我生之初尚無為」一句，認為《詩經》中也有道家的「無為」思想。其實〈兔爰〉中的「無為」是「無事」之意，也就是無戰亂之事的意思，與道家「無為」的思想完全無關。譯者的《詩經》一書是近年才出版的，他決不會沒參考過前人的注解及其他譯文，然而竟有著這樣顯著的錯誤。這很可能是因為他想要標舉新意之心太切，「性」的主題及「道家」思想恰好都是今日西方最流行的題目，因此他遂有心對這些主題特別加以強調以吸引讀者，可是由於對《詩經》的句法與字意未能有清楚的認識，所以在他想要出奇兵以制勝的時候誤入了歧途，終至遭到全軍覆沒的結果。這種錯誤雖出於一位西方人士的著作，然而覆車可鑑，他所以致誤的原因，實在頗可供今日說詩人的反省及參考。

其次我們所要討論的是舊詩中句法結構之外的情意結構的問題。詩歌既大多以表現內心情意之活動為主，所以如何透過詩歌的口吻神情來掌握詩人內心情意之動向，自然是說詩人所當注意的一項重要課題。有些說詩人對詩歌的句法字意雖有清楚的認知，然而卻仍不能探觸和理解到詩人真正意向之所在，有時便正是因為對一首詩的口吻神情未能有清楚之體認的原故。最近有朋友寄給我一篇書評，其中論及英譯本李義山詩〈北樓〉一首的「酒竟不知寒」一句的譯文。譯者原把此句譯作"The wine is cold but I have not even noticed it." 這句譯文從字義及句法看來並無錯誤，但評者卻在其中看出了不妥之處，他提出中國詩中「寒」字及「冷」字習慣用法的比較，以為二字雖然字意相近，可是習慣上中國卻只說「寒江」、「寒月」，而從不說：「寒酒」。此外，他又提到李義山〈北樓〉一詩乃是寫他身在南方對北國中原的懷念，所以這句詩的「不知寒」應該並不是說酒冷，而是說南方天氣暖，酒力雖銷而卻不覺天氣之寒的意思（原為英文，意譯如此）。這位譯者所提出的實在是對舊詩的一種極精微的辨識與體認，他的意見是極可貴的，不過他把這句詩改譯為："Although I have finished the wine, I do not feel cold." 卻似乎仍有值得商榷之處。為了對這首詩詳細加以討論，現在先把全詩抄在下面：

春物豈相干，人生只強歡。花猶曾斂夕，酒竟不知寒。異域東風溼，中華上象寬。

此樓堪北望，輕命倚危欄。

這首詩據其所寫的氣候而言，歷來注家都以為是義山在桂林時所作，這是不錯的。馮浩在「酒竟」一句下即曾注明是「暗點炎方」，足見句中之「寒」字是指氣候而言，而不是指酒說的。譯者雖曾提及此詩是李義山在桂林時作，而且也曾說明全詩表現了南方氣候之潮溼炎熱，可是譯文中卻把「寒」字誤譯為酒冷之意，這當然是一時疏忽所致。經過評者對「寒」、「冷」二字用法之比較，這句譯文之錯誤是顯而易見的，不過評者把「酒竟」二字譯作 "Although I have finished the wine"，如此則把「竟」字解釋為「飲盡」之意，而忽略了「竟」字在這句詩中原當作為虛字的表示口吻神情的作用。就中國舊詩的句法習慣言，如果是律詩中的對句，則其前一句與後一句間每有相呼應之處，如「酒竟不知寒」的「竟」字便與前句「花猶曾斂夕」的「猶」字相對。照舊詩用字習慣來說，「竟」、「猶」二字都是表示語氣的虛字，而凡表示語氣的虛字應該正是一首詩情意結構的重要關鍵所在。就義山詩此二句言，它的口吻應是說花「猶然」如此，而酒卻「竟然」如彼之意。為討論此二句詩的情意結構，我們必須從上一句說起。

上句「花猶曾斂夕」之「花」，我以為並非泛指，它應是專指南方所盛產的木槿花而言。這種花的特性是朝開暮萎，義山在桂林時對此花留有極深刻的印象，所以他在桂林所作的詩中便常提到這種花，而且特別致慨於其朝開暮萎之特性，如其〈朱槿花〉二首五律及〈槿花〉一首七絕，都可為證。至於在〈北樓〉這首詩內，「花猶曾斂夕，酒竟不知寒」一聯在全詩中之作用，則是承前兩句「春物豈相干，人生只強歡」而來，其用意正是要寫春日中的強歡之情。如果是在北國中原，則四季有明顯的變化，每當春來之際，自「風光冉冉東西陌」到「颯颯東風細雨來」，進而至於「花鬚柳眼」、「紫蝶黃蜂」的三春盛事，則所謂「春物」者與這位「荷葉生時春恨生」的詩人李義山，自然有著密切的「相干」之感。如今遠在炎方的桂林，雖然計算時節，該已是春天，但卻並沒有這些顯示出鮮明的季節變化的與詩人「相干」的春日之感受，在這種寂寥落寞的心情中欲求強歡，所以才有開端之「春物豈相干，人生只強歡」之語。而第三句的「花」及第四句的「酒」，便正是敘寫詩人欲藉看花飲酒以求強歡的一種情緒。然而炎方的春日既無萬紫千紅輪番開放的盛事，所見的唯一屬於花的變化的僅有槿花之朝開暮萎而已。是故詩人才說「花猶曾斂夕」，這正是詩人看花以求「強歡」所得的感受。至於就「飲酒」言，則如在北國中原，每當春來之際，往往餘寒猶厲，所以詩人們向來在賞花時也常要飲酒，這不僅因飲酒的微醺可增加賞花的意興，同時也因春寒猶厲才更需要在賞花時飲酒以抵禦身外的春寒，何況在身外的春寒中也才更能領略到飲酒的興致。如今李義山既遠在炎方，則雖欲勉強飲酒以求強歡，然而卻可惜竟全無身外春寒之感，如是則情味全非矣，所以才會說「酒竟不知寒」。這兩句詩合起來讀，乃是寫義山在炎方春來之際，因全然不見使他感到「相干」的「春物」之變化，然而人生行樂耳，所以乃有藉著看花飲酒以求強歡之意。看花之強歡雖然猶可感到槿花朝開暮萎的一點變化，可是飲酒的強歡則卻竟然全無助人酒興的身外春寒之感。在這二句詩中，義山實在不僅寫出了炎方的氣候，也寫出了自己在異域勉強尋歡的一種惆悵無聊的心情。如果把這句看成是說「酒冷」，當然並非詩人的本意，但如只說天寒而未能提出此句「竟」字與上一句之「猶」字，在對比中所顯示的那分強歡的惆悵之感，則也未能完全掌握詩人的本意。像這一類的疏失，就是由於對全詩情意方面的結構，未加仔細留意的緣故。這種疏失當然是我們在解說一首詩時所當小心避免的。

接著我們所要討論的是詩中用字及用典之出處與詩之解說的關係。先談用字，所謂用字是指詩人在詩中所使用的某些詞字乃是前人曾經使用過的詞字。如仇兆鰲引李密詩之「玉露凋晚林」及沈約詩之「暮節易凋傷」等句，來注解杜甫〈秋興〉的「玉露凋傷楓樹林」一句詩，又如李善引《楚辭》之「悲莫悲兮生別離」及〈古楊柳行〉之「讒邪害公正，浮雲蔽白日」，來注解〈古詩十九首〉之「與君生別離」及「浮雲蔽白日」二句詩，便都是指明詩歌中用字有出處的極好例證。這種用字有時出於有心，有時出於無意，其與詩歌之內容意義也有時有關，有時無關。如《楚辭》乃是古人所熟知的書，則〈十九首〉之作者在寫下「與君生別離」一句時，對《楚辭》「悲莫悲兮生別離」之句，便很可能在意識上有著某一種關聯。至於「浮雲蔽白日」一句既與〈古楊柳行〉的詩句完全相同，其間之有所關聯當然就更是可能的一件事。雖然讀者不知道這些出處也可讀懂〈古詩十九首〉那兩句詩，可是如果讀者也知道這些出處，則在讀〈古詩十九首〉「與君生別離」一句時，就可以因《楚辭》之句而同時也產生「悲莫悲兮」的聯想，因此對這一句詩便可以有更為豐富深入的體會。又如在讀「浮雲蔽白日」一句時，就也可以因〈古楊柳行〉的詩句而想到「浮雲蔽白日」的意象原來也可能有著「讒邪害公正」的喻示，因而對這首古詩引發更深的喻託之想。像這一類的出處，對詩之了解及評說當然有著相當重要的關係。至於仇注所引的李密及沈約的詩句，則以杜甫「讀書破萬卷」的博學，在其寫作時雖未必有心襲用，而這些辭字之湧現於杜甫筆下，自然也未始全無潛意識的某種關聯。何況李密的「玉露凋晚林」一句，五字中與杜甫「玉露凋傷楓樹林」一句相同的有四字之多，無論就詩人或就讀者而言，其聯想到李密的詩句便也是一件極自然的事。在這些例證中，比較起來沈約的「暮節易凋傷」一句實在與杜甫詩之關聯較少。因為杜甫詩中的「凋傷」乃是指樹的凋傷，而沈約的則是指人，而且「凋傷」二字乃是極常用的辭字，杜甫之用它實在未必與沈約詩有關。不過讀者對熟知的詞字較易引起共鳴，這也是何以古人重視用字要有出處的原故。今人往往以為古人這種注解的方法過於瑣碎拘泥並無高深之見，而視為鄙不足道，其實詩歌中所用的辭字，原是詩人與讀者賴以溝通的媒介，唯有具有相同的閱讀背景的人才容易喚起共同的體會和聯想，而這無疑是了解和評說一首詩所必具的條件。

有一次，有位外國同學翻譯趙秉文的〈題巨然泉岩老柏圖〉一詩，將其中「為迴筆力挽萬牛」一句譯作：“When I face it, the strength of the brushwork attacts me with the force of 10,000 bullocks.”「萬牛」形容筆力之壯當然是不錯的，可是在這句詩中卻並不是說筆力之壯可以吸引我這觀畫的人，而是說那筆力可以把如此枝幹雄偉氣象磅礡的一棵古柏呈現在紙上。此詩「萬牛」二字原出於杜甫〈古柏行〉，其中有句云：「大廈如傾要梁棟，萬牛迴首丘山重。」意思是說古柏之雄偉高大，重如丘山，雖有萬牛之力也難以遷挽，以示材大之難為世用。趙秉文這首詩題為〈題巨然泉岩老柏圖〉，可見圖畫中必然也有一株古柏，所以詩人乃用杜甫〈古柏行〉中的「萬牛」二字，以讚美畫家巨然筆力之大勝於萬牛，竟將此古柏遷挽移植於畫面之上，而言外則凡杜甫詩中描述古柏之種種讚美歌頌也便因聯想而與畫中之古柏結合為一。像這樣的詩句如果不知道「萬牛」二字的出處，當然便不會有正確深入的了解。

其次談「用典」。「用典」與「用字」之區別在於後者只是字面上與古人有相合之處，即使不知道這些辭字的出處，除了少數的例外，從字面上都仍然可以讀得懂。可是用典則不然了，用典乃是在詩句中包含有一則故實，如不知此一故實的出處，就根本無法讀懂這句詩。此外，用字有時可能出於偶合或無意，至於用典則詩人是必然有所取意的。如李義山〈安定城樓〉一詩的「賈生年少虛垂涕，王粲春來更遠遊」二句，上句用的是賈誼的典故。據《史記》及《漢書》載賈誼年少頗通諸子百家之書，上書陳政事云：「臣竊惟事勢可為痛哭者一，可為流涕者二，可為長太息者六。」下句用的是王粲的典故，據《三國志．魏書》載王粲於西京亂後，往荊州依劉表。李義山此詩據張采田《玉谿生年譜會箋》編於唐文宗開成三年，義山二十七歲，應博學鴻詞科不中，居於涇原節度使王茂元幕下時所作。箋云：「賈生對策比鴻博不中選，王粲依劉比己為茂元幕官。」馮浩注亦云：「應鴻博不中選而至涇原時作也，玩三四顯然矣。」透過詩中這二句，我們自可看出李義山借用此二則典故，以抒寫其有憂時之心而不為世用及依人幕下的一分悲慨。這便是用典的最好例證。在這種情形下，說詩者只要能把詩人所用的故實找到正確的出處，便不難求得正確的解釋。

不過有時詩中的典故也並不都是如此明白易解，其較為難解的大約有二種情形。一種是一句詩是兩則故實的結合，而字面上卻只提供了一個出處，另一種是字面上雖提供了故實的出處，然而詩人所用的卻非故實的本意而另有所取意。這兩種用典的情形便極易引起誤解。我們仍舉義山詩為例，先說第一種情形，如其〈詠淚〉一詩：「人去紫臺秋入塞。」一句，馮浩注云：「《文選‧恨賦》：『若夫明妃去時，仰天太息，紫臺稍遠，關山無極。』此謂一離宮闕便遠至異域。」馮浩就字面為注，其所說原來不錯。然而此詩標題是「淚」，中間二聯「湘江竹上痕無限，峴首碑前灑幾多。人去紫臺秋入塞，兵殘楚帳夜聞歌」，實在用的是四則與哭泣流淚有關的故實。「湘江」句用娥皇女英泣竹成斑之傳說，見於《博物志》；「峴首」句用晉羊祜墮淚碑的故實，見於《晉書》；「兵殘」句用項王被圍垓下，悲歌慷慨泣數行下之故事，見於《史記》。依此類推，則「人去紫臺」句亦必當為與「淚」有關的故實才是。馮浩引江淹〈恨賦〉，則只注出了「紫臺」的出處為明妃的故實，卻未曾注意到此句亦當與流淚有關。而且只就明妃之離宮闕為說，實在不合詩人取用此一故實的本意。或者有人會說，明妃離漢宮時想當然有流淚之事，原不必求其一定有出處，這種說法又決不合於詩人用典的慣例。其實此句詩義山在字面上之所以取用〈恨賦〉的「紫臺」二字，只不過為了與下句「楚帳」相對而已。至於在故實的含義上，義山實在用的乃是石崇〈王明君詞〉的故實。石崇詩有云：

我本漢家子，將適單于庭。辭訣未及終，前驅已抗旌。僕御涕流離，轅馬悲且鳴。哀鬱傷五內，泣淚溼朱纓。

這幾句詩極寫明妃出塞時哭泣流淚之狀，這些句子應該才是義山〈詠淚〉一詩中引用明妃出塞故實的真正取意所在。而歷來注家對此卻並未注出，馮浩但引〈恨賦〉以「離宮闕」「至異域」為說，就此詩言，實在是一種誤解。像這種把二則故實合用，而字面上只有一個出處的用典例子，乃是說詩人所當特別留心辨認的。

再談第二種情形。義山〈錦瑟〉詩云：「莊生曉夢迷蝴蝶，望帝春心託杜鵑。」〈無題〉詩云：「扇裁月魄羞難掩，車走雷聲語未通。」這幾句詩從表面上看，「莊生」一句用的是〈齊物論〉莊子夢為蝴蝶的故實，「望帝」一句用的是《華陽國志》蜀望帝魂魄化為杜鵑的故實。「扇裁」句用的是班婕妤團扇怨之故實，「車走」句用的是司馬相如〈長門賦〉中之故實。如果說詩人拘執出處的原意來解說這幾句詩，則「莊生」句必當與化出於萬物之外的「物化」之意有關，「望帝」句必當與帝王失國之不幸有關，「扇裁」、「車走」二句亦必當與女子失寵被棄之情事有關。然而我們仔細吟味一下義山原詩，就會發現他用這些故實原來與典故之含意並無全面之關係，而只是截取故實一部分含意作為一種意象之表現而已。今對此諸意象不暇細說，簡言之，則「莊生」句不過藉蝴蝶以表現一種痴迷的夢境，「望帝」句不過借杜鵑以表現一種不死的春心，「月魄」句不過借之以寫團扇之美並進而襯托用團扇遮面的女子的嬌羞，「車走」句不過借之以寫行車雖近至交錯相接，然而卻未曾得到一訴衷曲的機會。像這種用典便不可只據故實立說，而當切實查考詩人用意之所在才真能懂得詩意，否則就會發生誤解。馮浩便因對義山此種活用故實，只借之作為意象之表現的方法有所不明，所以在注「莊生」一句時遂一定要按《莊子》本文的「物化」為說，於是既把道家哲學中的「物化」強解為人死化為異物，又把人死的「物化」牽涉到莊子鼓盆的故實來勉強立說。像這種過於拘執故實牽附立說的情形，當然是說詩人應小心加以避免的。

還有一種與前面所談的過於拘執故實來解詩完全相反的情形，那便是有些說詩人又過於自命通達，往往把原來詩句用字與用典的出處故實完全置之不顧，但以自己的私意來大膽立說。例如〈古詩十九首·明月皎夜光〉一首，其中有「白露沾野草，時節忽復易，秋蟬鳴樹間，玄鳥逝安適」數句，李善注曾明白引注這幾句詩的出處說：「《禮記》曰：『孟秋之月白露降。』」又云：「《禮記》曰：『孟秋寒蟬鳴。』」又曰：『仲秋之月玄鳥歸。』」根據這些出處，則這首詩所寫的自然應屬秋季的景物，可是朱自清在其〈古詩十九首釋〉一文中，卻因對這首詩前面的「玉衡指孟冬」一句有所不明，誤把指方位的孟冬看做指季節的孟冬（孟秋指方位之說，參看《迦陵談詩·談古詩十九首之時代問題》），因此遂把這首詩的景物都誤解為孟冬的景物，並說：

> 《禮記》的時節只是紀始，九月裡還是有白露的，雖然立了冬，而且立冬是在霜降以後，但節氣原可以早晚些。

殊不知古人寫詩，於此等處實在極為謹嚴，既然三句中都是用《禮記》中記孟秋之節物的句子，則此詩必然是寫孟秋的景物無疑。斷不會於霜降立冬之後，節令已到了孟冬，卻引用孟秋的故實入詩，朱氏所說「節氣原可以早晚些」，在此是說不通的。又如我以前在〈論吳文英之為人〉一文中，於談及吳氏贈賈似道之〈金琖子〉詞「小隊登臨」一句時，曾舉劉毓崧〈夢窗詞敘〉及夏承燾〈吳夢窗繫年〉的兩種不同說法（見《迦陵談詞》）。劉氏據「小隊登臨」一句判斷夢窗此詞必作於賈似道為制置使之時，夏承燾則據此詞前半之「鶯花任亂萎」諸句，以為此詞必作於賈似道已還朝為宰相之時，而且還曾說：

劉氏據「小隊登臨」句謂指似道制置荊湖時，以其用杜詩「元戎小隊出郊坰」。然執宰遊出何嘗必不可用？以此說文太泥，以此作證太弱。

其實夢窗此詞乃是作於賈氏還朝以後固然不錯，而「小隊登臨」則隱含對賈氏出將入相之讚美，同時指其曾為制置使而言也並不錯。劉氏只據此一句便認定必作於賈氏為制置使之時，其說固病在過於拘泥，而夏氏便逕以為執宰遊山亦可用「元戎」之典，又不免過於率意。凡此種種偏失都是造成說詩人對原詩發生誤解的重要原因。昔孔子有言曰：「可與言而不與之言，失人；不可與言而與之言，失言。知者不失人亦不失言。」我們對於詩歌中用字與用典的出處，以及此一出處與詩意確實之所指的微妙關係，便也當有此種詳細的辨別，才不會對有出處的辭語或故實加以忽略，而在解說時也才不致有過於拘執或過於率意之病。這是說詩人所當加以注意的另一課題。

最後我們所要討論的是當一首詩或一句詩可以有多義之解釋時，當如何加以別擇和判斷的問題。一般說來，造成多義的基本原因大約有兩種，其一是由於對詩句的構造及句法可有不同的讀法，其二是由於對詩歌中意象所提供的喻示可有不同的解說。現在先談第一種情形。

中國舊詩中，由於所使用的文字之過分簡鍊，及中國語文缺少精密之文法的特質，所造成的因不同的讀法而引起不同之解說的例證甚多，杜甫的〈戲為六絕句〉就是其中一個最好的例證。多年以前，郭紹虞在《燕大文學年報》曾發表過一篇文章，題為〈杜甫戲為六絕句集解〉。在敘文中，他曾經論及這六首詩「代詞之所指難求，韻句之分讀易淆，遂致箋釋紛紜莫衷一是」。其後，於一九六二年，臺灣師大國文研究所還曾因以杜甫〈戲為六絕句〉為試題而引起過一場論辯。足見讀者對這六首絕句的解釋之人各一辭，難於獲得一致的結論。現在我們只取其中第三首作為例證，來略加分析。先錄原詩如下：

縱使盧王操翰墨，劣於漢魏近〈風〉〈騷〉；龍文虎脊皆君馭，歷塊過都見爾曹。

這一首詩之所以引起歧解，首在第四句「爾曹」一代詞之所指難求。趙次公、邵二泉以為「爾曹」乃指首句之盧王而言，如此則此詩對盧王為貶辭。但自劉辰翁以下之說詩者，則多以為「爾曹」乃指盧王以後之「今人」「後生」而言，如此則此詩對盧王為讚辭。這是「爾曹」一代詞所引起的歧解。再則次句「劣於漢魏近〈風〉〈騷〉」之句讀，也有許多不同的讀法。錢謙益以為此句乃謂「盧王之文劣於漢魏而能江河萬古者，以其近於〈風〉〈騷〉也」，如此則當於「魏」字下讀斷。浦起龍、盧元昌等則以為「漢魏近〈風〉〈騷〉」五字當連讀，以為此句乃是說盧王之文劣於「漢魏之近〈風〉〈騷〉」，如此則當於「劣於」二字下讀斷。像以上這類的歧解，其勢不能並存，如果只就此一首詩或一句詩來求其解說，則實在無法作正確的判斷。要想解決這種困難，我們首先實應了解唐代詩歌發展的情勢，其次該了解杜甫一貫論詩的主旨。就唐詩之發展而言，則王楊盧駱紹齊梁之遺風，時人號為四傑，而自陳子昂諸人倡為復古之說以後，遂有人對四傑之詩風頗多有譏議。《玉泉子》及《唐詩紀事》等書就曾載有時人譏楊炯詩為「點鬼簿」、駱賓王為「算博士」之記敘。至於就杜甫個人論詩之主旨而言，則杜甫原是一位集大成的詩人，元稹在杜甫〈墓誌銘〉中即曾讚美他「盡得古今之體勢」，而且從杜甫的詩中來看他對六朝齊梁以來之詩人，如庾信鮑照甚至陰鏗何遜等都有讚美之辭，即在〈戲為六絕句〉中他也曾說過「不薄今人愛古人」及「轉益多師是汝師」的話，可見他個人決無輕視四傑或鄙薄近體之意。當我們把這基本觀念弄清楚以後，便可知道杜甫這首詩實在是為四傑申辯之辭，意謂縱使盧王之所作為後人譏議為不及漢魏古詩之近於〈風〉〈騷〉，然而他們的成就可比美於龍文虎脊之各種毛色的良馬，皆可為君王之馭，至於「爾曹」後生則如一般凡馬，於「歷塊過都」之際，偶遇艱阻即見其才力之低劣矣。如此，則此詩因代詞及句讀不明所引起之各種不同的解釋，自然便可定於一是而不致再有爭執了。由這個例子來看，當一句詩有多義之可能時，首先所當做的實在是仔細看看這多種解釋是否互相牴觸，如果是，則當從多方求證，為之尋得一種可信的解說。

然而在某些情況下，因不同讀法而招致的詩意上的歧解，卻不一定都會產生像上面一例的牴觸，有時這些歧解反可同時並存，使詩句得到更豐美的意趣。例如李後主的〈浪淘沙〉詞，其中之「流水落花春去也，天上人間」就是個很好的例證。俞平伯在他的《讀詞偶得》一書中，對此句就曾提出四種不同的讀法。第一是把這句看作疑問的口氣，解為：「春去了！天上？人間？哪裡去了？」第二是把這句視為嗟嘆的口氣：「春歸了，天上啊！人間呀！」第三是把此句視為對比的口氣：「春歸去也，昔日天上而今人間矣！」第四是把「流水落花春去也」及「天上人間」，分別看作是對上一句「別時容易見時難」的承應，有「難」「易」對舉的口氣，解為：「『流水落花春去也』離別之容易如此，『天上人間』相見之難如彼。」俞氏本人採取第四種解釋，而以前三種為「不好」或「不妙」。其實李後主這句詞的佳處所在，原來卻正在於它的語法的含混模稜，與語氣之沉著真率的一種微妙的結合。讀者既可由其含混模稜的語法而生多種解說及聯想，又可因其沉著真率的語氣而有極深切之感動。在這種深厚豐美的感動和聯想間，我們對於這句詞的義界，實在不必勉強加以狹隘的分劃。而且李後主原來就是個以摯情取勝的詩人，這種超乎理性思索的至情之語，實在正可視為其特色的一種表現。像這種「多義」的解說就大可任其同時並存，而不必勉強為之定於一是。俞平伯對於一詩可以有多義之解說似未曾有所認知，因此雖為之提出了四種可能的解說，卻又不得不於其中強加軒輊，為之限定為一種解說，遂使原詩義蘊之豐美反而受到了損失。這種情形當然是說詩人當格外小心處理的。

不過在可兼取之多義中，有時也須略加分別輕重主從之義。例如杜甫〈秋興〉第三首「五陵衣馬自輕肥」一句，也曾引起說詩人許多不同的解說，或以為「自己輕肥」，或以為「自炫輕肥」，或以為有「輕視」之意，或以為有「羨之」之意，或以為「慨己之不遇」，或以為「慨同學少年之誤國」，或以為「慨同學少年之不念故人」。這些不同的解說雖可同時並存，然而朱自清在〈詩多義舉例〉一文中，對此句之解說便曾提出過主從之說。他以為：「這兩句詩的用意，看來以同學少年的得意反襯出自己的迂拙來。」這是詩的主意。又說：「仇兆鰲《杜詩詳注》說：『曰：自輕肥，見非己所關心。』……。仇兆鰲這一解，照上下文看，該算是從意。」朱自清所提出的在一詩多義中，需有主意與從意的辨別，也是非常重要的一點。

接著我們來討論一詩多義的第二種情形，也就是由於對詩歌中意象所提供的喻示有不同的解說，而引起一詩多義之現象的問題。此一問題實在是說詩人所面臨的最大的難題。因為詩歌既原以意象之表現為主，而意象所可能引起的聯想又極為自由，我們固不當以拘狹的解說來限制豐美的聯想，然而若一任說詩者聯想的自由奔馳，則說詩的標準又究竟何在？所以此處我們願提出一些例證，來作為遭遇上述情形時，在取捨和判斷上的一點參考。

第一是由於對意象所指之物有不同的解說，因而對其所喻示之含義亦發生不同之詮釋者。如李義山「鳳尾香羅薄幾重」一首〈無題〉詩中的「斷無消息石榴紅」一句，歷來說詩者對「石榴紅」三字之所指，便曾有種種不同的解說。馮浩注解此句時，對其含意就提出過兩種不一致的看法，一則以為「可喻合歡」，再則又以為「可喻京宦」。前一說的根據在於義山〈寄惱韓同年〉詩的第二首，曾有「我為傷春心自醉，不勞君勸石榴花」之語。韓同年蓋指韓畏之，與義山同年，亦為王茂元之婿。馮氏以為該詩當作於「韓初娶王氏女」時，上引二句詩則為義山「嘆己之未得佳偶」，「石榴花」三字據馮注引簡文帝詩「䲶杯石榴酒」，乃是指酒而言，在〈寄惱韓同年〉詩中則當指結婚之喜酒。此馮氏所以認為「斷無消息石榴紅」一句亦有「可喻合歡」之意也。至於「可喻京宦」的根據，則是義山於〈回中牡丹為雨所敗〉之第二首中，曾有「浪笑榴花不及春」之句。馮氏於此句曾引《舊唐書・文苑傳・孔紹安傳》為注，據孔傳載，孔氏應高祖詔詠石榴詩有「只為時來晚，開花不及春」之語，詩中蓋隱含有怨其未能及時獲得高位之意，所以馮氏遂以為義山「斷無消息石榴紅」又有「可喻京宦」之意。除去馮氏所提出的這兩種說法外，朱鶴齡注則引梁元帝〈烏棲曲〉之「芙蓉為帶石榴裙」為注，雖然朱氏對其喻意未加說明，然而朱氏以「石榴紅」為指「石榴裙」之意，則是明白可見的。

綜合三種不同的說法，私意以為指「石榴酒」之說最不可信。因為一般而言，「石榴」二字之指酒而言者，在詩中大都有著對酒的暗示。如前引馮注所舉之簡文帝詩「䲶杯石榴酒」，便明白點出「酒」字來，又如梁元帝詩之「尊中石榴酒」亦同。至於義山〈寄惱韓同年〉之「我為傷春心自醉，不勞君勸石榴花」，雖未明言「酒」字，可是其

「醉」字「勸」字，則顯然含有對於「酒」的暗示。可是在他的〈無題〉詩中的「斷無消息石榴紅」一句，則通篇上下並未曾有一點此種暗示，所以此句中的「石榴紅」三字之意象，其指「酒」的可能性實在最小。再則此句之「石榴紅」與「斷無消息」連言，則二者間必當有某種關聯之意，且此句又與上一句「曾是寂寥金燼暗」相對，則二者之口氣呼應間也必當有相關之處。在「曾是」一句中，「金燼暗」三字乃是喻示「曾是寂寥」之情緒中，顯現在眼前的一種意象，所以「石榴紅」三字便也該是喻示在「斷無消息」之期待中顯現於眼前之一種意象。如果把此句的「石榴紅」解作結婚之喜酒，則就此句整體所呈現出的隔絕悵惘之情而言，必當是結婚之喜酒如今尚無消息之意，如此則喜酒必當為眼前所無的意象。這種說法不僅與前一句「金燼暗」之口吻不相配合，而且與此句所強調的「紅」字之感受也不相配合，因為此句之如此強調「紅」字，正表示「紅」應當是眼前之意象。所以如果把此句的「石榴紅」解作眼前所沒有的石榴酒，這種說法實在不甚可信。

其次再來看看把「石榴紅」解作指「石榴裙」之「紅」的說法。按這種說法，「石榴紅」三字便可視為女子之服飾，於是也就可能成為眼前之一種意象。以女子裙色之鮮豔來反襯「斷無消息」的哀傷，這種說法似乎比石榴酒之說略勝一籌，所以在一篇討論英譯本李義山詩的書評中，評者就曾提出譯者把此句解作指結婚喜酒之「石榴酒」有所不妥，不若將之解為指「石榴裙」之「紅」而言，更為一般讀者所樂於接受。不過如果仔細吟味此一句詩，則「斷無消息」四字實在還暗示有「久無消息」的時間之感。石榴裙之紅雖可反襯隔絕期待中的寂寞哀傷，可是卻並無時間之感。但如果我們把「石榴紅」三字看作是指「石榴花」而言，則它便可既表現眼前鮮明之意象，又可暗示一種春去夏來的明顯的時間流逝之感。而且以石榴花之綻放來表現時間及季節之感，也正是詩人所常用的一種意象。不僅前引孔紹安〈詠榴花〉詩的「開花不及春」可以為證，韓愈的「五月榴花照眼明」更是大家所熟知的以榴花表現季節之感的句子，又如義山本人〈回中牡丹〉詩之二的「浪笑榴花不及春」一句，便也曾以榴花來表現季節之更替。如此看來，則「斷無消息石榴紅」一句中的「石榴紅」之意象，實在當以指石榴花之可能性為最大。此外，也唯有作石榴花之「紅」來解釋，才可以將「花」字省略而簡言「石榴紅」，如果是作「石榴酒」或「石榴裙」之紅的話，則一般多在詩中點明或暗示「裙」字及「酒」字，而並不只簡言「石榴紅」。至於石榴花之「紅」這一意象所提供之喻示，馮浩雖曾引孔紹安詩之「開花不及春」，以為「可喻京宦」，言外蓋謂詩人此句乃慨嘆其未能及時得仕。然而這種說法實屬臆測，未能避免傳統說詩法的拘執比附之病。我們若不如此拘執立說，則此句詩從其意象及其在詩中的位置來看，該只是寫一個女子在「斷無消息」的期待中，因見石榴紅綻，而益深其期待的寂寞之感，同時且不免有一種春光已老年華長逝之哀傷。至於此外是否作者尚有「恐美人之遲暮」的不能及時見用的感慨和喻託，則讀者未始不可以有此想，作者也未始不可以有此意，不過就此詩表面寫情之基調而論，卻不必一定要加以如此拘限的指說。從以上所分析的，我們可以看出，判斷詩中意象之何所指雖不可不謹嚴，但解說卻不可過於拘執，這是說詩人所當注意的。

此外，我願更舉一類例證，那就是對詩中意象所指之實物雖然沒有異辭，可是對於其所暗示的喻意則有不同之解說者。例如杜甫〈秋興〉八首之七，其中之「織女機絲虛夜月，石鯨鱗甲動秋風」二句，「織女」乃指漢長安昆明池畔織女之石像，「石鯨」則指池中石刻的鯨魚，二者都是實有之物，一般人對此可以說並無異辭。可是歷來說詩者由這兩句詩中之意象所得的感受和聯想，卻有極大的不同，因而對這兩句詩的喻示和託意也就發生許多極不同的說法。有人以為此一聯寫昆明池之衰，說：「讀之則荒煙蔓草之悲見於言外。」楊慎《丹鉛總錄》即作此說。又有人以為此一聯不過是「寫池景之壯麗」而已，仇兆鰲《杜詩詳註》即作此說。除去這些有無盛衰之感的爭辯以外，更有人以為這兩句詩另有其他喻託之意。金聖歎《唱經堂杜詩解》即曾經有「織女機絲既虛則杼柚已空，石鯨鱗甲方動則強梁日熾」的說法。還有現代的讀者則對此一聯另有更新的解說，以為「機杼」和「鱗甲」乃是「井然有序的組織的意象」，而上一句「機絲虛」乃「適足以成為喪失秩序的黑暗時代之象徵」，至於「『石鯨』的巨大與『鱗甲』的櫛次鱗比的意象」則「與我們在一張分州分省的地圖上所看到的景象是多麼相像」。從以上的幾種說法來看，正所謂「仁者見仁智者見智」，似乎都各有其持之有故的道理在。在這種情形下，我以為如果說詩者承認其所說只是一己讀詩的一種感受和聯想，則無論其為仁為智，原來都沒有任何不可。不過如果說詩者的用心乃是在推求詩人寫作這首詩的原意，則我們便不能不在這些分歧的說法中略作辨別。

先就有無盛衰之感來看，如果從杜甫在這兩句詩中所用的字的字面意象來看，則「織女機絲」、「石鯨鱗甲」原為昆明池畔之景物，可因之而想見當年昆明池之雄偉壯麗，如是，則當然有「盛」的感覺。可是下面的「虛夜月」、「動秋風」等字面卻又寫得極衰颯，於是當然也有「衰」的感覺。主張此一聯只是寫「盛」或寫「衰」的人，不論就全詩主旨或僅就此二句之表現言，可以說都只看到了詩人感覺的一部分而已。就整體來看，則杜甫這一聯實在乃是鋪敘盛事中表露了荒涼之感的雙管齊下之筆，所以盛衰之爭實在是不必要的。至於說到有無託喻之意，則為謹慎計，說詩人雖可以自此聯上一句的「虛夜月」及下一句的「動秋風」等字面，直接感受到一種「落空無成」及「動盪不安」的感覺，但對其究竟何指，卻實在不必做過於拘狹的解說。如果一定要加以解說，則當就詩人杜甫本身在寫此一詩時所可能發生的聯想來推想，而不可僅憑一己之感覺遽加臆測。我們若以此一標準來衡量，則金聖歎之說似乎較為可信。因為「小東大東，杼柚其空」，乃是《詩經・小雅・大東》的詩句，而在〈大東〉一詩中更有著「跂彼織女，終日七襄」，「雖則七襄，不成報章」的句子。「杼柚」正是指縱橫操作的織機，而「不成報章」則是說織女雖終日紡織，卻織不成一匹布帛。在《詩經》中，此詩原意乃是喻說當時東方諸侯國人民的空乏貧困，引申之也可指政府之困乏無能，行政之一事無成。所以金聖歎的「織女機絲既虛則杼柚已空」的解說實在乃是頗為可信的既切當且有深意的說法。至於金聖歎以「石鯨」指「強梁」，則是因中國古代傳統中，「鯨鯢」之稱是一向專指叛逆不義的人的稱謂和比喻，如《左傳》宣公十二年所載「古者，明王伐不敬，取其鯨鯢而封之，以為大戮」，杜預《集解》即曾注云：「鯨鯢、大魚名，以喻不義之人。」可為明證。金聖歎說杜詩此句雖未引此出處，但這些經書，古代的讀書人對之乃是極為熟悉的，而舊傳統的說詩的依據，也便全在於讀者與作者間這種由相同的閱讀背景，相同的聯想習慣，所引發的一種共鳴，所謂「相視一笑，莫逆於心」，其相通的一點靈犀便正在於這種微妙的感應。不過中國舊傳統的說詩人，卻並未能對此種因閱讀背景相同而引起的靈犀暗通之際的了悟與聯想，善加掌握和運用，而卻喜歡就一點喻示便轉而做刻舟求劍式的實指。即如金聖歎之說，他的聯想的依據，就杜甫之閱讀背景及心理背景，還有中國舊詩用字之習慣而言，原是頗有可取之處的。然而他卻不肯停止於僅提出其聯想，以之表現這兩句詩的意象所含的可能性喻示，而更進一步據其聯想加以比附實指，於是金聖歎對此二句詩遂又斷言云：

> 今日西北或可支吾，萬一東南江湖之間，變起不測，則天下事不可為矣。故先生豫設此一著，以諷執政。言若不早為之圖……可奈何？

這一段話完全是逸出詩的原意的附會之說。如此說詩，自然乃是由於傳統說詩之觀念過於拘狹迂腐，遂至未能善加運用詩人與說詩人間所共具的聯想的原故。這一點是我們應特別加以注意的。

現代的說詩人雖然免去了古人的比附事實之病，然而卻又因閱讀的背景與聯想的習慣都已與古人迥然不同，往往從一開始，其聯想的方向和性質便已與古代詩人相去極遠，何況有時現代說詩人又會陷入一些西方理論與學說的窠臼之中，而形成一種新的比附之說。即如有人解釋王融之〈自君之出矣〉一首樂府詩的「思君如明燭」一句，便曾提出說：「在西洋文學中蠟燭是『常用的男性象徵』」，又說：「中國古典文學雖然無男性象徵之類的說法，但李商隱的〈無題〉這類詩裡，蠟燭與性的關係頗為明顯：『春蠶到死絲方盡，蠟炬成灰淚始乾。』所以我們有理由在此把蠟燭看成男性象徵。」這種說法，實在不免有以西洋文學來相比附之嫌。在中國古典文學的傳統中，蠟燭所具有的象徵意義，大約不外有下列幾種可能：

第一，可以為光明皎潔之心意的象徵。如陳後主〈自君之出矣〉一詩中的「思君如晝燭，懷心不見明」，及李商隱〈昨夜〉一詩中的「但惜流塵暗燭房」，便都是以蠟燭為光明皎潔之心意的象徵而慨嘆其不為人所認知。

第二，可以為悲泣流淚之象徵，如陳後主另一首〈自君之出矣〉詩中的「思君如夜燭，垂淚著雞鳴」，杜牧〈贈別〉詩之「蠟燭有心還惜別，替人垂淚到天明」，即是這類的例子。

第三，可以為中心煎熬痛苦之象徵，如賈馮吉〈自君之出矣〉一詩中的「思君如明燭，煎心且銜淚」，陳叔達同題詩中之「思君如夜燭，煎淚幾千行」，便是以蠟燭為兼有中心煎熬及流淚的象徵。

以上三種乃是蠟燭在中國古典詩中所常見的象徵之意。至於李商隱〈無題〉詩之「春蠶到死絲方盡，蠟炬成灰淚始乾」，從上下二句的承應來看，它所寫的實在乃是一種與生命相終始之情愛與悲哀。上一句春蠶之絲到死方盡，乃是寫一種纏綿深密之情意的千回百轉難盡難銷，後一句蠟炬之淚成灰始乾，則是寫一種煎熬悲泣之痛苦的與生俱存必至成灰始已。從這兩句詩及上面舉的例子中，我們實在看不出它們有什麼「男性象徵」的意思。像這種情況，若率爾以西方文學的現象來解釋中國古典詩歌，似乎就不免有過於牽強之病。所以說詩人對詩中意象的解說，雖然一方面應當破除古人說詩的拘執迂腐的流弊，可是另一方面對古人閱讀之背景及聯想的習慣，卻也應當具有相當的認識，這樣才不會以自己的猜想來對詩歌任意加以解說，也才不致以新的比附之說來取代舊的比附之說。這種可能及傾向或許是我們目前最應謹慎避免的。

至於在傳統文學批評中，由於對詩中的意象有不同的聯想，因而引起的比興寄託之說，則我另有〈常州詞派比興寄託之說的新檢討〉一文，對這問題已做過分析和說明，此處不擬再重複了。

3

以上所提出來的不過是個人一時想到的一些例證而已，事實上，解說中國舊詩所當注意的問題甚多，而且每一種個例在解說時都各有其不同的要求條件，因此事實上是無法遍舉的。不過從上面舉出的一些例子，我們至少可認清一件事實，那就是中國舊詩之用詞造句及表情達意，都自有其特殊的傳統，對於這方面缺少深切的認知，實在該是造成對詩意誤解的主要原因。這種誤解，即使在古人的著述中也不能完全避免，何況在舊學已逐漸式微的今日，現代說詩人自然更容易發生偏差和誤解的現象。不過我們也不能就此否定了在西方文學理論輔助下，建立起中國古典詩的新批評理論與方法的可能性。只是在開拓革新之際，有一點我們所必須認清的，就是喧賓不可以奪主。如果我們對於中國舊詩確實已具備了足夠的修養，則當我們引用新理論來評說中國舊詩的時候，自然就可以在主客之間做適度的安排，使賓主相得而益彰。反之，如果這項必備的修養有所不足，而卻又一味強調新理論的使用，那便如同邀請了一位蠻橫的客人進入了所有生活習慣都與之截然不同的一個家庭，而任由他強做主人一樣，其後果當然是不堪想像的。

而且水能載舟亦能覆舟，如果我們確實懂得自己所操縱的船隻——中國舊詩——的性能，則自然可以使一切新的駕馭法都為我們所用，在新理論的洪濤廣海中運行無礙。反之，則陌生的洪濤廣海便大有使我們迷失顛覆的可能。所以接納西方的文學理論與批評方法，來為中國舊詩的批評建立新的理論體系，雖然是今日我們所當負的責任和所當行的途徑，可是重認中國舊詩的傳統，對舊詩養成深刻正確的了解及欣賞能力，則是在援引西方的理論方法前的一個先決條件。

對於如何重認中國舊詩之傳統，我個人頗有一些老生常談的意見，願意提出來作為大家的參考。首先我要提出的是「熟讀吟誦」的重要性。雖然這種學習方式可能已早被許多人視為落伍，然而就重認中國舊詩之傳統而言，則熟讀吟誦實在是最直接有效的一種方法。中國舊詩所使用的原是與日常口語迥異而全以音律性為主的一種特殊語言，本來凡屬語言的學習，最重要的一點就是經常要有講說和聆聽的練習，而學習一種富於音律性的詩的語言，就更需要在熟讀吟誦間對其音律有特殊的掌握能力。因此我們唯有透過熟讀吟誦的訓練，纔能從其音律節奏中，對一首詩的字句結構及情緒結構有更深的體認，因之也才能對其意蘊神情都有正確的了解。朱自清在其〈論詩學門徑〉一文中，論及理解及鑑賞舊詩的方法時，便曾特別強調過熟讀吟誦的重要說：

中國人學詩向來注重背誦，俗語說得好「熟讀唐詩三百首，不會吟詩也會吟」。我現在並不勸高中的學生作舊詩，但這句話卻有道理，「熟讀」不獨能領略聲調的好處並且能熟悉詩的用字、句法、章法。詩是精粹的語言，有它獨具的表現法式，初學覺得詩難懂大半便因為對這些法式太生疏之故。學習這些法式最有效的方法是綜合，多少該像小兒學語一般，背誦便是這種綜合的方法。

朱氏這一段話實在是學詩有得的過來人語，因為詩的聲調、用字、句法、章法等，如果只從理論上去學習，則儘管對各種法式都有了清楚的理解，也只是一些死板的法則而已。這正如學語文時只記文法仍無補於實際運用一樣。因為任何一種語言在被使用時，都必然各有其不同的綜合妙用，此種隨時隨地的變化，決非死板的法則之所能盡。而況詩人落筆為詩之際，其內心之情意與形式之音律交感相生，其間之錯綜變化，當然較之日常口語有著更多精微的妙用。凡此種種都非僅憑一些死板的法則所能傳授，而唯有熟讀吟誦才是學習深入了解舊詩語言的唯一方法。這種訓練愈純熟，則對舊詩之語言產生誤解的情形就自然會愈減少，而且古人之寫作舊詩者原來也莫不都是從熟讀吟誦的工夫訓練出來的，如果我們與古代詩人能有相同的訓練背景，則對他們所用的語彙、故實的來源及其寫作時聯想的方向，當然也就會有更深切的體認，因此也才能經由詩人所繼承的整個傳統來給予一首詩以正確的解說和評價。這些體認絕不是僅靠臨時翻檢一些字書類書所能得到的。現代說詩人往往誤以為只有學習寫舊詩的人才需要熟讀吟誦的訓練，而如今舊詩的寫作既已脫離了時代青年的需要，因此這種學習方式也就被視為迂腐過時而不再加以重視了。殊不知缺乏這種訓練，實在正是現代說詩人對舊詩產生隔膜及誤解的一個主要原因。如果我們想把中國舊詩這一項寶貴的文學遺產，完全束之高閣棄不復顧，當然可以不要這種訓練，但如果我們仍感到這份遺產中尚有不少寶藏有待於新方法的開採，則企圖對之加以重新評定和解說的人們，便該對熟讀吟誦這種古老的學習方式，有新的覺醒和實踐。這應該是重認中國舊詩傳統的基本工夫。

其次我所要提出來的是「入門須正」的重要性。作為一個說詩人，閱讀的範圍自然越廣越好，然而在求「廣」之前卻必須先求「正」。如果開始時貪求簡易，只隨便閱讀一些淺薄俗濫的詩篇，則一旦習慣養成以後，其終身的欣賞與創作也就往往只能停留在淺薄俗濫的趣味之中而不能自拔了，這乃是學詩的人所當極力避免的。所以入門途徑的選擇，對於學習舊詩的人是極為重要的事。《詩經》、《楚辭》、漢魏古詩、陶謝李杜等大家的作品，是中國舊詩的正統源流，要養成對中國舊詩正確的鑑賞力必須從正統源流入手，這樣才一則不致為淺薄俗濫的作品所輕易矇騙，再則也才能對後世詩歌的繼承與拓展、主流與別派都有正確的辨別能力，如此才能夠對一首詩歌給予適當的評價。此外，這些一向被舊日詩人所重視的正統源流之作，大都有很好的評本注本，如果在閱讀時能仔細看看前人的評注，則對於舊詩的格律、文義、故實與作法等，便也都可以獲致更深一層的了解，這對於初學詩的人也可以有極大的幫助。至於像《唐詩三百首》一類通俗的選本，雖可作為啟蒙之用，不過如果要想做一個有見地的說詩人，則決不可只停留在啟蒙讀本的階段。任何一個說詩人如果不曾真正對中國舊詩的正統源流之作，有過一番深入研讀的工夫，則終身便只有做一個「半票讀者」，而不能有成熟深刻的鑑賞能力，這是我們所可斷言的。昔叔孫武叔曰：「子貢賢於仲尼。」子貢聽了，便曾如是回答：「譬之宮牆，賜之牆也及肩，闚見室家之好。夫子之牆數仞，不得其門而入，不見宗廟之美，百官之富。」詩歌的欣賞也有如此者。真正具有深微高遠之境界的詩篇，並不易懂，因此不得其門而入的讀者，便只好在及肩的牆外徘徊，欣賞一些淺易的作品，而終不能有窺其堂奧的機會了。錢鍾書在其《談藝錄》中曾批評英人亞瑟・韋勒之特別推崇白居易詩，以為是韋勒氏欣賞能力有所不足的證明。他說：

英人Arthur Waley以譯漢詩得名，余見其*170 Chinese Poems*一書，有文弁首，論吾國風雅正變，上下千載，妄欲別裁，多暗中摸索語，宜入群盲評古圖者也。所最推崇者為白香山，尤分明漏洩。香山才情照映古今，然詞沓意盡，調俗氣靡，於詩家遠微深厚之境有間未達。其寫懷學淵明之閒適，則一高玄、一瑣直，形而見絀矣。其寫實比少陵之真質，則一沉摯、一鋪張，況而自下矣。

韋勒氏以一西方人士來評賞中國舊詩，其不免有所隔膜，固屬情有可原。如果我們以本國人評賞本國詩，竟然也發生這種情形，這就該是一件值得深加反省的事了。因此我們必須對舊詩正統源流的名著都有深入的研讀，而且要不貪易不畏難，逐步求進，這才能有登堂入室確實欣賞到「宗廟之美百官之富」的一日。有些說詩人對一些淺薄的小詩或一些早已為古人用得俗濫了的比喻，竟爾大加稱賞，往往不免為識者所笑。這實在就因未能從正統源流下手做一番切實研讀的工作，遂致在鑑賞能力方面不免有所偏差或有所不足的原故。所以入門須正應該是重認中國舊詩之傳統，所當注意的又一步工夫。

最後，我所要提出來的則是取前人之詩話詞話等批評著述，作為參考和印證的重要性。中國傳統的批評著述，雖一向缺乏今日新批評所重視的理論體系，然而其對舊詩鑑賞的深刻之處，卻也不是借自西方的新理論及新觀點所可完全取代的。傳統方式的舊批評，對於一個訓練不夠的讀者而言，雖不免會因其缺乏條理而有模糊影響難以掌握的缺憾。然而對一個已經具備前二種工夫的讀者來說，則傳統的批評著作便確實能予人不少啟發與印證的光照。因為我們在不斷地背誦和研讀中，雖會有些自己的感受和心得，然而在開始時卻往往既不能自信也不能清晰的表白出來。在這種時候，詩話與詞話常會提示一些與我們的感受及心得相近或貼切的批評，藉著它們的啟發和光照，除了可以把我們的所思所感更具體的掌握住，同時還可因此進入一個較之我們的了解更遼闊的境地，獲致一片更高遠的視野。當然，前人的說法有時也未必完全可信，閱讀前人評說時也必須與自己的研讀相輔而行，如此才能把自己的心得與古人相印證，而不致尾隨其後茫然自失。此外，我們還可以在許多不同評說的比較中，養成對於前人說法的真偽是非的判斷力，並從而提高自己的鑑賞力。如果我們確實能就閱讀前人之評說與自己之誦讀兩方面，做雙管齊下的努力，則行之日久，相信對於評賞舊詩便自然可以達到如韓愈所說的「然後識古書之正偽與雖正而不至焉者，昭昭然白黑分矣」的境界了。

以上所提出的當然都只不過是一些老生常談的意見而已，但這些意見卻確實是培養中國舊詩之鑑賞力的幾項最為重要的基本工夫。我過去擔任詩選課時，就因對這些老生常談之見未加重視，因之在講課時遂偏重興趣之啟發，但做陶然的欣賞，而未曾督促同學於這些基本工夫下手做實踐的努力。這是我及今思之仍不免時時感到愧疚的，因此我才特別提出這些老生常談之見，希望能藉此喚起有志於中國舊詩之研讀評析的同學們，對這幾種基本工夫加以普遍的注意。決不可因其並無新異動人之處，便目之為迂腐落伍而加以忽略和輕視，也不可因其不易收一時之效，便不肯對之做持久的努力。因為這些基本工夫都是要從積漸的努力中才能真正獲得效益的。

我雖不避迂腐不合時宜之譏，愚拙地提出了這些意見，但在今日競尚新異冀望速成的研究風氣下，願意從這種不能收速成之效的迂腐工夫下手努力的人，究竟能有多少，也仍然大可懷疑。何況即使有了舊傳統的修養，但要想進一步拓新中國的文學批評，還更須要對西方文學理論也有相當深刻的認識和了解，而那也同樣是一段需時長久的歷程，因此想要求得一位同時兼具舊修養與新學識的說詩人實在極不易得，而要想為中國舊詩開拓出一條新的批評途徑，使之既能有新的建樹而又不致迷失舊的傳統，卻又非兼具新舊兩種學識修養不可。在這種不得已的情形下，如果欲尋求一補救之方，則「集體研究」也許是集思廣益的一個最好的辦法。如果能採取集體研究的方式，把新舊兩方面的意見配合起來，相信我們對於中國舊詩的研究除了不至於交白卷外，還可達到承上啟下的文學批評上的歷史任務。

在中國舊詩傳統已經逐漸銷亡的今日，我們當如何自基本工夫下手重認中國舊詩的傳統，或如何自集體研討的嘗試中，尋求古為今用洋為中用的融會之方，這當然乃是目前我們所當思考的重要課題。我很慚愧自己的學識修養不足，在這項工作中未能獻上當獻的力量。然而古人有言「愚者千慮或有一得」，本文中所提出的一些雜亂的意見，也許可以有供今日說詩人參考採擇之處，這便是我撰寫此文的最大願望了。

《人間詞話》境界說與中國傳統詩說之關係

言氣質，言神韻，不如言境界。有境界，本也，氣質、神韻，末也，有境界，而二者隨之矣。

王靜安先生的《人間詞話》，在形式上雖然承襲了中國舊日詩話詞話的古老傳統，似乎全無理論體系可言，可是從他對自己所提出的「境界」所做的一些說明來看，如「造境」、「寫境」、「主觀」、「客觀」、「有我」、「無我」、「理想」、「寫實」等區分，則無疑的也曾受有西方文學理論不少的影響。他之想要為中國文學建立批評體系和開拓新徑的用心，乃是顯然可見的。只可惜他的理論內容為其詞話之形式所拘限，因而對其中一些重要的批評概念和批評術語的義界，以及其理論與實踐相結合的關係，都未能做周密的系統化的說明，這當然是一種極大的缺憾。我以前在〈人間詞話中批評之理論與實踐〉❶一文所做的工作，主要便正是想從靜安先生所停止之處向前做進一步的拓展，把其中缺乏體系的一些散漫的概念，加以組織和理論化之說明的一種嘗試。當時為了立說方便起見，我所採取的討論方式，乃是以其基本理論之境界說作為起點，然後對其理論之內涵及批評之實踐做平面展開而加以討論的，然而卻未嘗對其境界說與中國舊日傳統詩說之關係，做追源溯流式的縱面的歷史探討。其實《人間詞話》一書之成就，其特色本來就在於雖受西方理論之影響而卻不被西方理論所拘限，只不過是擇取西方某些可以適用的概念來作為其詮釋中國傳統詩詞和說明自己見解的一項工具而已。所以要想深入探討《人

❶ 見《文學評論》第一集，頁一九九—二九一，書評書目社，臺北，一九七五。

間詞話》的境界說，便需要對中國傳統的詩說也具有相當的了解。我在〈人間詞話中批評之理論與實踐〉一文的開端曾經提出說，詞話中之前九則乃是其重要的理論之部，然而其後我卻只討論了其中前八則詞話，而對於其第九則詞話則竟然隻字未曾提及，那便因為這一則詞話正是追溯靜安先生之境界與舊日傳統詩說之關係的一個重要關鍵，而中國詩說既有著數千年之傳統，其所牽涉者實過於悠遠龐雜，既不能以一筆輕輕帶過，而如果要對之做詳細之追尋探討，則又不免於一開端即將讀者引入一條漫長而歧出之支流，似反而徒亂人意，所以乃決定將這一則詞話留到最後再對之加以單獨地探討，如此則我們便可以有較為從容之餘裕來對《人間詞話》之境界說與中國傳統詩說之淵源，做一番稍具系統的追溯和說明。

在展開討論之前，首先讓我們將這一則詞話抄錄出來一看：

嚴滄浪《詩話》謂：「盛唐諸公（按當作人），唯在興趣，羚羊挂角，無迹可求，故其妙處，透澈玲瓏，不可湊拍（按當作泊），如空中之音、相中之色、水中之影（按當作月）、鏡中之象，言有盡而意無窮。」余謂北宋以前之詞亦復如是。然滄浪所謂「興趣」，阮亭所謂「神韻」，猶不過道其面目，不若鄙人拈出「境界」二字為探其本也。

從這段話來看，他既然說：「北宋以前之詞亦復如是。」可見他乃是認為他所讚美的北宋以前的詞，與滄浪所讚賞的「羚羊挂角，無迹可求」，「透澈玲瓏，不可湊泊」的盛唐詩，原是有著相同之「妙處」的。而且他又曾提出滄浪之所謂「興趣」及阮亭之所謂「神韻」來與他自己所標舉的「境界」相比較，以為前二者不過「道其面目」而他自己的「境界」才「探其本」，由此又可見他所標舉的「境界」與滄浪之「興趣」及阮亭之「神韻」也是有著相通之處的。現在就讓我們把這三者之間的關係異同以及這種品評在中國傳統詩說中發展的情形來做一次扼要的探討。

一、嚴滄浪以禪悟為喻的興趣說

先談嚴滄浪的興趣說。《滄浪詩話》在中國詩話一類作品中，可以說乃是流行極廣，影響極大而引起的爭論也極多的一本作品。其流傳廣與影響大，當然乃是因為他的詩論確實探觸到了中國詩歌中一種特殊的「妙處」，而其引起的爭論多，則是因為他對自己的詩論並不能做理論上的說明，而只能以禪家之妙悟及一些恍惚的意象來作為喻示，因此後世之說者就也不免各以自己的意會為不同之解說，並發為毀譽不同的批評。現在我們無暇對各家不同之詮釋多作介紹，只就《滄浪詩話》本身來看，則全書共分五章，其中首章之〈詩辨〉實為其基本之詩論，而其說詩之主旨則在於「以禪喻詩」，故爾於開端一節，便首先提出禪家之流派云：

禪家者流，乘有小大，宗有南北，道有邪正，學者須從最上乘具正法眼，悟第一義。若小乘禪，聲聞辟支果，皆非正也。❷

又以禪家之流派喻詩家之流派云：

論詩如論禪：漢魏晉與盛唐之詩則第一義也；大曆以還之詩則小乘禪也，已落第二義矣；晚唐之詩則聲聞辟支果也。❸

---

❷ 郭紹虞：《滄浪詩話校釋》，頁一〇。

❸ 同上。

關於滄浪這種「以禪喻詩」之說，後世曾有不少人對之提出過質難，其主要之意見，大約有以下二種。一者認為禪與詩為截然二事，不可混為一談。如劉克莊之〈題何秀才詩禪方丈〉，即曾云：「詩家以少陵為祖，其說曰：『語不驚人死不休。』禪家以達摩為祖，其說曰：『不立文字。』詩之不可為禪，猶禪之不可為詩也。」❹又一者認為滄浪之論禪家流別多有乖謬，如馮班之〈滄浪詩話糾謬〉即曾云：「滄浪之言禪，不惟未經參學，南北宗派、大小三乘，此最是易知者，尚倒謬如此，引以為喻，自謂親切，不已妄乎。」❺滄浪之所以引起這些質難，主要當然是由於他自己的說法原來就缺乏具體之理論，而其喻示又不盡明白確切的原故。其實滄浪立論的主旨實在乃是想要標舉出詩歌中一種重要的質素，然而他自己對這種質素卻又無法加以思辨性的析說，所以乃欲藉禪為喻，而他對於禪學所知又甚淺，於是乃不免引喻失當，而引起不少疑難和批評。因此我們如果想要明白滄浪論詩之主旨，倒不如把他在開端論禪家流派的一段話暫時撇開不

❹ 劉克莊：〈題何秀才詩禪方丈〉，見《後村大全集》卷九九，頁一下，上海涵芬樓影舊鈔本第二四冊。

❺ 馮班：〈滄浪詩話糾謬〉，見《螢雪軒叢書》第四冊，卷四，頁八八下－八九上，近藤元粹評訂，日本明治二五年嵩山堂藏版。

談，而直接探討一下，他以禪喻詩所要說明的一種詩歌中之要素究竟是什麼。關於此點，《滄浪詩話》曾給了我們一句簡單的解答，那就是「大抵禪道惟在妙悟，詩道亦在妙悟……惟悟乃為當行，乃為本色」❻，從這段話可見滄浪之以禪喻詩，蓋原在提示詩歌中一種「妙悟」的作用。然而「妙悟」兩個字，也仍嫌過於簡單抽象不易掌握，於是滄浪遂又給我們舉了一些例證說：「然悟有淺深，有分限，有透澈之悟，有但得一知半解之悟。漢魏尚矣，不假悟也，謝靈運至盛唐諸公，透澈之悟也。」❼然而這一段話卻又給後世讀者帶來了另一層疑難，那就是滄浪在前面以禪喻詩時既然曾經以漢魏與盛唐並舉，說：「漢魏晉與盛唐之詩則第一義也。」在論及妙悟時，也曾說「漢魏尚矣」，可見漢魏之詩在「妙悟」方面原來也當是第一流的作品。然而他卻又馬上說其「不假悟」，這一點當然最足以引起讀者的困惑。所以張健在其《滄浪詩話研究》一書中，即曾提出說：「滄浪行文並不曾做到十分謹嚴的地步，前面將『漢魏晉與盛唐之詩』並列為『第一義』，後文突然又來一則補充意見，把它攔腰切成兩段，而云：『漢魏尚矣，不假悟也。』如此則幾乎又把『惟悟乃為當行，乃為本色』那一句肯定的斷語否決了。」❽其

❻ 同❷。
❼ 同❷。

實滄浪所言，並未將前面論「妙悟」的說法否定，只是滄浪曾經注意到了漢魏的詩與盛唐的詩，在達到「妙悟」的過程中，原來略有一點差別。所以在討論「漢魏尚矣，不假悟也」之前，我們實在應該對於「盛唐之悟」先有一番了解。而且滄浪所標舉的「妙悟」也確實是以「盛唐之悟」為主的。在《滄浪詩話》的〈詩辨〉一章之結尾，他便曾經特別提出說：

> 故予不自量度，輒定詩之宗旨，且假禪以為喻，推原漢魏以來，而截然謂當以盛唐為法。❾

從〈詩辨〉一章開端之以禪喻詩，提出「妙悟」之說，到結尾之定論以盛唐為法，滄浪所標舉的妙悟之說，其以盛唐之妙悟為主，可以說乃是顯然可見的。那麼盛唐的詩又是怎樣一種妙悟呢？關於這一點，滄浪在〈詩辨〉一章中，也曾有所說明，我們現在就將這段話抄錄出來一看：

❽ 張健：《滄浪詩話研究》，頁二一一—二一二，一九六六。

❾ 同❷，頁二四—二五。

夫詩有別材，非關書也，詩有別趣，非關理也。然非多讀書多窮理，則不能極其至，所謂不涉理路不落言筌者上也。詩者，吟詠情性也。盛唐諸人，唯在興趣，羚羊挂角，無迹可求，故其妙處，透澈玲瓏，不可湊泊，如空中之音、相中之色、水中之月、鏡中之象，言有盡而意無窮，近代諸公，乃作奇特解會，遂以文字為詩，以議論為詩，夫豈不工，終非古人之詩也。蓋於一唱三歎之音有所歉焉。且其作多務使事，不問興致，用字必有來歷，押韻必有出處，讀之反覆終篇不知著到何在。❿

在這段話中他所標舉的「興趣」之說以及他所提出的一些象喻式的解說，實在乃是想要了解滄浪詩論的最好參考資料。靜安先生能夠越過《滄浪詩話》中以禪喻詩的一層障礙，而提出這一段有關興趣的說法來做滄浪詩論的重點所在，實在可以說是具有過人的見地。近人郭紹虞氏在其《滄浪詩話校釋》一書中，便也曾提出說：「滄浪之興趣說和他的所謂妙悟是分不開的，而他所謂悟，又與他的言禪是分不開的。」⓫可見「興趣」說，實

❿ 同❷，頁二三—二四。

⓫ 同❷，頁三八。

在乃是了解滄浪禪悟之說的一個重要關鍵所在。

二、興趣之義界——詩歌中興發感動之作用

關於「興趣」二字的義界，《滄浪詩話》中對之雖無詳細的說明，然而從滄浪所做的一些喻示來看，可見滄浪乃是體悟到詩歌中自有一種重要的質素，可以使之達到「言有盡而意無窮」之「一唱三歎」的效果。而這種質素又與「讀書」、「窮理」、「文字」、「才學」、「使事」等屬於積學修養的工夫都並無必然之關係。不過滄浪雖有此種體悟，卻又對此種質素之來源並無清楚之認識，遂不得不以禪家之妙悟為喻說。然而「禪」與「詩」既然並不全同，滄浪對禪也並無深入之了解，所以從《滄浪詩話》中談禪的話來追尋他的詩論，乃不免常有矛盾牴牾之處；倒不如從其「興趣」之說來加以探討，反而容易掌握其要旨所在。那麼他所提出的「興趣」，又究竟指的是詩歌中哪一種質素呢？關於這一點，我以為他在提出「興趣」之前所說的「詩者，吟詠情性也」一句話，實在極可注意，而「興趣」二字本身的字義也可以給我們很大的提示。他所謂的「興趣」應該並不是泛指一般所謂好玩有趣的「趣味」之意，而當是指由於內心之興發感動所產生的一種情趣，

所以他才首先提出「詩者，吟詠情性」之說，便因為他所謂的「興趣」，原是以詩人內心中情趣之感動為主的。而「興」字所暗示的感興之意，當然也包含了外物對內心的感發作用。像這種對於「心」「物」之間興發感動之作用的重視，在中國詩論中，實在有著悠久的傳統，《毛詩・大序》中便曾經有過「情動於中而形於言」⓬的話，《禮記・樂記》更曾經有過「人心之動，物使之然也」⓭的話，可見在中國詩論中，原來早就注意到了詩歌中情意之感動與外物之感發作用的重要性。其後魏晉之世，當詩人對於創作與評賞有了更為清楚明白的自覺時，對於這種心物之間的感發作用，也就開始有了更為詳細的說明，如鍾嶸《詩品》在其序文之開端便曾提出說：「氣之動物，物之感人，故搖蕩性情，形諸舞詠。」⓮劉勰在其《文心雕龍・明詩篇》也曾於開端一節便提出了「人稟七情，應物斯感。感物吟志，莫非自然」⓯的話，可見由外物而引發一種內心情志上的感

⓬《毛詩・大序》，見阮元校勘《十三經注疏》，《毛詩》卷一，頁五，嘉慶二〇年江西南昌府學本。

⓭同上，《禮記》卷三七，頁一。

⓮陳延傑：《詩品注》。並參考拙著〈鍾嶸詩品評詩之理論標準及其實踐〉，見本書。

⓯劉勰：《文心雕龍・明詩》卷二，頁一七，世界書局，上海，一九三五。

動作用，在中國說詩的傳統中，乃是一向被認為詩歌創作的一種基本要素的。至於其可以感動內心之「外物」究竟何指，則在鍾嶸之〈詩品序〉中，有一段話頗可供為參考之用。現在我們就把這段話錄出來一看：

若乃春風春鳥，秋月秋蟬，夏雲暑雨，冬月祁寒，斯四候之感諸詩者也。嘉會寄詩以親，離群託詩以怨。至於楚臣去境，漢妾辭宮；或骨橫朔野，或魂逐飛蓬；或負戈外戍，殺氣雄邊；塞客衣單，孀閨淚盡；或士有解佩出朝，一去忘返；女有揚蛾入寵，再盼傾國。凡斯種種，感蕩心靈，非陳詩何以展其義？非長歌何以騁其情？[16]

從這段話來看，可見足以「感蕩心靈」的「物」乃是兼指外在自然界之節氣景物，與人事界之生活際遇而言的。因此在中國詩歌的傳統中，談到表現的技巧，便也一貫是以「比興」與「賦」體並重的。一般人只知道「比興」的作法其間有著由感興所引發的聯想作用，卻往往忽略了在「賦」體的敘述中，同樣也需要先在內心中具有一分真正興發感動

[16] 同[14]，頁一七。

的情意，然後才能寫出有感人之力的詩篇來。只不過「比興」的作品，多取材於自然界所引發之感動，「賦」體的作品多取材於人事遭際所引發之感動而已。其實無論其為前者或後者，總之，惟有這種發自內心的感動，才是使詩人寫出有生命之詩篇的基本動力。至於「才氣」、「學問」、「使事」等，雖可以有助於一位詩人在寫作時達到更深廣或更精美之成就，然而詩歌的基本生命卻依然有賴於詩人內心深處之一種興發感動的力量，而決非僅靠「學問」、「使事」等所可取代。所以滄浪在論及「興趣」時，纔說「詩有別材，非關書也，詩有別趣，非關理也」，其所謂「別材」便當指詩人所特具的一種善感的材質，而其所謂「別趣」，便也正當指詩歌中所表現的一種感發的情趣。這種材質和情趣與讀書窮理當然並無必然之關係，然而滄浪卻也並未嘗抹煞「讀書」「窮理」對於表達這種感動之可以有所助益，因之遂又說：「然非多讀書多窮理，則不能極其至」。只是滄浪詩論所重視者卻決非這種積學修養的工夫，而是詩歌中之基本生命，也就是詩人內心深處的一種興發感動的力量。但可惜滄浪對此種體悟卻又缺乏反省思辨的析說能力，於是遂把這種難以詮釋的感發作用，喻之為禪家之妙悟。而從禪家之悟「第一義」來看，則漢魏與盛唐之詩原來都是屬於「第一義」的作品，也就是說漢魏與盛唐之詩，就「禪悟」之比喻而言，同樣是具有充沛之興發感動作用的詩篇。至於滄浪在後面又提到「漢魏尚矣，不假悟也」的話，那便因為漢魏之詩與盛唐之詩，雖同具興發感動之力量，然而卻又有著一些根本上的差別。其不同之處，主要蓋在於漢魏之詩更為質樸真切，無論敘事、抒情、寫景，較之盛唐之詩都更為直接，更不需要任何妝點或假借，而且漢魏詩多以情事為主，純粹寫景的詩並不多見。至於盛唐之詩，則漸重妝點假借等表現之媒介，而且描寫自然景物之作，在唐代也已然蔚為大宗。因此如果就興發感動這種作用而言，那麼重視表現之媒介，以及由景物之敘寫而引發言外之意的這一類作品，其興發感動的過程當然更為明顯易見。至於以情事為主的質樸直接之作，則在表現上雖然似乎缺少由「此」及「彼」的感發之過程，可是其興發感動的力量卻實在早已就存在於其質樸直接的敘寫之中了。這應該才是滄浪之所以說「漢魏尚矣，不假悟也」的真正的緣故。不過漢魏詩雖不易見其感發之過程，卻又實在具有一種感發之力量，所以滄浪也仍將之列為禪悟之「第一義」。至於盛唐之詩較之漢魏之詩當然更容易見到其感發之過程，這正是何以滄浪之論「妙悟」，特別提出說要「以盛唐為法」的原故。至其後中晚唐以降的作品則漸重詞藻工力之精美，可是屬於興發感動的這分詩歌原始的生命力，卻反而日漸澆漓，所以滄浪乃曰：「大曆以還之詩則小乘禪也，已落第二義矣。」又曰：「晚唐之詩則聲聞辟支果也。」雖然他的這種說法曾被後人批評認為與禪宗大小乘之分別並不盡合，不過滄浪本非說禪，而意在說詩，這種比喻只不過藉以慨嘆中晚唐以來之詩歌，其興發感動之力已漸趨沒落銷亡而已，縱偶然有一二妙句，而其興發感動之力，則不足以貫全篇。這也就是所謂「一知半解之悟」了。至於宋代之詩歌則滄浪所見到的江西派之詩人，往往多以文字議論為詩，對詩歌中這一分興發感動之力，竟爾完全不加重視，所以他才提出說：「近代諸公，乃作奇特解會，遂以文字為詩，以議論為詩，夫豈不工，終非古人之詩也。蓋於一唱三歎之音有所歉焉。」所以滄浪論詩乃獨倡禪悟，又以「興趣」為說與禪悟相發明，便正因為他對於詩歌中應該具有這一分興發感動之基本生命力，特別有所體悟的原故。只可惜滄浪語焉不詳，不僅使後世解說《滄浪詩話》的人引起無數猜測和紛爭，而且也因為他論詩獨標盛唐，遂開明代七子「詩必盛唐」的剽襲模擬之風，空具外表之格調，一意倣唐人之聲調、格律、開闔、承轉，而究其內容，則對於滄浪所名之曰「興趣」的這一種興發感動的力量，竟反而一無所有，而這便因為後人對其詩說之主旨所在，並未能有深刻透澈之了解的緣故。所以談到滄浪的詩論，對於其興趣說所標示的這一種興發感動之力的重視，必須首先有所了解，這是對於滄浪詩論所當具的基本認識。

三、王阮亭的神韻說及其與興趣說之關係

以上對於滄浪之興趣說既然已經有了大致的了解，現在就讓我們對於阮亭之所謂「神韻」之說，也嘗試一加探討。阮亭在詩話中，實在並沒有關於「神韻」的專論，他之所以以神韻說著稱，只是因為一則他在早年曾經編選過唐律絕句五七言若干卷授子啟涑兄弟讀之，名曰《神韻集》⑰。再則他在晚年所寫的《池北偶談》中，於述及汾陽孔文谷之詩說時，也曾有一段論及神韻之語。他早年所編選的《神韻集》今已不傳，對其內容無法詳知。現在我們只好先把他在《池北偶談》中，涉及神韻的一段話錄出來一看：

> 汾陽孔文谷（天胤）云：「詩以達性，然須清遠為尚。薛西原論詩，獨取謝康樂、王摩詰、孟浩然、韋應物，言『白雲抱幽石，綠篠媚清漣』清也；『表靈物莫賞，蘊真誰為傳』遠也；『何必絲與竹，山水有清音』、『景昃鳴禽集，水木湛清華』清遠兼之也。總其妙，在神韻矣」。神韻二字，予向論詩首為學人拈出，不知先見

⑰ 見金榮撰《漁洋山人精華錄箋注》所附年譜，頁六上，鳳翽堂康熙五〇年刻本。

於此。⑱

在這段話中，其所標舉的「神韻」之作大約有兩點特色：一則是風格以「清遠」為尚，再則是大多為山水自然的寫景之作。而就其所舉之詩例言，則他乃是認為但寫幽雅之景物者為「清」，由景物而引發一種情意上之體悟者為「遠」；總清遠二妙，則為神韻。可見所謂「神韻」者，蓋當指自山水景物之敘寫中，可以表達一種情趣使人有所體悟的作品。這一段話雖為阮亭引述他人之語，然而卻也足可代表阮亭自己對於「神韻」的看法。因為一則觀阮亭之口吻，對其所引述的說法既表示全部贊同，再則觀阮亭其他評詩之語，也與此種看法有著不少相合之處。例如在《漁洋詩話》中，他便說過如下的話：

律句有神韻天然不可湊泊者，如高季迪「白下有山皆繞郭，清明無客不思家」，曹能始「春光白下無多日，夜月黃河第幾灣」，李太虛「節過白露猶餘熱，秋到黃州始解涼」，程孟陽「瓜步江空微有樹，秣陵天遠不宜秋」是也。余昔登燕子磯有句云：「吳楚青蒼分極浦，江山平遠入新秋。」或庶幾耳。⑲

⑱ 王士禎：《池北偶談》卷一八，頁六上，見《漁洋續集》，康熙八年刊本。

從這段話可見他所認為「神韻天然」的詩句，乃大多為自外界景物引發一種感興體悟之作。這種感興體悟之所以被名之曰「神韻」者，如果從字面來看，則「神」字原可指一種微妙超絕之精神的作用，「韻」字原可指一種含蘊不盡之情趣的流露。前面所舉的一些詩句之所以被目為「神韻」之作，蓋即因其能由外在之景物，喚起一種微妙超絕的精神上之感興，而寫詩的人卻只提供了外在的景物，並不直接寫出內心的感興，於是便自然有一種含蘊不盡的情趣。如果從這種興發感動的作用而言，則阮亭之所謂「神韻」與滄浪之所謂「興趣」，實在頗有可以相通之處。所以阮亭乃以「不可湊泊」來形容「神韻」，也正如滄浪之以「不可湊泊」來形容「興趣」。而且滄浪之論詩也曾有「詩之極致有一，曰入神」⑳之語，他的意思便也正是指的詩歌中由感發之力所引起的一種微妙的精神作用，可見阮亭在字面上所使用的「神韻」二字，與滄浪之詩論也未嘗沒有關聯。因此阮亭在其詩論中，不僅曾對滄浪極致讚美之意，而且也常以「禪悟」、「興會」為言。如其在《蠶尾續文・晝溪西堂詩序》中，即曾云：

⑲ 王士禎：《漁洋詩話》卷中，頁三上，見丁福保輯《清詩話》本。

⑳ 同❷，頁六。

嚴滄浪以禪喻詩，余深契其說。[21]

又在《分甘餘話》中云：

嚴滄浪論詩拈妙悟二字，及所云不涉理路，不落言詮，及鏡中之象，水中之月，羚羊挂角，無迹可尋云云，皆發前人未發之祕。[22]

又在《池北偶談》中，論王右丞之詩云：

大抵古人詩畫，只取興會神到，若刻舟緣木求之，失其旨矣。[23]

[21] 王士禎：〈畫溪西堂詩序〉，清七略堂校刊本《帶經堂全集》第二七冊《蠶尾續文》卷七四，頁一六下。

[22] 王士禎：《分甘餘話》卷二，頁九上，康熙四九年庚寅淮南黃乂刊版。

[23] 同[18]，卷一八，頁一一上。

又在《漁洋詩話》中云：

蕭子顯云：「登高極目，臨水送歸，早雁初鶯，花開葉落，有來斯應，每不能已。須其自來，不以力構。」王士源序孟浩然詩云：「每有製作，佇興而就。」余生平服膺此言。㉔

從這幾段話，我們不僅可以看到阮亭對滄浪論詩之語的引述推崇，而且也可以看到阮亭之所謂「興會」原也是指「有來斯應，每不能已」的一種感發作用，與滄浪之所謂「興趣」、「禪悟」大有近似之處。滄浪之以「禪悟」喻詩，原來就因為禪悟也是得自於一種偶然的觸發感悟，譬如世尊之拈花，迦葉之微笑，「拈花」只是使人感發覺悟的一個媒介而已，也正如外界自然之景物，有時可以引發情意上之一種感動，也只是一種媒介，而詩歌之妙處則在於可以表現由這種感發所引起的一種「言外之情意」。這種感興，當然並非只靠「讀書」「明理」所能獲致的。所以要「佇興而就」，因此滄浪乃標舉「興趣」，阮亭亦以「興會」為言。凡此種種，都可證明阮亭與滄浪一樣，也是對詩歌中這種興發感

㉔ 同⑲，卷上，頁一一三。

動之質素的重要性有所體悟的。

四、神韻說與興趣說的主要分歧

不過阮亭與滄浪在重視這種興發感動之質素一方面雖有相通之處，可是他們二人的詩說，卻實在有著一點重要的差別，那就是阮亭所稱賞的詩篇，乃大多為五七言律絕，而且大多是敘寫山水景物的王孟一派清遠之作。而滄浪則不僅對於盛唐詩人中才力雄健的李杜二家備致推崇，而且對於漢魏古詩，也同樣認為是禪悟中「第一義」的作品。其所以造成此種差別的原故，主要蓋在於滄浪對於「心」與「物」之間的感發作用有著較廣的認識，而阮亭則較為狹隘之故。關於這一點，我們在前面研討滄浪之興趣說時，已曾論及滄浪之所以把漢魏詩與盛唐詩並列為禪悟中之第一義，便因為漢魏古詩在質樸的情事敘寫之中，其本身原來早就已經含有一種興發感動的力量。而滄浪又說漢魏之詩「不假悟」，也便因為漢魏古詩並不需要藉景物之敘寫來造成興發感動之過程，而其本身已自有感動之作用及效果。此外我們還曾在前面引過〈詩品序〉的話，以之說明感動人心的「物」，實在並不只限於自然界之節氣景物而已。人事界之生活遭際，同樣也是一種足以感動人心的「物」。因此滄浪雖重視感興作用而標舉「興趣」、「禪悟」之說，然而在其〈詩評〉一章中，卻依然能對杜甫之〈北征〉、〈兵車行〉、〈垂老別〉等敘寫時代戰亂民生疾苦的詩篇，同樣加以賞識。而阮亭標舉「神韻」的結果，乃只能欣賞五七言律絕敘寫山水自然之作。至其晚年所編選之《唐賢三昧集》，且竟然對李杜二家一字不錄。然則滄浪與阮亭二人，雖然對詩歌中這種興發感動之質素的重要性，都曾經有所體悟，可是一廣一狹，一者兼重人事之感發，一者則偏重自然之感興，其差別之處豈不顯然可見。翁方綱《七言詩三昧舉隅》即曾云：

漁洋選《唐賢三昧集》，不錄李杜，自云：「仿王介甫《百家詩選》之例。」此言非也。先生平日極不喜介甫《百家詩選》，以為好惡拂人之性，焉有仿其例之理。以愚竊窺之，蓋先生之意有難以語人者，故不得已為此託詞云耳。先生於唐賢獨推右丞、少伯以下諸家得三昧之旨，蓋專以沖和淡遠為宗，若選李杜而不取其雄鷙奧博之作，可乎？吾竊先生之意，固不得不以李杜為詩家正軌也，而其沉思獨往者，則獨在沖和淡遠一派，此固右丞之支裔而非李杜之嗣矣。㉕

㉕ 翁方綱：《七言詩三昧舉隅》，頁四下—五上，同⑲，《清詩話》本。

翁方綱本來是想對「神韻」二字加以廣義之解釋的一位說詩人，所以在其「神韻」論中便曾經提出說：「有於實際見神韻者，亦有於虛處見神韻者，有於高古渾樸見神韻者，亦有於情致見神韻者，非可執一端以名之也。」㉖又曾說：「神韻者，徹上徹下無所不該……非墮入空寂之謂也。」㉗可見翁氏對於「神韻」二字之體會，原是較阮亭為廣泛的。所以他對阮亭所標舉的「神韻」，乃一方面既想為之辯護，而一方面卻又不得不對阮亭之偏愛王孟一派作品頗有微辭，因此曾批評阮亭說：「彼新城一叟，實尚有未喻神韻之全者。」㉘又說：「漁洋詩專取神韻而不能深切。」㉙這便都是由於阮亭所標舉的「神韻」說，雖然對詩歌中之感發作用也有所體會，然而卻不免為王孟之家數所拘限，因而乃不免失之偏狹之故。所以阮亭在表面上雖然也不敢輕視李杜，可是他真正愛好讚賞的，則是王孟一派清遠之作，這種偏失乃是無可諱言的。

㉖ 翁方綱：《神韻論》下篇，道光甲申開雕，光緒丁丑重校《復初堂文集》第三冊，卷八，頁九下。

㉗ 同上，上篇，頁七上。

㉘ 同上，頁七下。

㉙ 同上，下篇，頁一〇上。

至於有人因阮亭之崇王孟而抑少陵，因此遂推論以為滄浪之所賞愛者亦復如此，如黃宗羲在〈張心友詩序〉一文中便曾經說：

> 滄浪論詩雖歸宗李杜，乃其禪喻謂：「詩有別才，非關書也，詩有別趣，非關理也。」亦是王孟家數，與李杜之海涵地負無與。[30]

朱東潤在其〈王士禎詩論述略〉一文中，亦曾云：

> 大要漁洋論詩遠紹滄浪，滄浪之說，內崇王孟，陰抑少陵。論及杜詩往往為惝恍之語，蓋意本不在杜，而不敢昌言，則故為此辭耳。[31]

---

[30] 黃宗羲：〈張心友詩序〉，見《南雷文約》卷四，頁九下，宣統二年上海時中書局印行《梨洲遺書彙刊》第五冊。

[31] 朱東潤：〈王士禎詩論述略〉，見《文學家與文學批評》第三冊，頁一七，廣文書局，一九七一。

這種論說，實有不盡可信之處。蓋滄浪固不僅在開端〈詩辨〉一章敘述其基本之詩論時，曾表示對李杜之尊崇，即在其他各章中亦曾屢次舉出李杜之詩來加以讚美。如其在〈詩評〉一章中即曾云：

李杜數公，如金鳷擘海，香象渡河，下視郊島輩，直蟲吟草間耳。㉜

又說：

少陵詩憲章漢魏而取材於六朝，至其自得之妙，則前輩所謂集大成者也。㉝

又說：

少陵詩法如孫吳，太白詩法如李廣。㉞

㉜ 同❷，頁一六二。
㉝ 同❷，頁一五七。

又說：

子美不能為太白之飄逸，太白不能為子美之沉鬱。太白〈夢遊天姥吟〉、〈遠別離〉等，子美不能道；子美〈北征〉、〈兵車行〉、〈垂老別〉等，太白不能作。論詩以李杜為準，挾天子以令諸侯也。㉟

從這些引述，我們不僅可以見到滄浪固非如朱東潤氏所云：「內崇王孟，陰抑少陵。」者，而且也可以見到滄浪所欣賞的李杜之作，原來正是他們二人博大深厚之詩篇，而決非僅只是王孟的家數而已。至於朱氏又說滄浪論杜「往往為惝恍之語」，以為如此便足以證明滄浪之「意本不在杜」，這種說法也是強辯之辭，因為「往往為惝恍之語」，原來乃是《滄浪詩話》之通病，如果以為「惝恍之語」便不可信，那麼滄浪之詩話便幾乎無一語可信了。這種誤會，便源於一般讀者對於滄浪的禪悟與興趣之說，未曾有徹底的了解，既不能分辨他的禪悟只是一種喻說，其所重者原只在詩歌中感發作用之與禪悟相近似，

㉞ 同❷，頁一五六。

㉟ 同上。

而並不是要求詩歌中一定要表現什麼清靜幽微的禪理，更未能分辨興趣所暗示的心與物之間的興發感動作用，原來也並不限於自然界之景物而已，同時亦可兼有人事之種種情境遭遇而言。如果能夠分辨出這些差別，我們便會了解滄浪之興趣說，其主旨蓋僅在提出詩歌中興發感動這種質素的重要性，原來並不拘限於王孟或李杜之家數。至於阮亭之神韻說，則雖然也重視詩歌中這一種興發感動之質素，可是一方面他之所重者既獨偏於以自然起興的王孟一派清遠之作，再則另一方面他有時也確實有以禪義來論評詩歌者，這實在是阮亭對滄浪之「以禪喻詩」的一種誤會，如其在《蠶尾續文・畫溪西堂詩序》中，即曾云：

嚴滄浪以禪喻詩，余深契其說，而五言尤為近之。如王裴輞川絕句，字字入禪。他如「雨中山果落，燈下草蟲鳴」，「明月松間照，清泉石上流」……妙諦微言，與世尊拈花、迦葉微笑等無差別。㊱

又在《居易錄》中云：

㊱ 同㉑。

象耳袁覺禪師嘗云：「東坡云：『我持此石歸，袖中有東海。』山谷云：『惠崇烟雨蘆雁，坐我瀟湘洞庭。欲喚扁舟歸去，傍人云是丹青。』此禪髓也。」予謂不惟坡谷，唐人如王摩詰、孟浩然、劉眘虛、常建、王昌齡諸人之詩，皆可語禪。[37]

從這些引證，都可以見到阮亭之神韻說，雖然曾受有滄浪之影響，然而在實質上卻與滄浪之興趣說已經有了極大的差別。後人因阮亭之偏愛王孟家數，而以為滄浪亦復如此，更因滄浪之「以禪喻詩」，有誤以為「以禪說詩」，這實在完全由於對二家之詩說，未能有清楚之了解和辨別的原故。只是阮亭對興發感動之作用的體認雖較滄浪為狹隘，可是他的神韻說卻隱然也有著糾正滄浪詩說之流弊的用心。那便因為如我們在前面所言，滄浪標舉「興趣」推尊盛唐的詩說，在明代七子中，已經產生了一種只知模倣盛唐外表之格調，而內容反而空泛無物的流弊，所以阮亭乃又以「神韻」相標榜，其用心當然也還是想喚起詩人們對詩歌中這種感發作用的重視。然而不幸阮亭自己對這種體悟又不免失之偏狹，而其偏愛以自然寫景喚起感發之情趣的這種倡導，遂又造成了一種把空泛寫景

---

37 王士禎：《居易錄》卷二〇，頁九下，清木刻版。

之詩認為佳作，但卻把真正感動之力反而置之不顧的另一種流弊。所以錢鍾書在其所著之《談藝錄》中，即曾對之加以批評說：

漁洋天賦不厚，才力頗薄，乃遁而言神韻妙悟，以自掩飾。一吞半吐，撮摩虛空，往往並未悟入，已作點頭微笑，閉目猛省，出口無從，會心不遠之態，故余嘗謂漁洋之病在誤解滄浪，而所以誤解滄浪亦正為文飾才薄，將意在言外，認為言中不必有意，將絃外餘音，認為絃上無音，將有話不說，認為無話可說。㊳

這一段批評，可以說確實道中了阮亭神韻之說的最大流弊。

五、境界說、興趣說及神韻說之比較

經過以上的探討，我們對於滄浪之興趣說及阮亭之神韻說，已經有了一個大概的認識。現在就讓我們把這二種說法，與靜安先生之境界說再來一作比較。關於「境界」一

㊳ 錢鍾書：《談藝錄》，頁一一四，開明書局，上海，一九三七。

辭義界之所指，我們在討論《人間詞話》時，已曾對之作過詳細的解釋，當時我們曾為之下過一個結論說：「境界之產生，全賴吾人感受之作用；境界之存在，全在吾人感受之所及。因此外在世界，在未經過吾人感受之功能而予以再現時，並不得稱之為境界。」㊴從此一結論來看，可見靜安先生所標舉之境界說，與滄浪之興趣說及阮亭之神韻說，原來也是有著相通之處的。那就是靜安先生所謂之「境界」，也同樣重視「心」與「物」相感後所引起的一種「感受之作用」，不過他們所標舉的辭語不同，因此其所喻指之義界，當然也就有了相當的差別。滄浪之所謂「興趣」，似偏重在感受作用本身之感發的活動；阮亭之所謂「神韻」，似偏重在由感興所引起的言外情趣；至於靜安之所謂「境界」，則似偏重在所引發之感受在作品中具體之呈現。滄浪與阮亭所見者較為空靈，靜安先生所見者較為質實。這是從他們所標舉的辭語義界之不同，所可見到的差別。如果就他們三個人對詩歌中這種重要質素之體認而言，則滄浪及阮亭所標舉的，都只是對於這種感發作用模糊的體會，所以除了以極玄妙的禪家之妙悟為說外，僅能以一些繆悠恍惚的意象為喻，讀者既對其真正之意旨難以掌握，因此他們二人的詩說，遂都滋生了許多流弊；至於靜安先生，則其所體悟者，不僅較之前二人更為真切質實，而且對

㊴ 同❶，頁二〇六。

其所標舉之「境界」，也有較明白而富於反省思考的詮釋。如其《人間詞話》第六則，即曾云：

境非獨謂景物也，喜怒哀樂亦人心中之一境界，故能寫真景物真感情者，謂之有境界，否則謂之無境界。

這一則詞話實在極可注意，因為一則他以「景物」與「感情」並舉，足以糾正阮亭之但知推賞自然寫景之作，以為如此方有神韻的一種偏失；再則他又提出了「真景物」、「真感情」之說，特別加重於作者自己真切之感受的一點，又足以補足滄浪之但知尊崇古人，標舉盛唐，而不能指出「興趣」的根源所在的一種偏失。所以對這一則詞話中「真」字的理解極為重要，它所指的並非僅是外在景物或情事實際存在的「真」，而是指的作者由此外在景物或情事所得的一種發自內心的真切之感受，而這種感受作用，也就正是詩歌的主要生命之所在。無論是寫景、敘事或抒情，也無論是比體、興體或賦體，總之，都須要詩人內心中先有一種由真切之感受所生發出來的感動的力量，才能夠寫出有生命的詩篇來，而如此的作品也才可稱之為「有境界」。如果沒有這種從內心中產生出來的真正感動的力量，而對景物情事只做平平板板的記錄，或者在陳腔濫調中拾人牙慧，則其所寫便決不得謂為「真景物」「真感情」，此種作品當然便是所謂「無境界」。這一則詞話所表現的體認和說明，當然較之滄浪阮亭二人要明白切實得多了。而且在這一則詞話中，靜安先生又曾特別提出「能寫」二字，可見縱然有真切之感受仍嫌未足，還更須能將之表達於作品之中，使讀者也能從作品中獲得同樣真切之感受，如此才完成了詩歌中此種興發感動之生命的生生不已的延續。所以靜安先生乃云：「滄浪所謂『興趣』，阮亭所謂『神韻』，猶不過道其面目，不若鄙人拈出『境界』二字為探其本也。」這句話實在並非妄自尊大之言，而是確實有其可信之處的。而且《人間詞話》中，還有另一則詞話，也頗可供為參考補充之用者，那就是靜安先生又曾說過：

言氣質，言神韻，不如言境界。有境界，本也，氣質、神韻，末也，有境界，而二者隨之矣。[40]

如果說詩歌之生命在於「心」與「物」相感的一種作用，那麼「氣質」二字之所指，只

[40] 《人間詞話刪稿》第一三則，見王幼安校訂《人間詞話》，頁二二七。

是作者心靈所本具的一種資質，而「神韻」之所指，則只是作品寫成後的一種效果。一為作品之前所已具，一在作品完成之後方具有。而靜安先生所提出的「境界」，則是指詩人之感受在作品中具體的呈現，如此則所謂「境界」，自然便已經同時包括了作者感物之心的資質與作品完成後表達之效果而言了。所以說「有境界，而二者隨之矣」可見靜安先生對於詩歌中這種感發之生命，較之以前的說詩人，確實乃是有著更為真切深入之體認的。何況靜安先生更曾參以西方之理論概念，就作品中「物」與「我」之關係，寫作時所取之態度，與寫作所用之材料等各方面，對於「境界」之內涵做了「有我」、「無我」、「主觀」、「客觀」及「理想」、「寫實」等，各種邏輯性的區分，這種細密的解說和分析，當然就更非滄浪與阮亭之所及了。只可惜靜安先生所採用的批評術語「境界」二字，其義界也仍然不夠明晰，所以後人雖曾對「境界」二字，嘗試做過種種不同的解說，然而卻對於此二字所提示的「感受之作用」的一點，一直未曾加以注意，而如此則不僅對於《人間詞話》無法有正確的了解，同時對於境界說與興趣說及神韻說的淵源異同，當然也就無從做出正確的追溯和比較了。

六、三種詩說產生之時代背景及時代與詩論之關係

其實「境界」之重視感受作用在作品中具體之呈現，與「興趣」之重視感發作用本身之活動，及「神韻」之重視由感發所引起的言外之情趣，其重點雖各有不同，然而如果就這三種詩說產生之時代背景而言，則他們卻都是因為有見於當時詩歌中屬於興發感動的這一種質素之逐漸銷亡，因此纔倡為種種詩說的。滄浪之興趣說，乃是針對當時盛行的江西詩派之「以文字為詩，以議論為詩」的補偏救弊之言。所以郭紹虞在其《滄浪詩話校釋》一書中，即曾云：

> 滄浪在當時看到了江西詩之流弊，又看到了永嘉四靈欲轉移江西詩風而無其才力，……所以毅然以矯正詩風自任。他的詩論就是為救時弊而發的。㊶

阮亭之「神韻」說，則是針對當時格調派的模擬因襲之風氣的一種補偏救弊之說。所以

㊶ 同❷，頁三七。

翁方綱在其《神韻論》中即曾云：

> 有明一代，徒以貌襲格調為事，……所以賴有漁洋首倡神韻以滌蕩有明諸家之塵滓也。[42]

至於靜安先生的境界說，則是針對清代詞壇之宗法南宋，重視工巧堆垛之風氣的一種補偏救弊之說。所以王鎮坤在其〈評人間詞話〉一文中，即曾云：

> 有清一代詞風，蓋為南宋所籠罩，……往往堆垛故實，裝點字面，……先生目擊其弊，於是倡境界之說以廓清之。《人間詞話》乃對症發藥之論也。[43]

從以上的論析來看，可見中國歷代詩論雖有各種不同的流派和主張，然而其興衰更替的變化，卻隱然是有著一線脈絡可尋的。只是本文主旨蓋僅在追溯和比較《人間

[42] 同[26]，頁一〇。

[43] 王鎮坤：〈評人間詞話〉，同[31]，第四冊，頁一二一一。

詞話》所提出的境界說與滄浪之興趣說及阮亭之神韻說的關係異同，而對中國詩論中，重視興發感動之作用的整個傳統，則未暇做詳細的說明。其實在中國詩論中，除了重視聲律格調用字用典等，偏重形式之藝術美一派的各家主張外，其他凡是從內容本質著眼的，蓋無不曾對此種興發感動之力量，有所體會和重視，只是因為不同之時代，各有不同之思想背景，因此各家詩論，當然也就不免各有其偏重之點。周秦兩漢之際，在儒家思想籠罩之下，於是遂有「比興」「言志」之詩論，雖然也曾注意及「心」與「物」之感發的作用，然而其重點卻全以政教感化之實用的價值為主。如孔子論詩之從「可以興，可以觀」，到「可以群，可以怨」以及「事父」「事君」之說，和《毛詩・大序》之從「情動於中而形於言」到「美教化，移風俗」，這種種說法都可以作為此一派詩論之代表。至於魏晉以來，則儒學既已逐漸式微，於是一般文士遂對於文學之獨立性有了普遍的覺悟，於是當日之詩論，遂亦對「心」與「物」之感發作用，有了純藝術性的體認，如陸機〈文賦〉所提出的「遵四時以歎逝，瞻萬物而思紛」，及鍾嶸《詩品》所提出的「氣之動物，物之感人」，與劉勰《文心雕龍・明詩篇》所提出的「人稟七情，應物斯感」等種種說法，便都可以作為此一派詩論之代表。及至佛學盛行之後，其禪宗一派漸與中國固有之道家思想相融匯，因此對於「心」與「物」之感發的作用，遂又有了另一番新的體認，因此對詩之品評，乃又形成了一種玄妙的喻說之方式，嚴羽之以禪悟喻詩，自然便是此一派詩論的最好代表。而後此之詩論，遂多不免有嚴氏之影響，王阮亭的神韻說，當然便是其中最好的一個例證㊹。至於靜安先生之境界說的出現，則當是自晚清之世，西學漸入之後，對於中國傳統所重視的這一種詩歌中之感發作用的又一種新的體認。故其所標舉之「境界」一辭，雖然仍沿用佛家之語，然而其立論，卻已經改變了禪宗妙悟之玄虛的喻說，而對於詩歌中由「心」與「物」經感受作用所體現的意境及其

㊹ 除王漁洋外，明清以來之詩論，如黃宗羲所云：「詩人萃天地之清氣，以月露風雲花鳥為其性情，其景與意不可分也。」（見黃宗羲〈景州詩集序〉，同㉚，《南雷文約》卷一，頁三下。）王夫之云：「情景雖有在心在物之分，而景生情，情生景，哀樂之觸，榮悴之迎，互藏其宅。」（見《薑齋詩話》卷一，頁三下，同⑲，《清詩話》本。）袁枚云：「鳥啼花落，皆與神通，人不能悟，付之飄風。」（見《續詩品》，頁三下〈神悟〉條，同⑲，《清詩話》本。）又云：「凡詩之傳者，都是性靈，不關堆垛。」（見《隨園詩話》卷五，第三三則。）凡此，其所標舉之「性情」、「情景」、「性靈」諸說，蓋亦莫不重在心靈與外物相交的一種感發作用。惟是本文但以追溯境界說與興趣、神韻二說之關係異同為主，至於其他各家詩說之源流本末，則以篇幅所限，故爾未暇詳論。

表現之效果，都有了更為切實深入的體認，且能用西方之理論概念作為析說之憑藉，這自然是中國詩論的又一次重要的演進。

七、中西詩論之比較及今後所當開拓的途徑

如果以中國詩論與西方詩論相比較，我們便會發現在西方的詩論中，對於這種興發感動的作用，原來也是早就有所體會的。只是在西方早期的文學中，因為受神話之影響，他們曾經一度把這種感動認為乃是得自於外來神靈之助力，而未曾注意到這種靈感原來只是由於詩人之心與外物相接觸所引發的一種感發作用。所以荷馬在其史詩的開端便曾向繆司女神呼求靈感的降臨[45]。蘇格拉底在其與吟詩家愛昂 (Ion) 的對話中，於論及詩人之創作時，也曾經說：「人無法作詩，除非當他的靈感受到鼓舞。」[46]柏拉圖雖然反對詩人進入他的理想國，可是在提到詩人時，他也曾說過：「詩人必須仰賴神聖的瘋

[45] Homer: *Iliad*, Book 1, p. 1, rendered into English blank verse by Edward Earl of Debby, John Murray, London, 1864.

[46] Plato: *Dialogues*, trans. by Benjamin Jowett, 3rd ed., 1892, Passage no. 534.

狂。」[47]從這些話都可見到，在西方文學理論中，他們對於詩歌中這種感發的作用，原來也是早就有所體悟的，只是在早期的時候，因不知其來源之所自，曾將之一度認為「神聖之助力」或「神聖的瘋狂」而已。不過西方畢竟是長於邏輯分析的民族，因此自亞里斯多德以來，便開始為詩歌建立了一種從文學本身來分析的理論規模。其後又由於各派哲學、美學、心理學等日新月異的發展，於是在西方文學批評中遂產生了對於作家之心理、直覺、意識、聯想等，分別作研究對象的各種理論學派，迄於近世之批評，則又轉而為對作品本身之字質、結構、意象、張力等之探討研究。如果將這些學說，與中國傳統一向所重視的興發感動之作用相參看，則興發感動之作用，實為詩歌之基本生命力。至於詩人之心理、直覺、意識、聯想等，則均可視為「心」與「物」產生感發作用時，足以影響詩人之感受的種種因素，而字質、結構、意象、張力等，則均可視為將此種感受予以表達時，足以影響表達之效果的種種因素。如果用《人間詞話》中，靜安先生的話來說，則前者應該乃是屬於「能感之」的種種因素，後者則是屬於「能寫之」的種種因素。這兩類因素，在詩歌中當然都占有極重要之地位，只是這些因素之所以重要，卻

[47] William K. Wimsatt, Jr. & Gleanth Brooks: *Literary Criticism: A Short History*, p. 9, Alfred A. Knopf, N. Y., 1969.

仍然有賴於詩歌中先須具有一種興發感動之生命力始可為功。正如滄浪所云：「詩有別材，非關書也，詩有別趣，非關理也。然非多讀書多窮理，則不能極其至。」所以就一位作者而言，這些因素都只不過是可能使其作品達到更精美更完整之效果的一些附加條件而已，而作品之真正生命的獲致，則仍在於作者之心與外物相交接時，所產生的一種興發感動的力量。至於就一位說詩者而言，則他對於詩歌的評賞，自然也當以能否體認及分辨詩歌中這種感發之生命的有無多少為基本之條件。不過說詩者之責任，卻原不僅在於能感受，而更在於能夠予以詮釋和說明。如此，則在詩歌中所蘊涵和表現的這些「能感之」、「能寫之」的種種因素，自然便是他所賴以分析和說明的主要憑藉。所以如果不能探觸到詩歌中真正生命之所在，不能分辨其「境界」之有無深淺，對一首詩歌的好壞以及有無評說之價值都無法做出正確的判斷，這樣當然無法成為一位優秀的說詩人；然而如果在探觸感受到詩歌中這種生命力之後，而無法對之做精密的分析和說明，當然也同樣無法成為一位優秀的說詩人。西洋文學批評的今日之病，乃在過於僅在理論上求苛細，有時反不免斲喪忽略了其本有的生命力，而中國的傳統詩論，則對於詩歌中這種興發感動的生命，雖然頗有深切的體悟，然而卻可惜又終於未能發展成精密完整的理論體系。那便因為中國說詩人所採取的，原來也是與詩人相同的重感發的態度，而卻未能採取說詩人所當具有的重分析的態度。所以中國詩話詞話中，乃充滿了一些主觀印象式的批評，這種品評，雖然也不乏名言警句，而有時也確實探觸和掌握了一首詩歌的真正生命之所在，更且透過其意象式的評說也使之達到了生生不已的感動效果。可是卻往往因缺乏理性邏輯的分析，而不能將這種感受和體認，做正確完整的說明。這實在是中國傳統詩論中一個主要的缺憾。至於中國現代的說詩人，則雖然認識和學習了西方理論的長處，可是卻又因為對中國舊傳統已逐漸生疏，不僅不能正確掌握到一首古典詩的生命所在，而且甚至有時對其字義句法都產生了誤解，這當然是又一種可惋惜的缺憾。所以如何學習並掌握中國舊日傳統文學批評的優點，並進而與西方批評中長於理論分析的優點相結合，實在應當是我們現在所當思考的重要課題。而且在時代之演變前進不已的今日，文學的批評實在也已經又標示了另一個發展的新方向，那就是對於文學批評之社會性的重視。因為任何一位作者，任何一篇作品，以至於任何一個評詩人，都決不可能超然於社會之上而絕世獨立。所以文學批評所當注意的，除了我們在以上所曾提到過的「能感之」與「能寫之」的，屬於作者及作品個體的因素外，同時就更當注意到其所以產生此種作者與此種作品的許多外在的社會因素。因為作者的意識形態，也就是他所生存之社會中的一些生活及意識的反映，所以同樣是「能感之」，然而其所感者為何種社會之感受；同樣是「能寫之」，然而其所寫者為何種社會之題材。凡此種種，當然也是今後從事文學批評者，所該注意到的一些重要問題。

《人間詞話》所提出的境界說，雖然掌握到了中國詩論中重視感受作用這一項重要的質素，可是他所提出的各種說明及例證卻仍嫌過於模糊籠統，過於唯心主觀，既未能對於作者與作品之「能感之」、「能寫之」的各種因素做精密的理論探討，也未能對於其「所感」、「所寫」之內容的社會因素做客觀反映的說明。凡此種種，當然一方面由於靜安先生這位評詩人，也同樣受到了他自己所生之時代以及他自己之思想意識的局限；另一方面也由於他所採取的詞話之體式，也原來就不適宜於做精密和廣泛的探討說明。而靜安先生之所以從他早期文學批評所採用的論文的形式，又回歸到了中國傳統的詞話的形式，當然也顯示了靜安先生在當日中國的新舊文化激變之時代中，因為不能隨時代以俱進，遂終於自探索求新而又復歸於保守戀舊的一種認同混亂之矛盾心理。這種心理在現實生活上，曾經成為導致他終於自沉身死的一項重要因素，而在文學批評方面，也成為了限制他更向前求新求變的一個重大的阻礙。關於其為人與治學及其自沉之悲劇，我曾另寫有專文討論㊽。至於對他的文學批評，則我們所做的只不過是把他的一些重要概

㊽ 見拙著〈從性格與時代論王國維治學途徑之轉變〉，《香港中文大學學報》第一卷第一期，一

念以及他所努力的方向，略加系統化的分析說明而已。至於如何對其缺憾之處加以補足，對其錯誤之處加以糾正，並從而為中國文學批評開拓出一條更為博大正確的途徑來，當然還有待於後之賢者的不斷的努力。

九七三年三月；又：〈一個新舊文化激變中的悲劇人物——王國維死因之探討〉，同上，第三卷第一期，一九七五年十二月。

中國古典詩歌中形象與情意之關係例說

——從形象與情意之關係看「賦」、「比」、「興」之說

情動於中，而形於言

談到形象與情意之關係，首先要牽涉到詩歌之特質。詩歌之所以異於散文者，除去外表的聲律之美外，更在於詩歌特別具有一種感發的素質。詩歌是訴之於人之感性的，而不是訴之於人之知性的。《毛詩・大序》說「情動於中，而形於言」，詩歌的創作，首先需要內心有所感發而覺得有所欲言，這便是詩歌之孕育的開始，然後要以文字將這種感發加以適當的傳達，使讀者也能產生一種感發，這便是詩歌之生命的完成。因此詩歌之創作，基本上必須經過由孕育到傳達兩個階段。而詩歌之評賞，則當以其所傳達出來的感發生命之淺深厚薄之質量，為品第之標準❶。在這種情形下，我們要想討論詩歌中形象與情意之關係，當然便也要對於形象在詩歌之孕育和形成方面所產生的作用，以及在傳達方面所造成之效果，來從事多方面的了解和分析，才可以有比較周詳和正確的認識。本文的目的，就是想以一些詩歌作為具體的例證，對於詩歌中之形象與情意之關係，做一種實際的多方面的探討。至於有關形象之理論，則一則國內所發表之論文對這方面討論已多，不需筆者在此更做無謂之重複，再則過於拘牽於理論，有時也不免會造成一種所謂「理障」，反而使得從事於實例之探討時，失去了隨物賦形委曲達意的方便。因此

❶　請參看本書〈鍾嶸詩品評詩之理論標準及其實踐〉，以及〈人間詞話境界說與中國傳統詩說之關係〉二文。

本文之寫作，除了偶爾必須引用理論為說明外，主要以實例之分析探討為主。至於探討之步驟，則擬分三個部分來進行。首先我們從中國最早的一部詩歌總集《詩經》中的一些詩例來展開討論，嘗試從這些詩例中之形象與情意之關係，對於中國最古老的詩論「賦」、「比」、「興」之為義作一探討，為本文所要討論的主題，奠定一個最根本的基礎；其次我們將舉引古今詩歌作品中一些不同性質的個例，對於詩篇中所使用的形象與其所傳達之感發生命之質量究竟有怎樣關係的問題，依其感發生命之淺深薄厚的層次略加討論和分析，最後我們將舉引歷代名詩人的一些優秀的代表作品作為個例，對於詩歌中形象之使用及其與感發作用之形成的整體關係，作一種深入剖析的說明。只是如我在前文所言，我現在所要敘寫的只不過是個人在教學時體會之一得而已，我在本文中所舉引的詩例，和所提出的觀點，很可能會有不少偏狹局限之處。何況嚴格說來，凡屬詩歌中感發之生命，其孕育和形成都必然各有不同的過程和面貌，則其形象與情意之間當然也就各有不同的複雜的關係，要想對之加以普遍周至的分析，自非本文之所能盡，然而愚者千慮或有一得，因此便想嘗試將自己之一得也姑且寫下來，供國內討論「形象思維」的朋友們做一點參考，也希望得到國內朋友們的指正。

一、「賦」、「比」、「興」之為義及「比」、「興」二體中形象與情意之關係

對於詩歌中之形象與情意之關係，我們之所以要從《詩經》中之「賦」、「比」、「興」之說談起，這一則因為在中國詩歌傳統中，其形象與情意之關係原曾有過一段由單純而漸趨繁複的過程，從早期的詩歌來展開討論，可以使我們對於這種演進過程，有更為清楚的認識和了解；再則也因為「賦」、「比」、「興」之說，是關於詩歌中感發生命之孕育和形成的一項非常重要的理論，對於「賦」、「比」、「興」之說有了基本的認識，可以使我們在以後展開對詩歌中之形象與感發作用之關係的探討時，有不少方便之處。因此在本文的開端，我們便將先舉引一些《詩經》中之個例，對於「賦」、「比」、「興」三名之為義略加說明。

本來關於「賦」、「比」、「興」三名的提出，最早是出於《周禮・春官・大師》及《毛詩・大序》，與所謂「風」、「雅」、「頌」並列，稱為「六詩」或「六義」❷，歷來經學家

❷ 關於《周禮》之時代，《漢書・藝文志》著錄但云：「《周官經》六篇，《周官傳》四篇」未言

和文學家對於此「六詩」或「六義」都曾有過許多不同的解說，在國內所刊載的很多篇論文中，對此已曾有過不少討論，本文不想再一一重加徵引。總之，就一般觀念而言，「風」、「雅」、「頌」所指的是詩歌的三種不同的內容性質❸，「賦」、「比」、「興」所指的

作者及時代；又《漢書・河間獻王傳》云：「獻王所得書，皆古文先秦舊書，《周官》……之屬，皆經傳說記七十子之徒所論。」則《周官》蓋先秦舊書也；又荀悅《漢紀・成皇帝紀》載云：「（劉）歆以《周官》十六篇為《周禮》，王莽時歆奏以為《禮經》，置博士。」是《周官》改稱《周禮》之始；或以為周公所制作，《隋書・經籍志》云：「《周官》蓋周公所制官政之法，……至王莽時劉歆始置博士以行於世。」後世今文學家疑之，以為乃劉歆所偽作；然據《漢書・藝文志》於《樂經》之下載云：「六國之君，魏文侯最為好古。孝文時得其樂人竇公，獻其書乃《周官・大宗伯》之〈大司樂〉章也。」是《周官》之書六國時已有之矣，縱非周公制作，然其時去古未遠，「六詩」之說，恐非無據也。至於《毛詩》之〈大序〉、〈小序〉及其作者與時代之問題，則聚訟更多，張西堂《詩經六論》中〈關於毛詩序的一些問題〉一章，搜輯舊說有數十種之多，可以參看。《毛詩》之〈大序〉、〈小序〉其時代自較《周禮》為晚，無論作者為誰，其「六義」之說顯承《周禮》之「六詩」而來，不過因〈大序〉原為《詩》之〈序〉，不需更稱「六詩」，故改稱「六義」耳。

❸ 關於「風」、「雅」、「頌」三名之為義，歷代學者有很多不同的說法，大別之，約可分為以下

則是詩歌的三種不同的表達方法❹。如果我們不用舊日經學家的牽附政教的說法，而只

三類：其一是從教化方面立說的，如《毛詩・大序》之釋「風」云：「風，風也，教也，風以勸之，教以化之。」釋「雅」云：「雅者，正也，言王政之所由廢興也。」釋「頌」云：「頌者，美盛德之形容，以其成功告于神明者也。」其二是從詩之內容方面立說的，如朱熹《詩集傳》，其釋「風」云：「風者，民俗歌謠之詩也。」釋「雅」云：「雅者，正也，正樂之歌也。」釋「頌」云：「頌者，宗廟之樂歌。」其三是從音樂方面立說的，如梁啟超在其《周秦時代之美文》所附〈釋「四詩」名義〉一文，以為「風」是不歌而誦的；「雅」與「夏」古字相通，「夏音猶言中原正音」；「頌」即「容」之本字，從〈樂記〉說：「舞，動其容也。」所以「三頌之詩都是古代跳舞的音樂」；又以為「南」「也是詩之一體」，也是「一種音樂」。其他關於「風」、「雅」、「頌」之解說尚多，而諸說之間又往往相互影響糾纏，即如朱熹《詩集傳》在釋「風」為「民俗歌謠之詩」一句後，便又曾云：「風者，以其被上之化以有言，而其言又足以感人，如物因風之動以有聲，而其聲又足以動物。」這便又儼然是主教化之說了。而其《朱子全書》中之〈詩綱領〉，於論及「六義」之時，則又曾云：「風、雅、頌，乃是樂章之腔調。」便儼然又是主音樂之說了。凡茲種種，不暇遍舉，不過大別之為三類以見一斑而已。

❹ 關於「賦」、「比」、「興」之義，歷代學者眾說紛紜，較之「風」、「雅」、「頌」之爭論更為複雜。前代學人的有關學說、引證及論述甚為宏富，可以參看。

從「賦」、「比」、「興」三個字的最簡單最基本的意義來加以解釋的話，則所謂「賦」者，有鋪陳之意，是把所欲敘寫的事物加以直接敘述的一種表達方法；所謂「比」者，有擬喻之意，是把所欲敘寫之事物借比為另一事物來加以敘述的一種表達方法；而所謂「興」者，有感發興起之意，是因某一事物之觸發而引出所欲敘寫之事物的一種表達方法。姑不論這三種解說是否果然合於《周禮》及《毛詩》中所謂「六義」或「六詩」的原意，總之，這種樸素簡明的解說卻實在表明了詩歌中情意與形象之間互相引發、互相結合的幾種最基本的關係和作用。現在就讓我們對詩歌中這三種不同的最基本的表達方法，分別做一探討。

從表面上看來，在這三種詩歌的表達方式中，「比」和「興」二種作法，似乎都明白地顯示了「情意」與「形象」或「心」與「物」之間，有著由此及彼的某種密切關係，而與「賦」之直接陳述者顯然有所不同，這種區別自然是比較明白可見的；至於「比」和「興」二者，則既然都有著「心」與「物」之間由此及彼的某種關係，而其所用以「比」或「興」的「物」之形象，在表現效果中又都具有相當重要的作用，因此這二種的區別就不像其與「賦」之不同那麼易於區分了。所以前人對於「比」、「興」二者之為義，就曾滋生了許多使人混淆困惑的說法，這主要是因為前人欲以政教風化之說來解釋被尊稱為《詩經》的這本詩歌總集裡面的作品，所以不免就牽涉上了許多美刺之意，如果我們不做過多的牽涉，而單純只就詩歌之藝術表現手法而言，那麼也許我們可以為「比」、「興」二者在表現手法方面的差別，提出一些根本上的歧異之點來。首先就「心」與「物」之間相互作用之孰先孰後的差別而言，一般說來，「興」的作用大多是「物」的觸引在先，而「心」的情意之感發在後，而「比」的作用，則大多是已有「心」的情意在先，而借比為「物」來表達則在後，這是「比」與「興」的第一點不同之處。其次再就其相互間感發作用之性質而言，則「興」的感發大多由於感性的直覺的觸引，而不必有理性的思索安排，而「比」的感發則大多含有理性的思索安排。前者的感發多是自然的、無意的，後者的感發則多是人為的、有意的，這是「比」和「興」的第二點不同之處。所以在理論上說來，「興」與「比」之不同，原來也該是可以明白區分的。即如《詩經》中〈周南・關雎〉與〈魏風・碩鼠〉二篇，前者由「關關雎鳩，在河之洲」的水邊沙洲上雎鳩鳥的「關關」的叫聲，而引發出「窈窕淑女，君子好逑」的情意，這種感發，就「心」與「物」之間相互作用之先後而言，自然應該是聽到雎鳩鳥的叫聲在先，而引發起君子想求得淑女為配偶的情意在後，而且這種情意之感發，也應該完全是由於來自外物的直接的感受而引起的，如此則雎鳩鳥之和鳴相應，縱然也許與假想中之夫婦之唱隨和樂的生活有相似之處，然而此詩中感發之層次既是由物及心，物在先，心在後，而且感發之性質也是以感性的直接感受為主，而並非出於理性的思索安排，因此我們對於〈關雎〉這首詩，便一定要將之歸入於「興」的作品，而不得歸入於「比」的作品。至於〈碩鼠〉一詩，從開端二句「碩鼠碩鼠，無食我黍」看來，雖然似乎也是由外物肥大的老鼠的形象寫起，可是從下文「三歲貫女，莫我肯顧，逝將去女，適彼樂土，樂土樂土，爰得我所」的敘述來看，則其全詩所寫的原來乃是對於剝削重斂者的怨刺，這種情意是明顯可見的，而其開端所寫的「碩鼠」的形象，則正是詩人對於剝削重斂者的擬比，也就是說當詩人寫出「碩鼠」的形象時，他心中早已就有了要將之比擬為剝削重斂者的這種情意，所以就感發之層次而言，這首詩可以說是由心及物，心中之情意在先，物之擬比在後，而且其感發之性質乃是有著理性之安排思索的，是人為的，有意的。所以儘管此詩也是從「碩鼠」之外物的形象開端，我們卻決然要將之歸入於「比」的作品，而不得歸入於「興」的作品。

從上面我們所舉引的兩首詩例來看，我們對於「比」與「興」兩種表現手法中，其「心」與「物」之間感發的作用之不同，可以說已經有了基本的認識。然而人心與外物之間的感發，其層次和性質卻並不都是如此單純簡明而容易辨別的，所以前人對於《詩經》中某一些詩歌之為「比」為「興」，便往往有許多不同的說法，而且還有「興而比」或「比而興」的模棱兩可的說法。現在我們再舉三首詩例來加以探討。其一是〈周南・漢廣〉，其二是〈曹風・下泉〉，其三是〈豳風・鴟鴞〉，這三首詩《毛傳》都認為是屬於「興」的作品，而《朱傳》則以為〈漢廣〉是「興而比」的作品，〈下泉〉是「比而興」的作品，〈鴟鴞〉則完全是「比」的作品。下面我們對這三首詩的作法究竟應該如何歸屬加以研析。首先我們看一看〈漢廣〉的首章：「南有喬木，不可休息，漢有游女，不可求思。漢之廣矣，不可泳思，江之永矣，不可方思。」這首詩的內容，主要當然是寫詩人對於江漢之間的一個游女雖懷思而不可求得的一分情意，開端的「南有喬木，不可休息」二句，先從「喬木」這一個外物的形象寫起。關於「喬木」之為物，據《毛傳》的解釋云：「喬，上竦也。」又說「木以高其枝葉之故，故人不得就而止息也」。《朱傳》也說：「上竦無枝曰喬。」可見「喬木」的形象是雖然高大使人生可以「休息」之想，然而卻因其枝葉皆上聳，除了直立的主幹外，並無旁生側出的廣覆的蔭蔽，所以樹雖高大但並無濃蔭可為休息之地。這種形象使詩人想到所遇見的游女，雖然此女子出遊於漢水之上令人生可求之想，然而事實上也並沒有可以求得的機會。這一首詩，就其感發之層次與性質而言，似乎是詩人先見到了眼前枝葉高聳而並無濃蔭可資休息的喬木，而觸引起他對漢上之游女雖可望見而不可求得之情意的聯想，所以原則上本來應該也是歸屬於「興」的作品。只不過「南有喬木，不可休息」和「漢有游女，不可求思」的句法既相近❺，而且都是先說「有」又說「不可」，情意也相當，所以才使得《朱傳》有了「興而比」的說法。事實上，所謂「興」的作品既是以感發為主，而情意之感發則可以因人因事而有千態萬狀的變化，並沒有一個固定的模式可以依循，因此所謂「興」的作品，其「物」與「心」相感發之關係，便自然可以有多種之不同。有時「物」的形象與「心」的情意之間，往往有極為相近之處可以比類而說明者，這實在不僅〈漢廣〉一詩為然，即如〈關雎〉〈桃夭〉等篇，其開端之物象，與其下文所引發之情意，也是有著可以類比的近似之處的。這種情形原是「物」與「心」相感發時的一種自然現象，正如陸機在其〈文賦〉中所說的「悲落葉於勁秋，喜柔條於芳春」，這原是宇宙間一種生命的共感❻，物之榮枯與心之悲喜，本來就因其有類似之處，所以才引起一種見物起興的感發，因此陳奐在《毛詩傳疏》中就曾經說過「言『興』而『比』已寓焉」的話，所以《朱傳》把

❺ 按「休息」或作「休思」，則「思」為語辭與下二句之「不可求思」之句法用字全同，然古本皆作「休息」，不可妄改。

❻ 參看拙著〈幾首詠花的詩和一些有關詩歌的話〉，見《迦陵談詩》。

〈漢廣〉一詩標為「興而比」的作品，這不過只是在「興」的這種詩歌中之一類頗為常見的現象而已。這一類作品，即使有「比」的意味，但是就其感發層次之由物及心，以及感發性質之全出於感性之聯想而言，則畢竟仍是屬於「興」的作品，而不是「比」的作品。不過另外也有一些「興」的作品，其「物」與「心」之相感發的關係，則並沒有從理性看來明白的可以相通之處，即如〈唐風．山有樞〉一篇，其首章云：「山有樞，隰有榆，子有衣裳，弗曳弗婁，子有車馬，弗馳弗驅，宛其死矣，他人是愉。」此詩開端兩句「山有樞，隰有榆」的物象，與下文之勸人及時為樂，求衣裳車馬之享用的情意，就看不出有什麼在理性上可以明白解釋的相通之處。《毛傳》以為此詩是「刺晉昭公不能脩道以正其國，有財不能用……」云云，因釋開端二句為「國有財貨而不能用，如山隰不能自用其財」，這種解說實在頗為牽強，而且《毛傳》既以為此詩是「刺晉昭公不能脩道以正其國」，何以全詩又極力勸其為衣裳車馬之享用？甚而還有下二章之勸其為「鐘鼓」「酒食」之享樂的話，這又哪裡像是對一個不能脩道的國君的諷刺之作呢？所以《朱傳》對於此詩，就只注云「興也」，而於此首二句與下文情意之間的關係，則全然未加解說，這正因為這首詩開端兩句的物像，與下文情意之間的關係，在理性上並沒有可以明白相通之處的原故。所以朱熹在其〈詩綱領〉一文中，說：「詩之興，全無巴鼻。」❼正指的是這一類雖也因物起興，而在物象與情意間卻並不能作出明白解說的作品。所以在屬於所謂「興」的作品中，除了我們在前面所提及的先物後心之感發層次，以及純屬感性之感發性質，這兩點可以作為「興」與「比」之基本區別以外，至於其物與心之間相感發的關係，則可以有多種之不同，自理性之可以解說者到理性之不可以解說者，只要是合於上面兩項基本條件的詩歌，便都可以認為是屬於「興」的作品，也就是說是具有一種由外在因素而感發起興的作品。這種感發關係，也許並非理性可以解說，然而卻必然有著某種感性的關聯，既可能為情意之相通，也可能為音聲之相應，既可能為正面之相關，也可能為反面之相對，而且相同的物象既可以喚起不同的感興，不同的物象也可以喚起相同的感興❽。這種紛紜歧異而多變化的性質，有時也會被人認為是屬

❼〈詩綱領〉見《朱子全書》卷三五。「巴鼻」蓋當時俗語，猶言「把柄」，《朱子語錄》往往用之。

❽黃侃《文心雕龍札記》於〈比興篇〉即曾云：「原夫興之為用，觸物以起情，節取以託意，故有物同而感異者，亦有事異而情同者，循省本詩，可榷舉也。夫〈柏舟〉命篇，〈邶〉〈鄘〉兩見，然〈邶〉詩以喻仁人之不用，〈鄘〉詩以譬女子之有常；〈杕杜〉之目，〈風〉〈雅〉並存，而〈小雅〉以譬得時，〈唐風〉以哀孤立，此物同而感異也。『九罭鱒魴』，『鴻飛遵渚』

於「興」這類詩歌的一種缺點，使人難以為之界說。然而我卻以為這種多方感興的現象，並不是一種缺點，而是一種優點，更且是中國重視感發作用之詩歌傳統的一種獨有的特色。總之，對於「興」的作品，我們如果必欲於理性求明白之解說，則往往過於拘狹，而如果竟謂其與理性全不相關，則又未免過於寬泛，所以「興」之取義才會引起前人許多不同的說法。即如朱熹既看到了「興」之「託物興辭」、「全無巴鼻」的一面，可是又發現有些「興」的作品，其物與心之關係，也可以具有某種理性能予以解說的情意存乎其間，因此才又提出「興而比」的說法。這種說法，表面看來，似乎更增加了「興」與「比」之為義的困惑，其實只要我們明白了「興」與「比」在感發層次和感發性質這兩方面的基本差別，以及「興」之感發作用之可以有多種不同樣式，則這些困惑便都可以迎刃而解了。

其次我們再來看一看〈曹風・下泉〉一詩的首章：「冽彼下泉，浸彼苞稂，愾我寤嘆，念彼周京。」這首詩也是前兩句寫物象，後兩句寫情意。我們先談物象。「苞稂」之

二事絕殊，而皆以喻文公之失所；『牂羊墳首』，『三星在罶』，兩言不類，而皆以傷周道之陵夷，此事異而情同也。」據臺北明倫出版社一九七〇年出版之《文心雕龍注》引錄，見該書頁六〇三。

為物，《毛傳》及《朱傳》皆以「稂」為「童粱」，是一種得水則病的植物；至於「苞」，則《毛傳》以為「苞，本也」，《朱傳》以為「苞，草叢生也」。關於這些名物，因並非此處討論之主題，姑且從略，總之前二句之物象所寫的是寒冷而向下流的泉水，浸損了「苞稂」而使之傷病。至於這二句物象與下二句情意之關係，則《毛傳》以為是「曹人疾共公侵刻下民不得其所，而思明王賢伯也」；《朱傳》則以為是「王室陵夷而小國困弊，故以寒泉下流而苞稂見傷為比，遂興其愾然以念周京也」。表面看來，《毛傳》與《朱傳》對情意之解說，當然有所不同，但如果就物象與情意之間的關係及作用而言，他們卻都是認為首二句的「冽彼下泉，浸彼苞稂」的物象就已經有了喻託之意，只不過《毛傳》以為其所喻託者乃是「曹人疾共公侵刻下民不得其所」的意思，而《朱傳》則以為是「王室陵夷而小國困弊」的意思。如我們在前面所言，很多原屬於「興」的作品，在感發作用中，其意象與情意之間本來就往往具有可以類比的相通之處，也就是說「興」而有「比」之意。寫這首詩的詩人，因為見到了「苞稂」，為寒泉所浸的物象，而想到曹國之「共公侵刻下民不得其所」，或想到「王室陵夷而小國困弊」，本來也未始不可將之歸入於所謂「興而比」的一類作品，可是這一首詩與前面所舉的被視為「興而比」的〈漢廣〉一詩，卻有一點絕大的不同之處，〈漢廣〉之從「南有喬木，不可休息」，轉到「漢有游女，不可求思」，乃是兩句寫物象，兩句寫情意，其由物及心的層次是前後分明的，可是這一首詩則是在開端的兩句物象中，早就喻託有某種情意了。何況這一首詩下面還有「愾我寤嘆，念彼周京」兩句，則又是從首二句的喻託之意再引發出來的另一層情意，因此從首二句的喻意到後二句的感嘆中，就又有一層「興」的感發意味，這正是《朱傳》何以將之視為「比而興」的作品的原故，也就是說將這一首詩的前二句已經看做是情意與物象結合的「比」，而從首二句到後二句則又是屬於感發的「興」，這種情形是一種比較複雜的例證。

最後我們再看一看〈豳風・鴟鴞〉一詩的首章：「鴟鴞鴟鴞，既取我子，無毀我室，恩斯勤斯，鬻子之閔斯。」這一首詩，在內容方面，《毛傳》及《朱傳》對之有相近的看法，都以為是周公所作，大意謂周公東征管蔡，而成王未知周公之志，故周公乃作此詩，以自述其輔佐成王愛護王室之深意。但在表現手法方面，《毛傳》和《朱傳》卻有不同看法，《毛傳》以為此詩是「興」，而《朱傳》則以為此詩是「比」。其所以引起此兩種不同看法的原故，大約有以下數端，首先從詩歌開頭所寫的「鴟鴞」來看，原是一種外在的鳥之形象，與《詩經》中其他以鳥名起興的詩篇，如〈關雎〉、〈燕燕〉、〈黃鳥〉、〈鳲鳩〉等篇，看來頗為相似，因此在直覺上便容易使人認為同是以鳥類起興的詩篇，所以《毛傳》便以之為「興」，此其一；然而仔細一觀察，便又可以發現這首詩中的「鴟鴞」，與其他各篇之以鳥類起興者實在並不相同：其他各篇都是先寫鳥之物象，然後再轉入人之情事，其「緣物起興」的關係是明白可見的。而〈鴟鴞〉則不然，這首詩中的「鴟鴞」是把「鴟鴞」比擬為有知有情之人而對之呼喚告誡之辭，全篇都是以禽鳥之口吻為主的喻託之語，如此則此詩便自然應該是「比」的作品了，所以《朱傳》便以之為「比」，此其二；但這種比擬當然也可能是由於眼前曾見到某種有關「鴟鴞」之物象而引起的聯想，如此便又似乎仍然有「興」的意味，此其三。像這種種複雜的因素，當然會使得讀者們對於這首詩之究竟為「比」或者為「興」的區分，增加不少困惑。不過，如果以我們在前文所提出的如何分別「比」和「興」的兩項基本原則來看，則〈鴟鴞〉一詩似乎應該是先有所要託喻的情意，然後才以「鴟鴞」為喻託之形象者，此其一；而且這種託喻當然也是含有理性之思索與安排的，此其二。所以儘管這首詩有可能被人認為是「興」的因素，然而卻實在仍該是屬於「比」的作品，只不過情況較為複雜而已。

除了上面所談到的「比」與「興」容易混淆的情況外，就是「賦」與「比」、「興」之間，有時也同樣可以有使人混淆的情況。下面我們對「賦」的作品也作一討論，然後再對「賦」、「比」、「興」三者之相異與相通之處，以及中國古代何以標舉此三名為寫詩與說詩之重要準則的意義，做一個綜合的結論。

二、「賦」、「比」、「興」之次第及「賦」體中形象與情意之關係

本來按照《周禮・春官》的次第，「賦」在最前，「比」次之，而「興」則在最後，可是現在本文的討論，卻把「賦」放在最後，而把「興」放在最前，這主要是因為本文討論的重點與《周禮》中所記載的「大師教詩」的重點有所不同的原故。關於「六詩」的次第，在《周禮・春官》的原文中是這樣寫的：「大師教六詩：曰『風』，曰『賦』，曰『比』，曰『興』，曰『雅』，曰『頌』。」《毛詩・大序》所提出的詩之「六義」，與《周禮・春官》中「六詩」的名稱及次第完全相同。孔穎達《毛詩正義》即以為「六義」與《周禮・春官》之「六詩」全同，只因其「上文未有『詩』字，不得徑云『六義』，故言『六詩』，各自為文，其實一也」；又曾經對「六義」之次第加以解釋，說：「六義次第如此者，以詩之四始以『風』為先，故曰『風』，『風』之所用以『賦』、『比』、『興』為之辭，故於『風』之下即次『賦』、『比』、『興』。」對於孔穎達的這種解說，有些人因

孔氏之時代較晚而懷疑其所說未必可信，然而如果據《周禮‧春官》的「大師教六詩」中之「教」字來看，則按教學之一般習慣和次第而言，我以為孔說實頗有可取之處。因為既以四始之「風」為教詩之始，而在教詩之際又不得不涉及其表達之方式，所以在「風」之後便繼之以「賦」、「比」、「興」，而此三種表達方式中，又以「賦」最為簡單直接，故又以「賦」為先，至於「比」、「興」二者，則「比」之感發及表達方式又較「興」為明白而且易解，故又置「比」於「興」之前，這種道理本來並不難明白。《毛詩正義》也曾引鄭眾（司農）之言，以為「『賦』、『比』、『興』如此次者，言事之道，直陳為正」，所以「『賦』在『比』、『興』之先」，又以為「『比』之與『興』雖同是附託外物，『比』顯而『興』隱，當先顯後隱，故『比』居『興』先也」。這段話與我們在前面所講的「比」、「興」的道理本來非常相近，只是因為有些人對於「『興』隱」的「隱」字過於深求，所以反而滋生了許多困惑❾。至於本文以「興」與「比」之合論在先，而將對於

❾ 關於比顯而興隱之說，如果只就「情意」與「形象」之關係言之，則「比」有理性之思索，故其關係顯明易見，而「興」則純屬感性之觸發，故其關係有時乃隱微難言，其理原至為簡單，然而因《毛詩》既往往牽附政教立說，故凡《毛詩》之所謂「興」者，乃皆以教化深隱之辭為之說，因此遂使後之說詩者，對於「興」之為義，亦喜過於深求。即以宋代之朱熹言

「賦」之討論置於後，則是因為本文所要討論的主題，既是形象與情意之關係，而且在前文中我們又曾提出過，對詩歌之衡量，當以其所傳達之感發生命之有無多少為基本標準。在此兩大前提下，則「比」與「興」的作品，既都具有鮮明的物之形象，又在心與物之間，具有由此及彼或由彼及此的感發作用，因此「興」和「比」的作品在這方面當然就顯得較「賦」的作品更為值得重視了。而「興」與「比」二者又常常使人有混淆困

之，朱氏之《詩集傳》雖有意突破《毛傳》之拘限，為「賦」、「比」、「興」做了更為簡明的解釋，說「賦者，敷陳其事而直言之者也」，「比者，以彼物比此物也」，「興者，先言他物，以引起所詠之辭也」，又在〈詩綱領〉中說「詩之興，全無巴鼻」，然而其釋〈關雎〉一詩，雖注明為「興也」，但在解說詩意時卻不免受到《毛傳》教化之說的影響，而說了一大段有關「雎鳩」這種鳥之「生有定偶而不相亂，常並游而不相狎，故《毛傳》以為『聲而有別』」等等的話，此種牽強比附之說，與他自己為「興」所下的定義，實在有不少矛盾之處，因此遂使後人對於「興」之為義，反而更覺無所適從了。再加之鄭玄在《周禮・春官》之「大師……教六詩」一節下，曾注云：「比，見今之失不敢斥言，取比類以言之；興，見今之美嫌于媚諛，取善事以喻勸之。」而徵之《毛傳》所目為「興」之詩，則如〈鄘風〉之〈牆有茨〉一首，是以惡類惡之辭也，而《毛傳》乃目之為「興」，可見鄭說並不可信，不過使「比」、「興」之義益增混淆而已。

惑之感，所以本文才將「興」與「比」合論於先，以便於在比較之中區分其異同，而將對於「賦」的討論置之於後。這也只是為了討論起來較為方便而已。

寫到這裡，我們覺得還有一點應當加以說明的。那就是在「賦」體中的形象與情意之關係的問題。也許有人會以為「賦」體的作品都是對於情事的直接敘述，並不需要假借「物」的形象來表達，因此就缺少了以形象來直接感動人的力量和藝術性。但其實這只是一種表面的看法。若從詩歌的本質來看，則「賦」的作品既同樣可以有形象的表達，而且也同樣可以有感發的力量。一般人之所以認為只有「比」和「興」才是形象的表達，主要是因為在一般人觀念中，常誤以為只有目所能見的具體的外物，才是所謂「形象」，這種看法其實是非常狹隘的。為了澄清這種看法，我想我們應該先就中國傳統中對於「象」的觀念加以探討。這就使我們不能不想到《周易》。《周易》基本上就是以「象」為本體寫成的❿。《周易・繫辭》曾說過：「是故易者，象也。」孔穎達在《周易正義》

❿ 按《周易》一書全以形象表示義理，《周易・繫辭》即曾云：「聖人立象以見意。」王弼《周易略例》亦曾云：「夫象者出意者也。」又云：「盡意莫若象，盡象莫若言，言生於象，故可尋言以觀象，象生於意，故可尋象以觀意。」其「言辭」與「形象」及「情意」之關係，與詩歌實頗有相近之處。清章學誠《文史通義・易教》下篇，即曾云：「易之象也，詩之興

的〈序〉中，開端第一句話所寫的，也是「夫易者，象也」。姑不論八卦本身就是一種符號的形象，即以其六十四卦的每一卦的卦辭及爻辭而言，其所敘寫者，也莫不是以各種事物之形象為主的。如果把這些形象加以歸類的話，我們大致可以將之區分為三大類：其一是取象於自然界之物象；其二是取象於人世間之事象；其三則是取象於假想中之喻象。舉例而言，如「漸」卦中之「初六」及「九三」的爻辭，其所占示的「鴻漸於干」和「鴻漸於陸」等，所寫的是鴻鳥逐漸飛到河岸和高陸上的物象；又如「中孚」卦中「九二」的爻辭，其所占示的「鶴鳴在陰，其子和之」，所寫的則是鶴鳥在幽陰之處鳴叫而有同類應和之聲，雖然「鶴鳴」之聲是屬於聽覺的感受，與「鴻漸」之屬於視覺之感受者不同，但卻同是屬於自然界的物象；再如「蒙」卦中「初六」的爻辭，其所占示的「利用刑人，用說桎梏」，所寫的則是可以用刑戮於人，和可以脫去罪人桎梏的兩件事，這當然不是大自然界的物象，而是人世間的事象，所以《周易正義》就曾經指明說：「此經『刑人』、『說人』。」為「二事象」。又如「升」卦中「六四」的爻辭，其所占示的「王用亨於岐山」，寫的則是文王宴享於岐山的聚會，其性質也是屬於人世間的事象，但卻並

也。」又云：「易象雖包六藝，與詩之比興尤為表裡。」近人居乃鵬之〈周易與古代文學〉一文，對此有更為詳細之敘述。見《國文月刊》十卷十一期，一九四八年十二月號。

不是一般的事象，而是歷史上某一特定的事象，頗近於詩歌中之所謂「用典」，不過基本上仍是屬於形象之三大類別中的第二類，也就是人世間的事象。再如「乾」卦和「坤」卦中對於「龍」的敘寫，如「乾」卦「九二」爻辭之「見龍在田」，「九五」爻辭之「飛龍在天」和「坤」卦「上六」爻辭之「龍戰於野，其血玄黃」等，則其所寫之現象既非自然界之實有，也非人事界之實有，而卻是假想中的一種喻象，既是假想的喻象，當然便可以在想像中，把自然界或人事界的任何事物，做多種的變化和綜合。所以關於形象的分類，基本上我們雖然只將之分為三大類，然而事實上所謂「形象」之含義，則是相當廣泛的，無論其為真、為幻，無論其為古、為今，也無論其為視覺、為聽覺、或為任何感官之所能感受者，總之，凡是可以使人在感覺中產生一種真切鮮明之感受者，便都可視之為一種「形象」之表達。當我們對「形象」有了這種認識以後，我們便可以對所謂「賦」的作品中，其「形象」與情意之間的關係和作用加以探討了。

我們現在所要舉的詩例，首先是〈鄭風・將仲子〉一首詩，這首詩的第一章寫道：「將仲子兮，無逾我里，無折我樹杞。豈敢愛之，畏我父母。仲可懷也，父母之言，亦可畏也。」這首詩是以一個女子之口吻所敘寫的對於其所愛之男子的叮嚀告誡之辭，首先呼叫他的名字「仲子」，然後勸告他說：「不要爬過里門來和我幽會，不要在爬樹時折斷我家杞樹的樹枝。」又告訴他說：「我並不是愛惜這棵杞樹，只是害怕父母的責備。對於你我當然是懷念的，可是父母的話也是我所畏懼的。」像這樣直接的敘寫，當然是屬於「賦」的作品，與「比」和「興」等作品之標舉外物的形象來表現內心之感發者，有著很大的不同，所以有的人就以為「賦」的作品中沒有「形象」的表現。可是當我們對於「形象」有了如上一節所討論過的廣義的認識以後，我們就會看到「賦」的作品中，同樣也重視「形象」的表現。即如這首詩中的「無逾我里，無折我樹杞」等敘寫，事實上就都是一種「形象」的表現，只不過並不是「物象」而是「事象」而已，而且廣義地說起來，即使是開端第一句之「將仲子兮」的呼喚，其生動真切的口吻，豈不也同樣是一種「事象」的表現嗎？而也正因為有這些具體的「事象」的敘寫，才使得我們對於詩中之男子之熱情，與女子的溫婉，都有了更為鮮明真切的體認，同時也更增加了這首詩的感人的力量。再如〈衛風．碩人〉一詩，首章所寫的「碩人其頎，衣錦褧衣。齊侯之子，衛侯之妻，東宮之妹，邢侯之姨，譚公維私」諸句，從開端就是對於詩中的女主角莊姜夫人的直接敘寫，這當然是屬於「賦」的作品，而其首二句所寫的實在就是莊姜的鮮明的形象。至於以下數句，表面上看來雖然不是具體的形象，而只是對於莊姜與她的親族之關係的敘寫，可是事實上則「齊侯之子，衛侯之妻，……」等等，對莊姜之身世而言，也可算做一種非常具體的描述，而且也正是由於這種具體的描述，才在多方面的親族關係中，極為有力地突出了莊姜之高貴的身分和地位，也更增強了讀者對莊姜的認識和感受，這實在也同樣可以被認為是一種廣義的「形象」的表現。以上還是我有意地在「賦」的作品中，挑選出的一些不屬於外物之視覺所謂的「形象」的敘寫，至於在一般「賦」的作品中，則其所敘寫的屬於「物」的「形象」實在不僅極為常見，而且往往還可以帶有「比」或「興」的作用。即如〈王風・黍離〉，其首章所寫的「彼黍離離，彼稷之苗。行邁靡靡，中心搖搖。知我者，謂我心憂，不知我者，謂我何求，悠悠蒼天，此何人哉」，《毛傳》及《朱傳》都以為此詩是周室東遷以後，大夫重過舊京，見到昔日的宗廟宮室，已經夷為農田，遍地黍稷，因為此詩，以憫周室之顛覆。開端的「彼黍離離，彼稷之苗」，就是對於眼前所見之景象的直接敘寫，就此點而言，當然應該是屬於「賦」的作品。但同時這兩句所寫的景象，卻也正是引起下文之哀感的一種因素，因此便同時也有「興」的作用在其間了，所以《朱傳》就說這首詩是「賦而興」的作品。也許有人會在此提出一個疑問，就是像〈關雎〉和〈桃夭〉等詩，開端所寫的也是當前的物象，從而引起感發的情意，為什麼就只是「興」而不是「賦而興」呢？對此，我們可以有一個簡單的回答，就是〈關雎〉和〈桃夭〉所寫的物象，與下文之情意並無必然之關係，只是一種單純的，甚至不必有理由的感發，而〈黍離〉所寫的物象則本身就是西周舊京已經夷毀的景象，所以縱然有「興」的作用，也仍該是「賦」的作品。再如〈邶風．北門〉首章：「出自北門，憂心殷殷，終窶且貧，莫知我艱。已焉哉，天實為之，謂之何哉。」所寫的是衛之賢臣仕不得志的悲慨，開端一句也只是直敘其步出北門的一件情事而已，可是《毛傳》及《朱傳》卻都以為「北門」有「背明向陰」之義，《毛傳》雖將此詩標註為「興」，卻又解釋說「喻己仕于闇君，猶行而出北門」，那便因為從「背明向陰」的意思來看，「出自北門」便也有了「比」的意思，所以《朱傳》就將此詩標註為「比」，可是事實上「出自北門」又是對情事的一種直接敘寫，所以《朱傳》就在解釋中又說此詩是「因出北門而賦以自比」，如此說來當然就又有著「賦而比」的意思了。這是屬於「賦」之作品的複雜的情況。

三、從「賦」、「比」、「興」之重在開端論古人立此三名之主旨所在

就一般而言，本來在所謂「賦」的作品中，使用「比」的手法的地方實在很多，即

如〈衛風・碩人〉之第二章，就有「手如柔荑，膚如凝脂，領如蝤蠐，齒如瓠犀，螓首蛾眉」等一大堆用比喻來描寫的話，然而我卻並沒有舉用這一章詩來作為「賦」的作品也注重形象之敘寫的例證，也未曾舉用這一章詩來作為「賦」的作品中有「賦而比」之作用的例證，其所以然者，是因為我以為這其間有一點在基本上應該辨明之處。那就是一般所謂用「賦」、用「比」或用「興」的寫作方法，與「六詩」中所提出的「賦」、「比」、「興」三名的含意，原來是並不全同的，「六詩」中所謂「賦」、「比」、「興」三名，我們在前面雖也曾將之解說為詩歌的三種表達的方法，然而卻並非泛指一篇作品中之任何一句或任何一部分的表達方法，而是特別重在一首詩歌開端之處之表達方法。這種觀念我以為與中國古典詩歌之重視感發的傳統有著非常密切的關係，也就是說，「賦」、「比」、「興」三名所標示的實在並不僅是表達情意的一種普通的技巧，而更是對於情意之感發的由來和性質的一種區分。這種區分還不只是指作者的感發，更是兼指作者如何把這種感發傳達給讀者，從而引起讀者之感發的由來與性質而言的。所以特別重在一首詩的開端，也就是說重在作者以何種方式帶領讀者使之進入這種感發作用之內的。即如所謂「賦」的作品，就其感發之由來與性質而言，便不僅是指作者的感發是由於對情事的直接感受，而且也是指這種作品是以直接對情事的陳述來引起讀者之感發的；「比」

的作品也是作者先有對情事的感受，只不過是借用物象來引起讀者之感發的；「興」的作品則是作者之感發既由物象所引起，便也同時以此種感發來喚起讀者之感發。凡此種種，主要都重在開端時之感發是怎樣引起的。這與在一首詩歌的中間偶然使用了一些或「賦」、或「比」、或「興」的技巧手法是並不相同的⓫。所以〈碩人〉一詩的第二章，雖然用了許多比喻，可是就此詩之開端及其感發之基本性質而言，卻決然仍是屬於「賦」

⓫ 篇中用「比」之手法者，前文論及〈衛風・碩人〉一篇之次章時，已曾述及，茲不再贅。至於篇中用「興」之手法者，《詩經》中雖不多見，而在後人之詩歌中，則往往有之，如李白之〈長干行〉，就其開端言，原為「賦體」，而其篇中之「八月蝴蝶黃，雙飛西園草」數句，則純屬「興」之手法；又如杜甫之〈北征〉，就其開端言，也是屬於「賦體」之作，而其篇中之「青雲動高興，幽事亦可悅」數句，也大有「興」的意味，凡此種種，皆可作為篇中亦可以用「興」的例證。元代傅若金《詩法正論》更曾提出詩在起、承、轉、合各處皆可用「興」之說。至於在「比體」和「興體」之詩篇中使用「賦」之敘寫手法者，則更屬隨處可見，蓋「賦」之敘述，原為詩歌進行之主要手法，「比」、「興」二種手法，雖可以使詩歌更為生動、真切、靈活，更富於感發之力，然而卻仍必須與「賦」之手法相結合，此為常見之現象，不需更為例舉。

的作品；再如我們在前面所曾舉引過的〈鴟鴞〉一詩，表面看來雖然是用的敘述的「賦」的手法，可是就其開端之借喻為「鴟鴞」的感發性質而言，卻該是屬於「比」的作品。這種情形，表面上看來頗容易引起人們觀念上的混淆，因此有人就為了要對之加以區分起見，而把「六詩」或「六義」中所謂「賦」、「比」、「興」這種對於詩歌的感發作用之由來及性質作基本區分的名目，加上一個「體」字名之曰「賦體」、「比體」、或「興體」，以表示其與在詩篇之敘寫中隨意使用的或「賦」或「比」或「興」的手法，有所不同，這種差別當然是應該分辨清楚的⓬。除此以外，我還要說明一點，就是在中國詩論中，

⓬ 將篇首用「賦」、「比」、「興」之「賦體」、「比體」、「興體」，與在篇中偶然使用「賦」或「比」或「興」之手法混為一談，自劉勰之《文心雕龍》已有此種誤會，其〈比興〉一篇曾舉例云：「金錫以喻明德，珪璋以譬秀民，螟蛉以類教誨，蜩螗以寫號呼，……凡斯切象，皆比義也。」在這一段話中，他所舉的「金錫」「珪璋」，原出於〈衛風・淇奧〉，此數句雖用「比」之手法，然就其開端言之，則《毛傳》及《朱傳》分別皆以此詩為屬於「興」的作品；又如他所舉的「螟蛉」之喻，出於〈小雅・小宛〉一篇，此詩就其開端言之，《毛傳》及《朱傳》也都以為是屬於「興」的作品；再如他所舉的「蜩螗」之喻，出於〈大雅・蕩〉，此詩就其開端言之，則是屬於「賦」的作品，而劉勰卻將這種在篇中偶然使用「比」的手法，與所謂「六義」中之「賦」、「比」、「興」三「體」之重在開端者，混為一談，他既提出了《毛傳》

又往往有把「比興」連言的「比興喻託」之說，因此就有人誤會，以為這種「比興」連言的情形，就如同是《朱傳》中所謂「比而興」或「興而比」的意思，其實這其間也是有著分別的。《朱傳》所謂「比而興」或「興而比」，仍是就詩歌開端的感發作用之由來與性質而言的，至於一般之所謂「比興寄託」，則不過指的是詩歌中有意在言外的一種寄

之「獨標興體」，卻又把《毛傳》認為是「興體」之詩中的「比」的手法，與「六義」之「比體」「興體」相並立論；這種混淆是需要加以辨別清楚的。再則劉勰又曾有「詩刺道喪，故興義銷亡」及「日用乎比，月忘乎興」之言則是因為劉勰對「興」之為義過於深求，以為非具含美刺諷諭之微言者，不足言「興」，故有「興義銷亡」之嘆，不然，則見物起興原為詩歌常用之手法，無代無之，何得謂之「銷亡」「月忘」乎？這是因劉勰被《毛傳・鄭箋》所拘限而造成的另一誤解，也是應該加以辨明的。至於近人又有因「賦體」、「比體」、「興體」之用「體」字，而將之與傳統所謂「風」、「雅」、「頌」為詩之「體」，「賦」、「比」、「興」為詩之「用」的體字混為一談，則又是一種誤會，因為「風」、「雅」、「頌」之稱為「體」是與「賦」、「比」、「興」之稱為「用」相對而言的；而「賦體」、「比體」、「興體」之亦稱為「體」則是與詩篇中隨意使用或「賦」或「比」或「興」之敘寫手法相對而言的，故加一「體」字以表示重在開端時詩篇所傳達的感發作用之由來及本質的用意，與「風」、「雅」、「頌」之被稱為「體」者，並不相同，這也是應該加以辨明的。

託，是一種泛言之辭，與「六詩」或「六義」之所謂「比」或「興」之重在開端的感發之由來及性質者，也並不相同。總之，「六詩」或「六義」中之所謂「賦」、「比」、「興」，其所代表的是詩歌創作時感發作用之由來與性質的基本區分，這種區分本來至為原始，至為簡單，要而言之，則中國詩歌原是以抒寫情志為主的，情志之感動由來有二，一者由於自然界之感發，一者由於人事界之感發。至於表達此種感發之方式則有三，一為直接敘寫（即物即心），二為借物為喻（心在物先），三為因物起興（物在心先），三者皆重形象之表達，皆以形象觸引讀者之感發，惟第一種多用人事界之事象，第三種多用自然界之物象，第二種則既可為人事界之事象，亦可為自然界之物象，更可能為假想之喻象。我想這很可能是中國古代對詩歌中感發之作用及性質的一種最早的認識。但可惜《周禮・春官》在記載大師教「六詩」時，只標舉了「賦」、「比」、「興」的名目，而並未加以解說。《毛詩・大序》提出詩之「六義」，也曾標舉「賦」、「比」、「興」之名，而對其為義也並未加以解說，其實未加解說，雖使人難以明其所以，但尚不致造成混亂；而使得人們對「賦」、「比」、「興」的觀念開始混亂起來的，實在是由於《詩經》的《毛傳》和《鄭箋》，以及《周禮》的《鄭注》。首先是《毛傳》說詩，對於「賦」和「比」都不加標註，卻只標明了「興」體，而如我們在前文所言，「賦」、「比」、「興」三者在理論上雖有基本的區別，可是在實踐中卻往往又有可以互通之處，《毛傳》既沒有理論的說明，又未曾分別標出「賦」、「比」二體的詩例，而且其所標註的「興」體，義界也極欠分明，這當然是造成觀念之混亂的一個原因；再則《毛詩》還有以政教美刺為說的所謂〈大序〉和〈小序〉，因此《毛傳》和《鄭箋》在解說詩義時，遂不免又加上了許多牽附之辭，這是造成觀念之混亂的另一個原因；三則鄭玄在為《周禮》作注時，對於「賦」、「比」、「興」之為義也曾有過政教美惡的說法，這是造成觀念之混亂的再一個原因。而自此以後，一般人之解說「賦」、「比」、「興」者，遂多不免為這些舊說所囿，縱然有一些才智之士，心具慧解，可是在過去尊經崇古的傳統風氣下，便也難以完全突破這些觀念的拘限以自圓其說了。即如劉勰在《文心雕龍》的〈比興篇〉中，本來曾對「比」和「興」之為義，做了一個非常簡明的界定，說：「比者，附也；興者，起也。附理者切類以指事，起情者依微以擬議。」其「附理」與「起情」之說，與我們在前文中為「比」和「興」所劃分的界限，說「比」是「理性」的，而「興」是「感性」的，兩種說法實在極為相近。也就是說《文心雕龍》的作者劉勰，實在已經探觸到了「比」和「興」在感發性質方面有著根本的區分，可是劉氏卻不能脫除於舊說的限制之外，因此在下文解釋「興」的時候，就不免又落入於「關雎有別故后妃方德」的籠罩中，而不能更從感發的性質方面加以闡述了，何況劉氏又曾把篇首用「比、興」之「比體」、「興體」，與在詩篇中偶然用「比」或「興」的手法混為一談，遂使得「賦」、「比」、「興」之說，更增加了一分混淆。所以當我們討論「賦」、「比」、「興」三名的義界時，就不得不對其在《詩經》之「六義」中原有之本義，以及其在被後人使用時所增加的衍生之義，首先明白地加以區分。不過，後人所加的衍生之義，雖然並非本義，卻因其沿用既久，在中國古典詩歌之創作及評賞中，卻也已經早就形成了一種重要的傳統。即如本文在前面所曾論及的，在篇中使用「比」或「興」之手法者，與「六義」中所謂「賦」、「比」、「興」之重在開端的含義，雖然有所不同，可是在篇中使用「比」或「興」之手法，既然是後人詩歌創作中常見的現象，因此後人在評賞詩歌時，所論之「比」或「興」，便往往也指的是在篇中所使用的一種敘寫手法，而並不專指「六義」中之本義了。而且如本文在前面所言，「比」與「興」二種手法，在理論方面雖可以按其「心」與「物」感發之層次，以及其感發之性質，做明白之區分，可是在實踐中，則創作時之心物交感的作用，卻實在並不容易截然劃分，因此後人乃往往將「比」與「興」連言，泛稱之為「比興」，而不再於其心與物之感發層次及感發性質方面，做明細之區別。這種「比興」連言之泛稱，雖然與《詩經》中「六義」之所謂「比」及「興」之本義，已經並不完全相合，但卻已經成為了傳統詩評中一項重要的批評術語，這一點當然也是論詩之人所應當清楚認知的。至於在「比興」連言之外，更有把「比興喻託」四字連言的，此一評詩術語，當然也並非「六義」中所謂「比」及「興」的本義，因為如本文在前面所言，「六義」中之所謂「比」及「興」，實在原來但指詩歌之創作，在開端時，其感發作用所引起之由來及性質而言，並不必然要有什麼言外之美刺諷諭的喻託之意，但是毛鄭之傳注既然都有政教美刺之說，更加之以屈原之〈離騷〉，其「美人」、「香草」之意象，又莫不有託喻之含意，於是「比興喻託」便也成為傳統詩評中一項重要的批評術語，而且在寫詩與說詩之際，也形成了一種喜歡追求言外之託意的傳統。這當然也是論詩之人，所應當清楚認知的。不過前人之批評中，對於「比」、「興」在「六義」中之本義，與其在後世應用中，所衍生的附加之義，既未曾在理論方面做過明確的分別和界說，於是遂使得後之學者，對於「比」、「興」之說，增加了無數混淆。近代學者，既不甘於再受傳統之籠罩，又有見於舊說之混淆，於是有些人遂對「賦」、「比」、「興」三名之是否具有什麼意義，特別是隱微難見而純以感性為主的「興」之為義，產生了根本的懷疑。也有些受西方文化感染較深的人，因此便以為中國之文學批評理論過於疏闊，不及西方理論之細密，所以在評說中國古典詩歌時，便一意引用西方之理論模式，而將中國說詩之傳統置之不顧。有此數端，於是遂使得中國傳統詩說中「賦」、「比」、「興」之為義，不僅千古混淆，而且日益沉淪湮沒了。因此本章所討論的重點，就是想要對於中國舊傳統中的「賦」、「比」、「興」之說重加檢討，試圖說明這三種寫詩的方式，實在原來都是以詩歌中感發力量之產生和傳達之作用為主的。就理論方面而言，這三種不同的感發方式原可以有明顯的區分，可是在創作的實踐中，則這三種不同的感發方式，卻又是有著許多可以相通之處的，而其所以能夠彼此既相異又相通的原故，則是因為這三種寫詩的方式，在心與物互相感發之層次先後方面雖有不同，然而就其以感發為主要之質素一點而言，在基本上則是相同的，而感發之作用在詩人內心中的進行活動，卻並不是外表死板的理論所能嚴格加以劃分的。因此我們在討論「賦」、「比」、「興」三種不同性質之詩歌時，就必須既注意到其理論方面之可以區分的差別性，也同時注意到其本質上之可以相通的共同性，這才是一種比較周全而正確的認識，同時也是我們在討論中國古典詩歌中的形象與情意之關係時，所當具有的一種最基本的認識。

四、餘論——西方詩論中對「形象」之使用的幾種基本方式及其與中國詩論「賦」、「比」、「興」之說的比較

如我們在前文所言，中國近代頗有一些人，因為既有感於舊傳統之詩說的含混淆亂，所以便往往有意要以西方的文學批評理論，來取代舊日的詩說，此在臺灣近年來已蔚成風氣。本來如果以西方理論的明辨來補足中國舊說的含混，原是整理和拓展中國舊傳統之文學批評的一條當取的途徑。但是如果對中國舊傳統之詩說並無深入的認識和了解，而就想以西方的理論來取代中國舊有的詩說，有時就不免會在評說中造成許多誤解，徒只襲取了西方的一些皮毛，卻把中國古典詩歌中最寶貴的菁華和特色完全失落了。要想把東西方詩論做整體的比較和說明，當然並非本文所能做到的事，現在我們所能做的，只是就本文所討論的主題，簡單舉出西方詩歌中對「形象」(Image)之使用的幾種重要方式，並對這些不同的技巧方式中之「形象」與「情意」之關係略加說明，來與中國詩歌舊傳統中的「賦」、「比」、「興」之說聊作比較而已。在西方詩論中，對於「形象」(Image)之使用的模式，曾立有許多不同的名目，諸如：明喻(Simile)、隱喻(Metaphor)、

轉喻 (Metonymy)、象徵 (Symbol)、擬人 (Personification)、舉隅 (Synecdoche)、寓託 (Allegory)、外應物象 (Objective Correlative) 等，如果我們以中國古典詩歌為例證來對之加以說明的話，則所謂「明喻」即如李白〈長相思〉詩中的「美人如花隔雲端」句，把「美人」比做「花」，而中間用一個「如」字，加以明白指出，就是「明喻」；所謂「隱喻」，則如杜牧〈贈別〉詩中的「荳蔻梢頭二月初」句，原是用二月枝頭鮮嫩的荳蔻，來比喻上一句的「娉娉裊裊十三餘」的少女，可是中間卻沒有用「如」字或「似」字等來說明，就是「隱喻」；所謂「轉喻」，則如陳子昂〈感遇〉詩中的「黃屋非堯意」一句，「黃屋」本來指的是古時天子所乘的車，用黃色的繒帛為車蓋之裡，名曰「黃屋」，而便以「黃屋」喻言天子的地位，就是「轉喻」；所謂「象徵」，則如陶淵明〈和郭主簿〉詩中的「青松冠岩列」，〈飲酒〉詩中的「青松在東園」，〈擬古〉詩中的「青松夾路生」等句，凡陶詩言及「松」的形象時，都喻示著一種堅貞的品格和精神，就是「象徵」；所謂「擬人」，則如晏幾道〈蝶戀花〉詞中的「紅燭自憐無好計，夜寒空替人垂淚」二句，作者竟以「自憐」、「無計」、「垂淚」等字樣來寫無知的蠟燭，將之視為有知有情，就是「擬人」；所謂「舉隅」，則如溫庭筠〈憶江南〉詞中的「過盡千帆皆不是」一句，其中「帆」字原只是船的一部分，卻以之來代表船的整體，就是「舉隅」；所謂「寓託」，則如王沂孫〈齊天樂〉詞「一襟餘恨宮魂斷」一首，通篇都用的是寫蟬的事典和辭語，但暗中卻寓示了亡國的悲慨，就是「寓託」；所謂「外應物象」，則如李商隱〈錦瑟〉詩中之「錦瑟」、「絃柱」、「滄海月明」、「藍田日暖」、「莊生曉夢」、「望帝春心」等詩句，用了一系列外在事物的形象，來傳達內心中某些特殊的情意，就是「外應物象」。以上是我們試以中國的一些古典詩歌為例證，來對西方文學批評中有關「形象」之使用的模式所涉及的一些專門術語，所做的簡單的詮釋。從這些批評術語名目之繁多來看，可見西方的文學批評理論，確實有較中國細密之處，明白了這些術語的含義，對於我們分析和討論中國詩歌中形象與情意之關係，當然可以有不少幫助，但如果因此便認為可以用西方的批評理論，來取代中國舊有的批評理論，以為只要能分辨出一首詩歌中所使用的「形象」是屬於何種名目的模式，便已達到欣賞評析的目的，那便不免有所偏失了。即以李白的「美人如花隔雲端」一句而言，他所使用的是「明喻」，這是不錯的，但李白這首詩之所以好，卻決不僅在於他使用了「明喻」的手法而已。古今中外把美人比做花的這種明喻，可以說是太多了，用得不好便是陳腔濫調，用得好便也仍可引發極新鮮和極深遠的情意。而且每個詩人之性格與感受各異，其所觸引感發的情意和聯想，自然也可以千態萬變各有不同。一個評詩人，如果只能運用外表的理論模式，而不能對詩歌之感發作用之本質的優劣高低有所體認，那便決不能對一首詩歌做出正確的衡量。不過學習理論模式之外表的區分，要比學習體會一首詩歌之本質的優劣容易得多，因此不免就有人只學習了西方外表的一些理論模式，便想以之牽附運用於對中國古典詩歌的評賞，於是就往往可能造成許多誤解。有一位好用西方的理論模式來解說中國古典詩歌的作者，便曾經因為「蠟燭」在西方文學中可以為「男性」之象喻，而認為中國古典詩歌中如王融之〈自君之出矣〉一詩中之「思君如明燭」的「明燭」，以及李商隱之〈無題〉一首中之「蠟炬成灰淚始乾」的「蠟炬」，都是「男性」的象徵，這就未免是一種過於牽附的誤解了。何況王融與李商隱這二首詩的好處，也決不建立在他們所使用的「蠟燭」是否為「男性」之象徵這一標準上。所以西方的理論和模式，雖然有值得學習參考之處，但如果用之不當，就也會產生許多流弊。這正是本文何以在一開端就先提出了，對中國古典詩歌之評賞，應當以能否體認及分辨詩歌中感發生命之有無多少為基本條件的緣故。中國詩歌的真正好處和特色，並不是只用西方的理論和模式就可以完全衡量出來的。這主要是因為東西方的詩歌，各有不同的傳統，中國早期的詩歌，自《詩經》和《楚辭》開始，一向便都是以抒情為主的。西方早期希臘的詩歌則是以長篇的敘事史詩和戲劇為主的，所以中國之所謂「詩」，與西方之所謂“Poetry”，基本上的範疇和性質就並不完全相同，再加之中國古典詩之格律一般都極為嚴整，中國古典詩人的創作，常是心中之感發與其熟誦默記之詩律二者之間的一種因緣湊泊的自然的結合；而西方之詩律則較有更多自由安排的餘地，所以中國詩更重視自然的感發，西洋詩則更重視人工的安排，中國的詩論自《毛詩・大序》開始，便以「言志」及「情動於中，而形於言」之內心的感發為主要傳統，而西方之詩論，則自亞里斯多德之《詩學》開始，就重悲劇之類型及結構之安排。即以我們在上面所舉引的，西方文學批評中有關「形象」之使用的這一系列批評術語而言，便已可看出他們對安排技巧的重視。他們的分類雖較中國為細密，所用的術語也顯得多采多姿，可是如果按照我們依感發之性質為「賦」、「比」、「興」三個名稱所下的界說而言，則所有西方這些多采多姿的批評術語，無論是明喻、隱喻、轉喻、象徵、擬人、舉隅、寓託、外應物象等，就感發之性質而言，它們卻實在都是屬於先有了情意，然後才選用其中的一種技巧或模式來完成形象之表達的。如果以之與中國詩說中的「賦」、「比」、「興」相比，則所有這些技巧和模式的選用，可以說都僅是屬於「比」的範疇，而未曾及於「賦」與「興」的範疇；若就「情意」與「形象」，也就是「心」與「物」之關係而言，則所有這些術語所代表的實在都僅只是由心及物的一種關係而已，而缺少了中國詩歌傳統中所標舉之「賦體」所代表的「即物即心」的感發，和「興體」所代表的

「由物及心」的感發。當然在西方詩歌中也並不是完全沒有近於中國之所謂「賦」或「興」之類的感發，只是在西方詩歌批評的術語中，卻並沒有像「賦」或「興」一樣的名目，可以用來指稱這一類「即物即心」性質的感發，或「由物及心」性質的感發。「六義」之所謂「賦」字的意思雖是直接陳述，但卻是特指詩歌中的一種足以引起感發作用的傳達方式，與英文中相當於「敘述」之意的所謂"Narration"並不相同，英文「敘述」(Narration)是與「議論」(Argumentation)、「描寫」(Description)、和「說明」(Exposition)並列的一種寫作方法，一般多指散文而言，與中國詩論中「賦」、「比」、「興」之「賦」的性質並不全同；至於「興」之一詞，則在英文的批評術語中，根本就找不到一個相當的字可以翻譯。這種情形，實在也就正顯示了西方的詩歌批評，對這一類感發並不大重視，西方所重視的是對於意象之模式如何安排製作的技巧，因此他們才會為這種安排製作的模式，定立了這麼多不同的名目。不過理論越細密和名目越繁多的結果，也往往會誘使人只注意到理論中不同模式之外表的區分，卻反而忽略了詩歌中最寶貴的感發之本質。此在西方詩歌言之，也許還不失為一種可行之道，因為西方的詩歌原來就注重對各種意象之模式的安排和製作，而且也往往就在這種安排製作中，顯示了他們的詩歌的意義和價值，所以循此以求便不失為一條正確的途徑。可是就中國的古典詩歌而言，如果只注意對外表模式的區分而忽略了感發的本質，有時就不免會有緣木求魚之嫌和買櫝還珠之恨了，這是當我們學習使用西方之批評理論來評賞中國古典詩歌時，所最當反省警惕的一件事。如果我們把文學批評比做一幢建築物，那麼西方的批評體系之體大思精，便如同一座建築物所具有的宏偉的架構，而中國之重視感發作用的詩論，便如同一座建築物所最需重視的深奠的根基，二者的工夫不同，但卻是可以互相結合而加以發揚光大的，而這也正是今日之中國詩論，所應當追求的一條理想的途徑，所以對傳統詩說的研討，和對西方理論的學習，原該予以同樣的重視，不過本文所討論的主題，既是中國古典詩歌中形象與情意之關係，因此我們自然首先應該對中國傳統中有關形象與情意的古典詩論，先有一點基本的了解，這正是本文之所以不避迂腐與繁瑣之譏，竟然用了不少筆墨，來對中國舊傳統中糾纏已久的「賦」、「比」、「興」之說，加以澄清和說明的原故。

紀念我的老師清河顧隨羨季先生

——談羨季先生對古典詩歌之教學與創作

自上過先生之課以後，恍如一隻被困在暗室之內的飛蠅，驀見門窗之開啟，始脫然得睹明朗之天光，辨萬物之形態。

一、先生之生平、教學及著述簡介

顧師羨季先生本名顧寶隨，河北省清河縣人，生於一八九七年二月十三日（即農曆丁酉年之正月十二日）。父金墀公為前清秀才，課子甚嚴。先生幼承庭訓，自童年即誦習唐人絕句以代兒歌，五歲入家塾，金墀公自為塾師，每日為先生及塾中諸兒講授四書、五經、唐宋八家文、唐宋詩及先秦諸子中之寓言故事。一九〇七年先生十一歲始入清河縣城之高等小學堂，三年後考入廣平府（即永年縣）之中學堂，一九一五年先生十八歲時至天津求學，考入北洋大學，兩年後赴北平轉入北京大學之英文系，改用顧隨為名，取字羨季，蓋因《論語・微子》篇曾云「周有八士」中有名「季隨」者也。又自號為苦水，則取其發音與英文拼音中顧隨二字聲音之相近也。一九二〇年先生自北大之英文系畢業後，即投身於教育工作。其初在河北及山東各地之中學擔任英語及國文等課，未幾，應聘赴天津，在河北女師學院任教。其後又轉赴北平，曾先後在燕京大學及輔仁大學任教，並曾在北平師範大學、北平大學、女子文理學院、中法大學及中國大學等校兼課。一九四九年後，一度擔任輔仁大學中文系系主任。並轉赴天津，在天津師範學院中文系任教，於一九六〇年九月六日在天津病逝，享年僅六十四歲而已。先生終身盡萃於教學工作，一九四九年以前在各校所曾開設之課程，計有詩經、楚辭、昭明文選、唐宋詩、詞選、曲選、文賦、論語、中庸及中國文學批評等多種科目。一九四九年後，在天津任教時又曾開有中國古典戲曲、中國小說史及佛典翻譯文學等課。先生所遺留之著作，就嘉瑩今日所搜集保存者言之，計共有詞集八種共收詞五百餘首，劇集二種共收雜劇五本，詩集一種共收古近體詩八十四首，詞說三種，佛典翻譯文學講義一冊，講演稿二篇，看書札記一篇，未收入劇集之雜劇一種，及其他零散之雜文、講義、講稿等多篇，此外尚有短篇小說多篇曾發表於二十年代中期之《淺草》及《沉鐘》等刊物中，又有〈揣籥錄〉一種曾連載於《世間解》雜誌中，及未經發表刊印之手稿多篇分別保存於先生之友人及學生手中。

我之從先生受業，蓋開始於一九四二年之秋季，當時甫升入輔大中文系二年級，先生來擔任唐宋詩一課之教學。先生對於詩歌具有極敏銳之感受與極深刻之理解，更加之先生又兼有中國古典與西方文學兩方面之學識及修養，所以先生之講課往往旁徵博引興會淋漓，觸緒發揮皆具妙義，可以予聽者極深之感受與啟迪。我自己雖自幼即在家中誦讀古典詩歌，然而卻從來未曾聆聽過像先生這樣生動而深入的講解，因此自上過先生之課以後，恍如一隻被困在暗室之內的飛蠅，驀見門窗之開啟，始脫然得睹明朗之天光，辨萬物之形態。於是自此以後，凡先生所開授之課程，我都無不選修，甚至在畢業以後，我已經在中學任教之時，仍經常趕往輔大及中國大學旁聽先生之課程。如此直至一九四八年春我離平南下結婚時為止，在此一段期間內，我從先生所獲得的啟發，勉勵和教導是述說不盡的。

先生的才學和興趣，方面甚廣，無論是詩、詞、曲、散文、小說、詩歌評論，甚至佛教禪學，先生都曾留下了值得人們重視的著作，足供後人之研讀景仰。但作為一個曾經聽過先生講課有五年以上之久的學生而言，我以為先生平生最大之成就，實在還並不在其各方面之著述，而更在其對古典詩歌之教學講授。因為先生在其他方面之成就，尚有蹤跡及規範可資尋繹，而唯有先生之講課則是純以感發為主，全任神行，一空依傍。是我平生所見到的講授詩歌最能得其神髓，而且最富於啟發性的一位非常難得的好教師。先生的講詩即是重在感發而並不重視拘狹死板的解釋和說明，所以有時在一小時的教學中，往往竟然連一句詩也不講，自表面看來也許有人會以為先生所講者，都是閒話，然而事實上先生所講的卻原來正是最具啟迪性的詩歌中之精論妙義。昔禪宗說法有所謂「不立文字，見性成佛」之言，詩人論詩亦有所謂「不涉理路，不落言筌」之語。先生之說詩，其風格亦頗有類於是。所以凡是在書本中可以查考到的屬於所謂記問之學的知識，先生一向都極少講到，先生所講授的乃是他自己以其博學、銳感、深思，以及其豐富的閱讀和創作之經驗所體會和掌握到的詩歌中真正的精華妙義之所在，並且更能將之用多種之譬解，做最為細緻和最為深入的傳達。除此以外，先生講詩還有一個特色，就是先生常把學文與學道以及作詩與做人相並立論。先生一向都主張修辭當以立誠為本，以為不誠則無物。所以凡是從先生受業的學生往往不僅在學文作詩方面可以得到很大的啟發，而且在立身為人方面也可以得到很大的激勵。

凡是上過先生課的同學一定都會記得，每次先生上講臺，常是先拈舉一個他當時有所感發的話頭，然後就此而引申發揮，有時層層深入，可以接連講授好幾小時甚至好幾週而不止。舉例來說，有一次先生來上課，步上講臺後便轉身在黑板上寫了三行字：「自覺，覺人；自利，利他；自渡，渡人。」初看起來，這三句話好像與學詩並無重要之關係，而只是講為人與學道之方，但先生卻由此而引發出了不少論詩的妙義。先生所首先闡明的，就是詩歌之主要作用，是在於使人感動，所以寫詩之人便首先須要有推己及人與推己及物之心。先生以為必先具有民胞物與之同心，然後方能具有多情銳感之詩心。於是先生便又提出說，偉大的詩人必須有將小我化而為大我之精神，而自我擴大之途徑或方法則有二端：一則是對廣大的人世的關懷，另一則是對大自然的融入。於是先生遂又舉引出杜甫〈登樓〉一詩之「花近高樓傷客心，萬方多難此登臨」為前者之代表，陶淵明〈飲酒〉詩中之「采菊東籬下，悠然見南山」為後者之代表，而先生由此遂又推論及於杜甫與陸游及辛棄疾之比較，以及陶淵明與謝靈運及王維之比較；而由於論及諸詩人之風格意境的差別，遂又論及詩歌中之用字、遣詞和造句與傳達之效果的種種關係，甚且將中國文字之特色與西洋文字之特色做相互之比較，更由此而論及於詩歌中之所謂「錘鍊」和「醞釀」的種種工夫，如此可以層層深入地帶領同學們對於詩歌中最細微的差別做最深入的探討，而且絕不憑藉或襲取任何人云亦云之既有的成說，先生總是以他自己多年來親自研讀和創作之心得與體驗，為同學們委婉深曲地做多方之譬說。昔元遺山〈論詩絕句〉曾有句云：「奇外無奇更出奇，一波纔動萬波隨。」先生在講課時，其聯想及引喻之豐富生動，就也正有類乎是。所以先生之講課，真可以說是飛揚變化，一片神行。先生自己曾經把自己之講詩比作談禪，寫過兩句詩說：「禪機說到無言處，空裡游絲百尺長。」這種講授方法，如果就一般淺識者而言，也許會以為沒有世俗常法可以依循，未免難於把握，然而卻正是這種深造自得左右逢源之富於啟發性的講詩的方法，才使得跟隨先生學詩的人學到了最可珍貴的評賞詩歌的妙理。而且當學生們學而有得以後，再一回顧先生所講的話，便會發現先生對於詩歌的評析實在是根源深厚，脈絡分明。就仍以前面所舉過的三句話頭而言，先生從此而發揮引申出來的內容，實在相當廣泛，其中既有涉及於詩歌本質的本體論，也有涉及於詩歌之創作的方法論，還有涉及於詩歌之品評的鑑賞論。因此談到先生之教學，如果只如淺見者之以為其無途徑可以依循，固然是一種錯誤，而如果只欣賞其當時講課之生動活潑的情趣，或者也還不免有買櫝還珠之憾。先生所講的有關詩歌之精微妙理，是要既有能入的深心體會，又有能出的通觀妙解，才能真正有所證悟的。我自己既自慚愚拙，又加以本文體例及字數之限制，因此現在所寫下來的實在僅是極粗淺極概略的一點介紹而已。關於先生講課之詳細內容，我多年來曾保存有筆記多冊，現已請先生之幼女顧之京君代為謄錄整理，題為《說詩語錄》編入先生之遺集，可供讀者研讀參考之用。

至於就先生的著述而言，則先生所留下來的作品，方面甚廣，我個人因本文篇幅及自己研習範圍之限制，不能在此作全面的介紹和討論，現在將僅只就先生在古典詩歌之創作方面的成就略作簡單之介紹。先生自二十餘歲時即以詞見稱於師友之間，最早的一本詞集《無病詞》刊印於一九二七年，收詞八十首，當時先生不過三十歲；其後一年（一九二八），又刊印《味辛詞》一冊，收詞七十八首；又二年之後（一九三〇），又刊印《荒原詞》一冊，收詞八十四首。在《荒原詞》之卷首，有先生之好友涿縣盧宗藩先生所寫的一篇序文，曾經敘述說先生「八年以來殆無一日不讀詞，又未嘗十日不作，其用力可謂勤矣」。然而自《荒原詞》刊出以後，先生卻忽然對於寫詞感到了厭倦，於是遂轉而致力於詩之寫作。四年之後（一九三四）遂有《苦水詩存》及《留春詞》之合刊本問世，卷首有先生之〈自序〉一篇，敘述平生學習為詩及為詞之經過，自云：「余之學為詩幾早于學為詞二十年，顧不常常作。」又云自一九三〇年冬「以病忽厭詞」，於是自一九三一年春「遂重學為詩」。先生自言其為詩之用力亦甚勤，云：「余作詩雖不如老杜之『語不驚人死不休』，亦未嘗率意而出，隨手而寫，去留殿最之際，亦未嘗不審慎。」然而先生卻自以為其詩之成就不及其詞，並引其穉弟六吉之言，以為其所為詩「未能跳出前人窠臼」。先生自謂「少之時，最喜劍南」，其後「學義山、樊川，學山谷、簡齋，惟其學故未必即能似，即其似故又終非是也」。而先生之於詞則自謂「並無溫韋如何寫歐晏蘇辛又如何寫之意」，以為「作詩時則去此種境界尚遠」。故於《苦水詩存》刊出以後，先生之詩作又逐漸減少，乃轉而致力於戲曲，兩年後（一九三六）遂刊出《苦水作劇三種》，共收《垂老禪僧再出家》、《祝英台身化蝶》、《馬浪婦坐化金沙灘》雜劇三種，及附錄《飛將軍百戰不封侯》雜劇一種。先生既素以詞名，故其劇作在當日並未嘗引起讀者廣大之注意。然而先生在雜劇方面之成就，則實不在其詞作之下。原來先生在發表此一劇集之前，對雜劇之寫作亦曾有致力練習之過程。蓋早在一九三三年間，先生即曾寫有《饞秀才》之二折雜劇一種，其後於一九四一年始將此劇發表於《辛巳文錄初集》之中，並附有〈跋文〉一篇，對寫作之經過曾經有所敘述，自云此劇係一九三三年冬「開始練習劇作時所寫」。其後自一九四二年開始，先生又致力於另一雜劇《遊春記》之寫作，此劇共分二本，每本四折外更於開端之處各加楔子，為先生所寫之雜劇中最長之一種，迄一九四五年始正式完稿，刊為《苦水作劇第二集》。當先生之興趣轉入劇曲之寫作時，曾一度欲停止詞之寫作，在其《留春詞》之〈自序〉中，即曾寫有「後此即有作，亦斷斷乎不為小詞矣」之語。然而先生對詞之寫作則實在不僅未嘗中輟，而且在風格及內容方面更曾有多次之拓展及轉變。先是在一九三五年冬，先生於病中曾寫有和《浣花》詞五十四首，其後於一九三六年又陸續寫有和《花間》詞五十三首，和《陽春》詞四十六首，統名之曰《積木詞》。（此一卷詞未曾見有刊本問世，今所收存為我於一九四六年時自先生手稿所轉抄者。）其後先生於一九四一年又曾刊有《霰集詞》一冊，收詞六十六首；一九四四年又曾刊有《濡露詞》及《倦駝庵詞稿》合刊本一冊，共收詞三十二首。一九四九年後，先生亦寫有詞作多首，曾陸續發表於報刊雜誌，總其名為《聞角詞》，然未嘗刊印成冊。計先生平生雖然對於古典詩歌中詩、詞、曲三種形式皆嘗有所創作，然而實在以寫詞之時間為最久，所留之作品亦最多，曲次之，詩又次之。所以本文對先生古典詩歌創作方面之介紹，便將以先生之詞作及劇作二種為主，而以詩作附於詞作之後略作簡介而已。

二、論先生詞作中之思想性和藝術性

關於先生的詞作，我想分為思想性和藝術性兩方面來加以討論。先談思想性方面。自一九二七年先生刊出其第一冊詞集《無病詞》開始，至一九六〇年先生逝世前發表之《聞角詞》為止，前後計有三十餘年之久，共寫詞有五百餘首之多。在此極長之時間與極多之作品中，先生既曾經歷北伐、抗戰、淪陷、勝利等多次之世變，又曾經由青年而中年而老年之人生各種不同之階段，則其詞作之思想性的內容，自然曾有多次之轉變。如果自其變者而觀之，則其感時觸物，情意萬殊，自非本文之所能遍舉，而如果自其不變者而觀之，則先生詞作之思想性的內容，大約可以簡單歸納為以下幾點特色。第一點我們所要提出來的是先生之詞作往往含有對時事之感懷及喻託。先生在其《荒原詞》之卷末附有自題詞集之絕句六首，其中一首有句云：「禽鳴高樹蟲嘶秋，時序感人不自由，少作也知堪毀棄，逝波誰與挽東流。」其所謂「感人」的「時序」和「東流」的「逝波」，所指的應該便是他自己早期詞作中對當時世事有所感懷的用心和託意。先生之《無病詞》刊於一九二七年，《味辛詞》刊於一九二八年，《荒原詞》刊於一九三〇年。只要是對於中國近代史稍有了解的人，大概都可以想像到當日的中國是處於怎樣的動亂之中。先生在當時對於革命之理想雖然尚未有明確之認識，然而其憂時念亂的愛國之感情卻是經常流露於筆墨之中的。例如其《無病詞》中的「中原卻被夜深埋，那更秋風秋雨逐人來」（〈南歌子〉），及「江南江北起烟塵，風力猛，笳聲動，落日無言天入夢」（〈天仙子〉），以及「闌干倚遍，但心傷破碎河山」（〈漢宮春〉）諸作品中，其所表現的對於國事的悲慨是明白可見的。及至《味辛詞》中，如其「湖邊血痕點點，更血花比著暮霞紅」（〈八聲甘州．哀濟南〉），以及「不道好山好水，胡馬又嘶風，地下英靈在，舊恨還重」（〈八聲甘州．忽憶歷下是稼軒故里，因再賦〉）諸作品中，所表現的則是對於當年所發生的濟南慘案的悲哀憤激的感慨。及至抗戰興起以後，先生淪陷於當日為日軍所占領的北平，在這一時期中，先生曾寫了不少以比興為喻託而寄懷故國之思的作品，如其《霰集詞》中之「漫寫瑤箋寄遠方」（〈南鄉子〉），及「渺渺予懷水一方」（〈南鄉子〉）等句，所託喻的便都是對於故國的懷戀和思念；又如其「春風何日約重還，好將雙翠袖，倚竹耐天寒」（〈臨江仙〉），以及「蒹葭風起正蒼蒼，伊人知好在，留命待滄桑」（〈臨江仙〉）等句，所託喻的則是對祖國之期待盼望的堅貞的心意。這種委婉託喻的作品，其內容用意雖也是對時事的感懷，然而卻與早年的悲慨激憤的風格已經有了很大的不同。

第二點我們所要提出來的，則是先生在詞作中往往表現出一種對於苦難之擔荷及戰鬥的精神。一般說來先生在詞作中雖也經常寫有一些自嘆衰病之語，這可能是因為先生的身體一向多病的原故，而其實在精神方面先生卻常是表現有一種積極的擔荷及戰鬥之心志的，這從先生早期的作品，如其《無病詞》中的「何似喚愁來，卻共愁廝打」（〈驀山溪〉）與《味辛詞》中的「人間事，須人作，莫蹉跎」（〈水調歌頭〉）等句，便都已經可以看到這種精神的流露。而到了《荒原詞》中，這種精神和心志則表現得更為鮮明和強烈，如其〈鷓鴣天〉（說到天涯）一首之「拼將眼淚雙雙落，換取心花瓣瓣開」，〈踏莎行〉（萬屋堆銀）一首之「此身判卻似冰涼，也教熨得闌干熱」，〈采桑子〉（如今拈得新詞句）一首之「心苗尚有根芽在，心血頻澆，心火頻燒，萬朵紅蓮未是嬌」，便都是極好的例證；而其〈鷓鴣天〉詞之「說到人生劍已鳴，血花染得戰袍腥，身經大小百餘陣，羞說生前死後名。心未老，鬢猶青，尚堪鞍馬事長征。秋空月落銀河暗，認取明星是將星」一首，則尤其是把這種擔荷及戰鬥之心志表現得最為完整有力的一篇代表作。其後在淪陷時期中，先生則把這種擔荷戰鬥的精神心志與比興喻託相結合，用最委婉的辭語，表現了一種對故國懷思期待的最堅貞的情意，而在後來所寫的《聞角詞》諸作中，則又將此種精神心志轉為了奮發前進的鼓舞和歌頌。從外表看來，其內容情意雖然似乎曾經有多次的轉變和不同，然而其實就精神方面言之，先生之具有對苦難之擔荷及戰鬥的精神心志，則是始終一致的。

第三點我們要提出來的則是先生在詞作中常表現有一種富於哲理之思致。一般說來，在中國古典詩歌之傳統中，詞之為體原來大多皆以抒情為主。間有用心託意之作，所寫也不過是家國之思，窮通之慨，至於如西方文學中之以詩歌表現某種哲理之思致的作品則並不多見。至晚清之王國維氏，因其曾經涉獵西方之哲學，所以往往以西方之哲理入詞，這是一種極可注意的新開拓。先生早年既曾入北大研讀西方文學，又對王國維之《人間詞》及《人間詞話》極為推崇，故先生亦往往好以哲理入詞。不過先生之以哲理入詞也有與王國維相異之處，其一，就所選用之語彙及形象而言，王國維仍多沿用舊傳統之辭彙和形象，而先生則往往使用新穎的語彙和形象，此其差別之一；其次，再就內容情意而言，則王國維曾經受有西方叔本華厭世主義哲學之影響，故其詞作中每多悲觀憂鬱之語，而先生則不為任何哲學家之說所局限，其所寫者往往只是一種因景觸物的偶然的富於哲理之思致，此其差別之二。舉例而言，在先生詞作中，如其《無病詞》中之「為是黃昏燈上早，驀然又覺斜陽好」（〈蝶戀花〉），「人生原是僧行腳，暮雨江頭，晚照河山，底事徘徊歧路間」（〈采桑子〉），與《味辛詞》中之「空悲眼界高，敢怨人間小，越不愛人間，越覺人間好」（〈生查子〉），「那堪入夢，比著醒夢尤難」（〈慶清朝慢〉），及《荒原詞》中之「乍覺棉裘生暖意，陽春原在風沙裡」（〈鵲踏枝〉），「山下是人間，山上青天未可攀」（〈南鄉子〉），以及《留春詞》中之「走平沙綠洲何處，祇依稀空際現樓臺」（〈八聲甘州〉），與《濡露詞》中之「流波止水兩悠然，要與先生商去住」（〈木蘭花令〉），和《倦駝庵詞稿》中的「回頭來路已茫茫，行行更入茫茫裡」（〈踏莎行〉），這些詞句便都蘊含有對景觸物所產生的一種哲理之思致，而此種思致既不拘限於任何一家的哲學之說，而且更都結合著生動真切的景物之形象。除此之外，先生也常以人物之形象表現一種富於哲思之新情意，如其《荒原詞》中的一首〈木蘭花慢〉（贈煤黑子）便曾寫有一個煤黑子的形象，說：「豪英百鍊苦修行，死去任無名。有衷心一顆，何曾燦爛，只會怦怦。堪憎破衫裹住，似暗紗籠罩夜深燈」；又在《味辛詞》中的一首〈木蘭花慢〉（是何人）寫有一個深夜賣卜者的形象，說：「想身外茫茫，行來踽踽，深巷迢迢。……

有誰將命運，雙肩擔起，一手全操？」這些作品便都不僅表現了哲思，而且也選取了舊傳統中所不常敘寫的人物的形象。這種富於哲思的新意境，是先生詞作中另一點可注意的特色。

除去以上三點思想性方面之特色以外，先生之詞作在藝術性方面也有幾點值得注意的特色。首先是先生對詞之寫作能具有創新之精神，足以自成一種風格。關於這一點，先生自己也曾有所敘述，例如在《苦水詩存．自序》中，先生即曾自言其為詞時「並無溫韋如何寫歐晏蘇辛又如何寫之意」，又在其《無病詞》中先生也曾有「自開新境界，何處似《花間》」（〈臨江仙〉）之語。從這些話當然都可以看出先生在詞之創作方面具有一種不肯蹈襲前人的開拓創新之精神。這種獨立創新之精神，一方面與先生一向論詩之主張既然彼此相合，另一方面與先生學詞之經過也有相當密切之關係。先從論詩之主張一方面來談。先生講課時一向主張創作時應當有獨立創新之精神，經常在講課中勉勵同學說：「丈夫自有衝天志，不向如來行處行。」而這種開創，先生又主張當以「立誠」為本，所以先生在詞之創作中的開拓創新，便也全以一己真誠之表現為主。先生在其《味辛詞》中，便曾寫有一首〈朝中措〉，自敘其為詞之甘苦說：「先生覓句不尋常，一字一平章，只望保留面目，更非別有心腸。」這是先生之詞所以能形成一己獨立之風格的一項重要原因。再就先生學詞之經歷而言，先生在其《稼軒詞說》之〈自序〉中曾敘述其早年學習詩詞之經過，自謂其學詩自幼即承庭訓，而學詞則未曾有所師承，云：「吾年至十有五……一日於架上得詞譜一冊讀之，亦始知有所謂詞……二十歲時，始更自學為詞，先君子未嘗為詞，吾又漫無師承，信吾意讀之，亦信吾意寫之而已。」這種信意讀寫的態度，很可能是造成先生之詞能以自成一格的另一原因。不過更值得注意的是先生在隨意讀寫的經過中，原來對前代詞人也曾有過廣博的汲取繼承，只不過先生在汲取之時並未曾落入任何一家的窠臼之中，所以才能依然保留其一己之面目。先生對其所曾經學習模倣過的一些前代詞人也都曾在其詞作中有所敘及。首先我們要提出來的一位前代詞人是辛棄疾。早在先生第一本詞集《無病詞》中〈驀山溪〉（填詞覓句）一首之下，先生即曾自注云：「述懷，戲效稼軒體」，其後在《濡露詞》中更曾寫有〈破陣子〉二首，對稼軒極致推崇仰慕之意，先生在第一首詞中即曾寫有：「要識當年辛老子，千丈陰崖百丈溪，庚庚定自奇。」之句，仍以為未能盡意，又在第二首中讚美辛詞說：「落落真成奇特，悠悠漫說清狂，千丈陰崖凌太古，百尺孤桐蔭大荒，偏宜來鳳凰。」其崇仰之情可以概見。原來當先生寫作這二首詞時，蓋正當先生撰著《稼軒詞說》之際，先生在《詞說》之〈自序〉中，曾敘述其一向對辛詞之喜愛，說：「世間男女愛悅，一見鍾情，或曰宿孽也，而小泉八雲說英人戀愛詩，亦有前生之說。若吾於稼軒之詞，其亦有所謂「宿孽」與「前生」者耶？自吾始知詞家有稼軒其人以迄於今，幾三十年矣，是之間研讀時之認識數數變，習作之途徑亦數數變……而吾之所以喜稼軒者或有變，其喜稼軒則固無變也。」從此亦可見先生對於辛詞之推崇賞愛之既久且深矣。所以先生自己之為詞亦頗受稼軒之影響。即以前面所舉引之兩首〈破陣子〉而言，其爽健飛揚之致，便頗近於稼軒之風格。除稼軒以外，先生在詞作中所曾述及的前代詞人還有以下幾位：其一是朱敦儒，先生在早期之《味辛詞》中之〈定風波〉（擾擾紛紛數十年）一首之小序中即曾有為朱敦儒詞「下一轉語」之言，其後在《荒原詞》之〈行香子〉（不會參禪）一首之下亦曾自注云：「效樵歌體」；在先生晚年之《濡露詞》中〈清平樂〉（人天歡喜）一首之下也曾自注云：「早起散策戲效樵歌體。」在這些效樵歌體之作品中，如其「不會參禪，不想驂鸞」及其「先生今日清閑，輕衫短杖悠然」諸語，其真率疏放之致，便與朱敦儒晚年作品之風格頗有相近之處。其二我們要提出來的則是歐陽修，先生對歐詞似乎也有很深的喜愛，曾經先後在《荒原詞》、《留春詞》及《霰集詞》中各寫過五首至六首〈定風波〉詞，均為效歐詞〈定風波〉之「把酒花前」之作，共有十七首之多。在《荒原詞》中的五首，前四首均以「把酒東籬」開端，末一首為總結，合為一組，全寫對秋光之愛惜悵惘；在《留春詞》中的六首，前五首均以「把酒高樓」開端，末一首為總結，合為一組，全寫對殘春之留連哀悼；在《霰集詞》中的六首，前五首均以「把酒燈前」開端，末一首為總結，合為一組，全寫對人生之悲慨感嘆。這十七首詞都寫得低徊往復，一唱三嘆，極能得六一詞之神致。其三我們要提出來的是晏殊，先生在《荒原詞》中有三首〈破陣子〉詞，第一首題為「南園看楓」，後二首題為「次日重遊再賦」，全為模仿晏殊《珠玉詞》風格之作，詞中且曾引用大晏之詞句云「《珠玉詞》中好句，人生不飲何為」；其後在《留春詞》中之〈鳳凰盃〉（眼前風土又紛紛）一首，也曾有自注云「用《珠玉詞》體」；更後在《濡露詞》中之〈浣溪沙〉（一片西飛一片東）一首之前也曾有小序云「日讀《珠玉詞》及六一近體樂府借其語成一闋」，可見先生對於晏殊也曾有過賞愛和模仿，不過一般而言，先生模仿大晏之作往往只是在字句方面用大晏之辭語，而在神致情韻方面則先生仍然自有一己之面目，與大晏之風格並不盡同。其四我們要提出來的則是柳永，先生在《留春詞》中之〈鳳凰盃〉（見說人生真無價）一首之下，曾自注云「用樂章集體」，蓋為倣效柳詞之通俗平易之一種風格者。其五我們要提出來的則是周邦彥。先生在《留春詞》中收有〈西河〉（燕趙地）一首，自注云「用清真韻」，此詞在形式音律方面雖然與清真相近似，然而在神致方面則先生之率真清健與清真之典雅含蘊之風格實在並不盡同。除去以上諸前代詞人先生曾在詞作中明白敘及有意模倣擬作者外，還有極值得我們注意的一件事，就是在一九三六年一月至九月之間，先生曾陸續寫有《積木詞》三卷，全為與古人和韻之作，首卷和韋莊之《浣花集》，次卷和《花間集》中之溫庭筠、皇甫松、顧夐、牛嶠、和凝、孫光憲、魏承班、閻選、尹鶚、毛熙震諸人之作，三卷和馮延巳之《陽春集》。這些與古人和韻之詞，對於先生詞之風格曾產生過相當大的影響。原來先生早期詞作受稼軒及樵歌之影響較大，偏於發揚顯露而略少含蓄之情韻，經過此一階段對晚唐五代詞之擬作，對先生舊有之風格恰好產生了一種調節融匯之作用，這種作用，使先生之詞於原有之率真清健之風格之外，又增加了一分深情遠韻之美。又加之先生在填寫《積木詞》以後之次年，北平即因蘆溝橋事變而淪陷於日人之手，先生既以家累之故不得不留居於淪陷區之北平，而其內心之抑鬱悲慨之懷，遂皆假詞之形式以抒寫之。這些作品其後皆收入於一九四一年所刊印之《霰集詞》中，其體式大率以短小之令詞為主，至其內容則或者寫低徊悵惘的故國懷思，或者寫貞幽堅毅之期望等待，而其表現則大多興象豐融，寄託深至，既有清健之氣，復饒情韻之美，是先生詞作中的上品之作。如其《霰集詞》中〈鷓鴣天〉之「不是新來怯憑欄」一首與〈浣溪沙〉之「又是人間落葉時」一首之寫悵惘之懷思，以及〈定風波〉之「昨夕銀缸一穗金」一首與〈臨江仙〉之「歲月如流纔幾日」一首之寫堅貞之期望，便都是這類作品中極佳的例證。至於先生在晚年所寫的《聞角詞》，則似乎又有返回於早年之率真豪健之意，不過其發揚開闊之氣，與夫歡欣鼓舞之情，以及其作品中對於新生事物之歌頌讚美，則皆為早年詞作中之所未有。綜觀先生詞之風格，蓋能於自闢蹊徑之中兼融前代詞人各家之長而又能隨時代以俱進者。這是先生之詞在藝術風格方面一項可重視的特色。先生在其《積木詞》之卷末曾附有自題詞的六首絕句，其最後一首即曾云：「人間是今還是古，我詞非古亦非今，短長何用付公論，得失從來關寸心。」這首詩就恰好說明了先生寫詞之融匯古今自闢蹊徑的態度和風格之特色。

其次再就先生在藝術手法方面之表現而言，則我們大約可將之分別為用字、結構與意象三點來加以討論。先談用字方面之特色，先生既富於獨立創新之精神，又對西方文學有相當之素養，是以先生之詞作往往能結合雅俗中外之各種字彙做融匯之運用。例如其《無病詞》中〈蝶戀花〉（昨夜宿醒渾未醒）一首中之「愛神煩惱詩神病」之句；《味辛詞》中〈清平樂〉（暈頭漲腦）四首中之「鎮日窮忙忙不了」與「磨道驢兒來往繞」諸句；《荒原詞》中〈鳳棲梧〉（我夢君時君夢我）一首中之「別來可有新工作」，〈踏莎行〉（當日桃源）一首中之「樂園如不在人間，塵寰何處尋天國」諸句；《留春詞》中

〈浣溪沙〉（青女飛霜鬪素娥）一首中之「試把空虛裝寂寞，更於矛盾覓調和」，〈好女兒〉（地可埋憂）一首中之「象牙塔裡，十字街頭」諸句，便都是這種對於雅俗中外之字彙加以融匯運用之最明顯的例證。再就結構方面之特色而言，先生在句法及章法方面最喜用層轉深入與反襯對比及重疊排偶之手法，以造成一種在藝術傳達方面特別加強之效果，如其《無病詞》中〈好事近〉（幾日東風暖）一首中之「甚春深春淺」與「說春長春短」，〈定風波〉（口北黃風塞北沙）一首中之「歸去，可憐歸去也無家」，〈采桑子〉（一重山作天涯遠）一首中之「君住山前，儂住山間，山裡花開山外殘」諸句；《味辛詞》中〈生查子〉（身如入定僧）一首中之「越不愛人間，越覺人間好」，〈減字木蘭花〉（狂風甚意）一首中之「老怕風多嫌雨少，雨少風多，無奈他何一任他」諸句；《荒原詞》中〈南鄉子〉（三十有三年）一首中之「山下是人間，山上青天未可攀」，及所附《棄餘詞》中〈最高樓〉（攜手去）一首中之「相見了，相思依舊苦；離別後，離愁何日訴」諸句；《留春詞》中〈憶秦娥〉（黃昏時）一首中之「人間無復新相知，人生只合長相思」，〈踏莎行〉（百戰歸來）一首中之「為君重熱少年心，為君垂下青春淚」諸句；以及《霰集詞》中〈灼灼花〉（不是昏昏睡）一首中之「縱相逢已是鬢星星，莫相逢無計」，《濡露詞》中〈鷓鴣天〉（誰識先生老更狂）一首中之「今年都道秋光好，好似春光也斷腸」，

《倦駝庵詞稿》中〈踏莎行〉（天黯如鉛）一首中之「回看來路已茫茫，行行更入茫茫裡」諸句，便都是這種層轉深入與反襯對比及重疊排偶等藝術手法的明顯運用。

其三，我們再就先生詞作中所使用之形象而言，在中國詩歌之舊傳統中，一般多將形象與情意之關係簡單歸納為比興兩類，或者因情及物，或者由物生情，總之，凡情意之敘寫多以能結合形象可以予讀者直接感受者為佳。先生之詞，如我們在前文討論其思想性內容時之所敘及，其作品中原來常包含有對於當時世事、個人心志及人生哲理多方面之含蘊，是其所作原多偏於有心用意之作，而凡此種種情意，先生往往多能用比興之手法假形象以為表達，故其所作既在思想性方面有豐富之內容，同時在藝術性方面亦表現有豐美之形象。至於其形象之所取材則或者取象於大自然之景物，或者取象於人事界之事象，或者取象於想像中之幻象，至其表現，則或者用比的手法以為擬喻，或者用興的手法取其感發，皆能隨物賦形有極生動與極真切之表達。本文在此不暇做細密周至之分析，現在僅想就其形象與情意相感發相結合之幾種不同之方式及層次略做簡單之介紹：其一是以寫眼前大自然之景物形象為主而卻表現有一種感發之情趣者，如其《無病詞》中〈一萼紅〉一首對新荷之描寫「靜無塵，乍溼雲收雨，遠樹帶斜曛，木槿飄零，紫薇開罷，半池秋水粼粼，西風裡，金銷翠貼，賸幾朵留與看花人，夜月欺風，朝陽羞露，儘夠銷魂」，〈浣溪沙〉（詠馬纓花）一首之「一縷紅絲一縷情，開時無力墜無聲，如烟如夢不分明」，《味辛詞》中〈蝶戀花〉（獨登北海白塔）一首之「我愛天邊初二月，比著初三，弄影還清絕。一縷柔痕君莫說，眉彎纖細顏蒼白」，《荒原詞》中〈清平樂〉（故人好意）一首之「黃華好似前年，折來插向牕間，牕外一株紅樹，教他與我同看」，諸詞中所寫之形象皆為眼前大自然之景物，而莫不鮮明生動，情趣盎然，極富感發之力量。其二是所寫雖亦為眼前之景物，然而其所傳達者卻不僅只為一種感發之情趣，更且喻含有較深之情意及思致者，如其《無病詞》中〈踏莎行〉一首之「歲暮情懷，天寒滋味，他鄉又向尊前醉，路燈暗比野燐青，天風細碾黃塵碎」；《味辛詞》中〈漢宮春〉一首之「底事悲秋，試倚樓閒眺，一院秋光，牽牛最無氣力，引蔓偏長。疎花數朵，待開時又怕朝陽，渾不似葵心向日，一枝帶露嬌黃」；《荒原詞》中〈鵲踏枝〉一首之「過了花期寒未退，不見春來，只見風沙起，乍覺棉裘添暖意，陽春原在風沙裡」，諸詞所寫之形象，雖亦為大自然之景物，然而卻都蘊含有更深一層之情意和思致。如果將此一類詞中之形象與前一類詞中之形象相比較，則我們大概可以做如下之區分，即前一類形象仍以寫物為主，其情趣亦不過為外物所偶然引發之感受及情趣而已；而後一類形象則已經不完全以物為主，而是心與物之一種交感的呈現，是心中早隱然有某一分情意及思致，不過偶然為物所觸發遂不知不覺將此種情意融匯於物象之中，成為一種心物交感的流露。至於第三類則是全然以心中之情意思致為主，不必實在有外物形象之觸發，而由心意自己創造一種形象以為表現者，如其《霰集詞》中〈虞美人〉一首之「去年祖餞咸陽道，斜日明衰草，今年相送大江邊，霜打一林楓葉曉來寒。深情爭供年年別，淚盡腸千結，明春合遣燕雙飛，夾路萬花如錦送君歸」，便是全以形象喻寫在淪陷區中對故國之懷思者。又如《霰集詞》中〈臨江仙〉詞之「記向春宵融蠟，精心肖作伊人，燈前流盼欲相親，玉肌涼有韻，寶靨笑生痕。可奈朱明烈日，炎炎銷盡真真，也思重試貌前身，幾番終不似，放手淚沾巾」一首，則是全以形象喻寫一種對於理想之追求及幻滅之悲哀者。再如《味辛詞》中〈鷓鴣天〉詠佳人的四首詞，每首都以「絕代佳人」開端，則完全是以「佳人」之形象來發抒其「美人香草」之幽約悱惻之思者。像這些詞中的形象，無論其所寫者為「咸陽道」，為「大江邊」，為「燈前」之「玉肌」、「寶靨」，為「倚樓」、「倚闌」之「絕代佳人」，都並非眼前實有之景象，而完全出於一種假想之象喻，是將抽象之情思轉化為具體之形象來加以表現者。以上三類，雖是極概略的區分，但卻分明代表了形象與情意相結合的幾種最基本的方式和層次，先生對之皆有純熟之運用，這種藝術的表現手法，正是使得先生之詞雖以有心用意為主，然而卻能不失之於枯蒼，而往往能寫得既活潑清新又富於深情遠韻的重要原因。

三、先生前後二期詩作之簡介

至於先生之詩作，則可以分別為前後二期言之。前期之作，自以收入於《苦水詩存》中之八十四首為代表，後期之作則未嘗加以收編，今所輯錄，乃僅就先生當日在課堂中所偶然引舉之作品，以及先生致友人及學生之書信中之所寫錄者抄存所得，約計共有一百首左右。先生自己對早期之詩作頗不滿意，在其《苦水詩存》之〈自序〉中，先生曾自云：「余之不能詩，自知甚審，友人亦每以余詩不如詞為言。」且曾引述其稗弟六吉之語，以為所作詩「未能跳出前人窠臼」。蓋先生之詞作無論在修辭及意境方面，皆極富於開拓創新之精神，充滿活潑之生命感，而先生早期之詩作則往往不免有二種缺憾：或者過於用心著力有意模倣古人而少生動之氣韻，或者雖有生動之氣韻而又往往失之靡弱有近於詞之處。如其〈夜讀山谷詩〉一首七律之中二聯：「江南塞北同一月，萬古千秋祇此身。試遣泥牛入大海，從知野馬是微塵。」即為有心模擬江西派之作品，可為前一類之代表；又如其〈從今〉一首七律之頸聯：「逝水迢迢悲去日，橫空冉冉變痴雲。」

二句，清新婉麗氣韻生動，然而卻不免稍嫌靡弱，可以為後一類之代表。據先生之〈自序〉，其致力於詩之寫作，亦復既勤且久，而其成就乃竟爾不及其詞。先生嘗自云其為詞時「並無溫韋如何寫晏歐蘇辛又如何寫之意」，而其為詩則常不免有模擬古人之念橫亘胸中，故先生又嘗自謂「惟其學故未必即能似，即其似故又終非是也」。夫以先生在詞作中所表現之開拓創新精神之健舉飛揚，何以方其為詩之時乃竟為古人之所羈縛，或者竟流入於詞之風格而不能更有所振發突破，其所以然者，私意以為大約由於以下之二種因素：其一，蓋由於學習之過程不同。據先生自言，其為詩乃全出於幼年時受其父金墀公之教導，而其為詞則出於一己之愛好。據先生幼女顧之京君之敘述，知金墀公課子甚嚴，常將先生拘縛於書桌之前，不使嬉遊。此種嚴苛之督導，或者曾使先生在學習中產生一種緊張之心理，此可能為先生之詩作常不免有拘縛著力之感之一因。其二，則可能由於才性長短之不同。蓋詩與詞之體式風格各異，詩較典重，詞較活潑，以詩句入詞，尚不失凝鍊之美，而以詞句入詩，則常不免有靡弱之病，是故歷代之能詩者往往亦可以兼長於詞，而以詞專擅者，則未必能兼長於詩。即以詞中之巨擘辛棄疾而言，其所為詩亦復不及其詞甚遠。此蓋由才性之稟賦不同，故其所長所短亦各有能有不能也。

然而先生在其後期之詩作中，則曾經以多年所積之學養，終於突破前所敘及之二種缺憾，而表現出相當可觀之成就。如其和陶淵明〈飲酒〉詩之五古二十首，〈贈馮君培先生夫婦〉之五律四首，以及自一九四四至一九四八年間所寫之七言律絕多首，便都各有其足以超越早期作品的專勝之處。綜而言之，其後期作品之成就大約有以下幾點特色。其一，由於寫作之修養日深，遂自拘謹生硬轉而為脫略嫻熟，如其〈晚春雜詩〉及〈春夏之交得長句數章〉的兩組七言絕句，便都能於疏放中表現深蘊之致，極為老練純熟。又如其〈贈馮君培先生夫婦〉之五言律詩四首，則更能於脫略嫻熟之中寓託感懷時事之深意。此四詩蓋寫於一九四七年之秋，詩前有長序云：「秋陰不散，霖雨間作，一日午後，往訪可崑君培伉儷于沙灘寓所，坐至黃昏，復蒙留飯，縱談入夜，冒雨歸來，感念實多，年來數數晤對，留飯亦不可勝計，而此次別來已一星期仍未能去心，自亦不解其何因。今日小齋坐雨，乃紀之以詩，共短句四韻四章，即呈可崑與君培，私意固非僅識一時之鴻爪而已，諒兩君亦同此感。」詩中之句，如「塗長嘆才短，語罷覺燈明」，「雲壓疑天矮，雨疏聞地腥」，及「人終憐故國，天豈喪斯文」諸聯，莫不屬對嫻熟，疏放自然。此種成就之達致，除因其長久寫作之修養以外，蓋更有對於贈詩之對象之一分故人知己之感，而且自其寫詩之時代及詩前之長序所隱約喻示之含意觀之，意者先生當日與馮先生夫婦之所「縱談」者，或不免有涉及當時政局之語，故先生序中乃云此四章詩「固非僅識一時之鴻爪而已」，是以其詩句中亦往往於脫略嫺熟之聲吻中，別含感慨沉鬱之意，這是先生後期詩作之可注意的成就之一。再則先生閱世既久，思致日深，因之乃能將感情與思致及議論互相交融成為一體，如其和陶淵明〈飲酒〉詩二十首五古，時時有精警之句，而又極為樸質自然，深得陶詩之意致。如其第五首之「顯亦不在朝，隱亦不在山。拄杖街頭過，目送行人還。所思長不見，默默亦何言」；第十首之「藐姑射之仙，綽約若有餘，苟能得其意，此世良可居」；第十四首之「振衣千仞崗，出塵安足貴。誰與人間人，味茲人間味」；第十七首之「恥作鳥獸徒，甘落塵網中」；第十九首之「知足更勵前，知止以不止」諸詩句，便都是這一類情思議論交融，充滿精警之意而又寫得極為樸質自然的詩句的代表，這是先生後期詩作中第二點可注意的成就。三則先生寫作表達之力既已臻於極為純熟之境，故其用心著力之處，已能變生硬為矯健，而尤以七言律詩中之二聯對句，最能表現其健舉之致，如其〈開歲五日〉七律四章中之「高原出水始何日，深谷為陵非一時。故國旌旗長裊裊，小園歲月亦遲遲」，與「重陽吹帽識風力，五月披裘非世情。雲路還輸遠征雁，星光自照暗飛螢」諸句，便都能於七律常格之靡弱與江西派之生硬以外別具有健舉的筆力，是先生後期詩作中之另一點可注意的成就。是則吾人固不可因其早年在《苦水詩存》之〈自序〉中有「詩不如詞」之一語，因而便對先生之詩作遽爾加以忽視也。不過如果以數量計之，則先生之詩作與先生之詞作相較，大約尚不及其詞作的二分之一，且方面亦不及詞作之廣。是以今茲介紹先生之創作，乃將詞作置於詩作之前。至於先生在戲曲方面之創作，亦有極可重視之成就，此點當於下節再加論介。

四、先生劇作中之象喻意味

先生共寫有雜劇六種，即《饞秀才》、《再出家》、《馬浪婦》、《祝英台》、《飛將軍》與《遊春記》。第一種《饞秀才》僅有二折，寫於一九三三年，據先生〈跋文〉自言，此劇乃「開始練習劇作時所寫」，其後編訂劇集時，並未將此劇收入，因此我在本文所討論者，便將只以兩本劇集為主。如果就這兩本劇集而言，我以為先生之最大的成就是使得中國舊傳統之劇曲在內容方面有了一個嶄新的突破，那就是使劇曲在搬演娛人的表面性能以外，平添了一種引人思索的哲理之象喻的意味。這種開拓，就先生而言，並非只是一種偶然的成就而已，而是有著深思熟慮之反省和用心的結果。本來就中國舊日之劇曲而言，元明兩代之雜劇與傳奇，其作者雖多，作品雖眾，然而卻因為受到當時歷史及社會背景之種種限制，以致其文辭雖偶然亦有可觀之處，然而其內容則大多以表演故事及取悅觀眾為主，極少如西洋戲劇之富於深刻高遠之哲思者。王靜安先生在其《靜安文集續編》之〈自序二〉中，就曾提出說：「吾中國之文學最不振者莫戲曲若，元之雜劇，明之傳奇，存於今日者，尚以百數，其中之文字雖有佳者，然其理想及結構，雖欲不謂至幼稚至拙劣不可得也。」王氏之所以有此看法，主要是因為王氏有見於西方文學中之戲劇方面之成就之偉大過人，相形之下便感到中國戲曲在內容方面之淺陋空乏，於是王氏便也曾一度有志於戲曲之創作。諸凡此意，王氏在其〈文學小言〉及〈自序〉諸文中皆曾屢屢言及，只可惜王氏雖然有從事戲曲創作之意願，然而卻並未能將之付諸實踐，而王氏所未曾完成之意願，卻在先生之手中真正獲得了完成。先生在其《遊春記》雜劇之〈自序〉中，也曾致慨於中國舊日劇曲內容之無足取，說：「從事劇曲者率皆庸凡、膚淺、狂妄、鄙悖，是以志存乎富貴利達者，其辭鄙；心系乎男女風情者，其辭淫；意縈乎禍福報應者，其辭腐；下焉者為牛鬼，為蛇神，為科諢，為笑樂，其辭泛濫而無歸，下流而不返。」從羨季師對舊日劇曲之嚴格的批評來看，可知羨季師對自己所創作之劇曲，必然含有嚴格的要求和理想，這是我們所可以斷言的。因此下面我們便將對先生的兩本劇集做一番較詳細的探討和介紹。

先生之第一本劇集《苦水作劇三種》及附錄一種，共收有雜劇四本，為了便於以後之討論起見，我們不得不在此先對此四本劇曲之內容略作簡單之說明：第一本「題目」為「繼緣和尚自還俗」，「正名」為「垂老禪僧再出家」，故事內容主要寫一和尚名繼緣者，在大名府興化寺出家，因有一鄉親名趙炭頭者為梨園行之淨色，攜其妻子什樣景賣藝至大名府，不幸染病臥床，繼緣和尚常往看顧，並以錢米相資助。其後趙炭頭病歿，臨危之際，以其妻託於繼緣和尚，及趙炭頭歿後，繼緣初不肯與什樣景結為夫婦，但仍常往探問以錢米相助，什樣景責其救人不肯救徹，遂終於結為夫婦，並育有一男一女。其後二十年兒女俱已長成，什樣景染病而歿，繼緣和尚遂再度出家。第二本「題目」為「碧窗下喜共讀，綠水邊愁送別」，「正名」為「梁山伯墓生花，祝英台身化蝶」，內容寫祝英台與梁山伯原有指腹為婚之約，其後梁生落魄，祝父悔婚，而英台則因曾與山伯共讀互生情愫，其後祝父迫英台改嫁，山伯病死，當英台被迫嫁往馬家途中經山伯墓前見墓上有紅花，英台親往摘取，山伯墓爆裂，英台躍入墓中殉死，其後魂魄雙雙化為蝴蝶的故事。第三本「題目」為「柏林寺施捨肉身債」，「正名」為「馬浪婦坐化金沙灘」。故事內容寫延州人民不識大法，墮落迷惘，有馬浪婦者誓願捨肉身為布施以渡化眾生，而當地諸長老以之為淫婦，迫逐之使去，馬浪婦於臨行前遂坐化於金沙灘上。第四本附錄一種，「題目」為「困英豪弓矢空射虎，逞威勢衣冠賽沐猴」，「正名」為「霸陵尉臨陣先破膽，飛將軍百戰不封侯」，故事內容寫漢武帝時將軍李廣罪免家居，時往南田山中射虎，一夕見巨石，以為虎也，射之，中而沒羽，又曾醉歸為霸陵尉所辱，雖多次與匈奴戰而終身無功的故事。先生在每本雜劇之後皆附有〈跋文〉，記敘故事之所出及寫作之經過。除了《祝英台》劇之出於民間流行之故事及《飛將軍》劇之出於《史記》之〈李將軍列傳〉較為眾人所熟知以外，至於其他二劇，則《再出家》之故事蓋出於宋洪邁《夷堅志》之〈野和尚〉條，《馬浪婦》之故事則出於明梅禹金之《青泥蓮花記》。不過先生所採用者實在僅不過為故事之梗概而已，至於詳細之關目情節則皆出於先生自己之創造，與原來之故事亦多有不盡相合者。本來元人雜劇之本事亦往往多取材於舊史及說部而加以增刪和演義。自其表面觀之，則先生劇作之取材與元雜劇之取材實在極為相似，不過事實上其間卻有一點絕大的不同之處，蓋元劇之所寫者無論其與原來之本事之是否相同，總之其寫作之目的多不過僅為搬演之際可以取悅於觀眾而已。而先生之所寫則是並非僅為搬演而同時也為閱讀之戲劇，其目的並不在於搬演一個故事，而是要借用搬演故事之劇曲，來表達出對於人生之某種理念或思想。這種寫作態度，無疑的曾受有西方文學很大的影響。先生在其《遊春記》一劇之序文中，便曾經讚美古希臘之《普拉美修斯》

(*Prometheus Bound*)一劇說：「其雄偉莊嚴，隻千古而無對，而壯烈之外加之以仁至義盡，真如靜安先生所云：『有釋迦基督擔荷人間罪惡之意。』」從這一段話看來，則先生自己在劇作方面的理想，也就可以想像而知了。

在《苦水作劇三種》及附錄一種之劇集中，如果就其內容用意言之，則其中最容易使人將其中之含意認識清楚的，實在是取材於《史記》的《飛將軍》一劇，這本雜劇主要是借著「飛將軍百戰不封侯」的故事寫一個失意的將軍，空有著殺敵的本領卻一直未能得到殺敵之機會的命運之悲劇，我們現在就把其中最值得注意的曲子抄錄下來一看：

第一折之〈油葫蘆〉云：「得志的兒曹下眼看，分什麼愚共賢，金章紫綬更貂蟬，馬頭一頂遮簷兒繖，喬軀老直走上金鑾殿，沒學識，沒忌憚，老天你好容易生下個英雄漢，卻怎生覷得不值半文錢。」

第四折之〈大石調六國朝〉云：「粘天衰草，動地胡笳，積雪壓穹廬，寒冰凝鐵甲。虎瘦雄心在，聽冬冬更鼓初撾，月上夜光寒，映縷縷將軍白髮。誰承望封侯萬里，堪憐早六十年華，還說甚殺敵擄名王，空衹是臨風嘶戰馬。」

前一支曲子寫一些不學無術的人們都得到了高官顯爵，而真正有殺敵本領的英雄卻被投閒置散；第二支曲子寫白髮的將軍雖然雄心未老而卻壯志難酬。兩支曲子都寫得感慨悲壯，把這一本雜劇的主題和用意表現得十分有力量。

其次一本主題和用意也比較容易認識清楚的則是《祝英台身化蝶》一劇。本來這一個民間故事已經流傳了很久，從元代之雜劇直到今日之電影及地方戲，都有根據這一個故事而改編的作品。一般說來，大家對此一故事所著重的主題約有兩點，其一是強調生離死別的愛情之悲劇，其二是強調對於舊禮教之批判。前者賺人熱淚，後者引人反抗，但私意以為先生所寫的這本雜劇，其重點卻似乎除去前二者之外還另有所在，那就是對於足以超越生死的精誠之心意的歌頌。在這本雜劇的第三折中，曾寫到梁山伯死後託夢給祝英台說：「如今我的墓上生了一株紅花，是從墓中我的心上生出來的。」又說：「姐姐你記住，那花兒須是你自己摘，別人摘不下來的。」其後在第四折中寫到祝英台在嫁往馬家的路上經過梁山伯墓地的時候果然見到墓頂上赤鱗鱗的開著一朵紅花，當時祝英台曾唱有一支曲子：

〈甜水令〉似這般三九嚴冬，寒雲凝霧，堅冰鋪野，林木也盡摧折，則那一朵紅葩，朝陽吐豔，臨風搖曳，除是俺那顯神靈的兄弟英傑。

其後寫到墳墓爆裂，祝英台在投身入墓之前又唱了一支曲子：

〈離亭宴帶歇指煞〉呀，俺則見踈剌剌地狂風一陣飄枯葉，骨都都地黃塵四起飛殘雪，渾一似呼通通地山崩地裂，還說甚冉冉地夕照影蕭寒，漠漠地天邊雲黯淡，涓涓地山水流嗚咽，則你那裡苦哀哀地百年怨恨長，俺這裡冷森森地三九風霜冽，禁不住撲簌簌地顒邊淚瀉，祇道你瑟瑟地青星墮碧霄，沉沉地黃壤瘞白玉，茫茫地滄海沉明月，從此便迢迢千秋無好春，悠悠萬古如長夜，卻原來皇皇地英靈未絕。馬秀才你寂寞地錦帳且歸休，梁山伯咱雙雙地黃泉去來也。

在這二支曲子中，所表現的都不是像一般電影或戲曲中之只知賺人熱淚的哀哭而已。先生所寫的是一種精誠的心志之力量，是雖然在死後也能在墓頂上於三九嚴冬寒雲凝霧中開出的赤豔的紅花，是能夠使得隔絕死生的無情的墳墓都能為之爆裂的「皇皇地英靈未絕」。雖然這些奇蹟並不一定合於科學上之「真實」，但這種精誠所至金石為開的堅貞的心意，卻是千古以下都會使人受到感動和激勵的。而先生全劇所要表現的就正是這種精神力量的一種象喻，這與一般只寫一個悲劇故事，或者借此不幸之悲劇以表現對於舊禮教之批判的演故事或說教訓的表現法是有著很大的不同的。

除去前二種雜劇以外，我以為先生之更易引起別人誤會，更難使人了解其真正之主題和用意的，實在是《再出家》和《馬浪婦》二本雜劇。因為前二種雜劇無論其真正之用心立意是否為讀者所了解，至少從故事本身的外表情節來看，總還不失一種嚴肅的意味。而《再出家》一劇所寫的一個既還了俗又結了婚的和尚，和《馬浪婦》所寫的一個以肉身布施的淫婦，若只從故事本身的外表情節來看，就更加顯得荒誕不經了。然而我卻以為這二本雜劇不僅就內容而言，較之前二種雜劇有更為深微之用意，即使就表達之藝術手法而言，較之前二種雜劇也有更可重視之成就。現在我們就先從表達之藝術手法方面來談一談。本來中國的小說和戲曲，一向大多是以寫實為主的，而且經常帶有某些說教的意味。可是先生的這二本雜劇，卻是帶有一種象徵之意味的創作，以整個的故事傳達一種喻示的含義，這種表達方式是近代西方小說家、劇作家甚至電影導演，都曾經嘗試採用過的一種表達方式，自五十年代後期的尤金・伊歐尼斯柯 (Eugene Ionesco) 到六十年代的撒姆爾・貝克特 (Samuel Beckett) 和哈洛德・品特 (Harold Pinter) 諸位劇作家，他們所寫的戲劇便都不僅是一個故事，而是借故事的外形以傳達和喻示某種思想或心靈的理念和感受。我這樣說，也許會有些人不以為然，因為先生的這兩本雜劇都是一九三六年的冬天寫定的，比西方那些劇作家寫作這一類劇本的時間要早了十年以上，而且先生的劇作也並沒有像西方那些劇本的極端荒謬的形式和意念，不過無論如何以劇作中之具體的人物情節來喻示某一種抽象的理念情意，這種表達方式則是極為相近的。而先生之所以能夠突破了中國舊有的傳統，竟然開創了一條與後起之西方劇作家相接近的途徑，成為了一位在文學創作之發展中的先知先覺者，其早年研讀西方文學所曾經受到的影響當然是不容忽視的。我們前面論及先生對戲劇創作之理想時，已曾引用過先生對於古希臘名劇《普拉美修斯》一劇之讚美的話，以為此一劇表現有「釋迦基督擔荷人間罪惡之意」。而古希臘之名劇其含有豐富深微委曲之含意，足以令人思索玩味者，實不僅《普拉美修斯》一劇為然，這正是何以王靜安氏及先生都以為中國舊傳統之劇作不如西方而思有志於戲曲之創作的一個主要原因。所以先生之有意在其劇作中寄託一種深微高遠的理想和意念，便也是極自然的一種情事。而除了受西洋之劇作的影響以外，我以為西方的近代小說，以及在西方影響下發展起來的五四時期前後的中國近代小說，也都曾給予先生很大的影響。先生喜歡在課堂上談到魯迅之《阿Q正傳》和《狂人日記》等含義深刻的小說，這是凡曾上過先生課的學生都對之有極深刻之印象的；而另外先生在課堂上還曾經談到過一位白俄作家的作品，大概就不是很多同學對之都留有印象的了。這位白俄的作家名字叫做安特列夫 (L. N. Andreyev)，並不是一位很出名的作者，但他的小說卻有一個很大的特色，就是常以小說中之人物情節作為一種抽象的感受或理念的喻示。魯迅曾譯有他的兩篇短篇小說收入於《域外小說集》，一篇題目為「謾」，另一篇題目為「默」，前一篇喻示人生之虛偽，欲殺「謾」而「謾」不死，欲求「誠」而「誠」乃無存；後一篇喻示人生之隔絕寂寞，欲求知諒之不可得。我以為先生蓋曾受有此一作家相當之影響，因為先生既曾在課堂中提及此二篇小說，而且自己也曾翻譯過另一篇安特列夫之作品，題目為「大笑」，內容寫一個戴有惹人發笑之面具的人，雖然內心極為悲苦，卻並無一人能察見其悲苦，而無論此人行至何處，所追隨者皆為一片大笑之聲。這當然是一篇喻示性的故事。先生此一篇譯稿曾經發表在當時（一九四五前後）北平的一家報刊上（《新生報》或《華北日報》，今已不復記憶，當日曾將此稿剪存，其後在遷移流轉中，書物遺失甚多，今已遍尋不見）。從先生對戲曲和小說的這些態度和觀點來看，先生在自己的劇作中之喻示有較為深刻的含義，這當然是一件極為可能的事。下面我們便將對先生之《再出家》與《馬浪婦》二劇之含義略加探討。

《再出家》一劇之含義，主要可能有以下幾點，其一是佛家之所謂「透網金鱗」之禪理，先生在其《稼軒詞說》中論及稼軒之〈八聲甘州〉「故將軍飲罷夜歸來」一首詞時，曾經舉引過一則禪宗公案，云「昔者奉先深禪師與明和尚同行腳，到淮河，見人牽網，有魚從網透出，師曰：『明兄！俊哉！一似個衲僧。』明曰：『雖然如此，爭如當初不撞入羅網好！』師曰：『明兄，你欠悟在。』」深禪師之所以如此云云者，蓋因未撞入網的魚，對於網並沒有必然能脫出的把握，唯有曾經撞入網而又能脫出的魚，才真正達到了不被網所束縛的境界。未曾還俗以前的繼緣和尚，就譬如是一條未撞入過網內的魚，所以終不免被網所纏縛，直至其垂老再度出家時，才真正脫出了網的束縛。這一則「透網金鱗」之公案，先生在課堂講書時亦曾常常舉引，所以先生在其所寫的《再出家》一劇中之含有這種哲理的意味，該是極有可能的。其次，我以為先生在此劇中可能還寓有一種救人便須救徹的理想。在本劇的第三折寫有什樣景對繼緣和尚所說的一大段賓白，云：「師兄，你知道慈悲為本，方便為門，可還知道殺人見血，救人救徹嗎？你如今害得我上不著天，下不落地，那裡是你的慈悲方便？你出了錢來養活著我，讓我來活受罪嗎？昔日釋迦牟尼，你不曾說來嗎？在靈山修道的時節，割肉餧虎，刳腸飼鷹，師兄道行清高，難道學不得一星半點兒？如若不然，從此後休來我面前打閃，攪得我魂夢不安。」這一大段賓白不僅在文字方面寫得十分沉著有力，而且在用意方面還提出了一種無論是想要成佛或做人，都應該追求嚮往的最高理想，那就是不惜自己犧牲或玷汙而卻要救人救徹的精神。這種用意，先生在講課時，也曾屢屢及之，而且常常把為人與為詩相並立論。例如先生有一次在講到姜白石的詞的時候，就曾經批評白石詞的缺點是太愛修飾，外表看起來很高潔，然而卻缺少深摯的感情，先生以為一個人過於自命高潔，白袜子，不肯踩泥，則此種人必不肯出力，不肯動情。先生所倡示的實在是一種不惜犧牲或玷汙自己而入世救人的精神。如果將先生平日講課的話與這一本雜劇參看，我們就更可以明白先生的《再出家》一劇，所寫的決不僅是一個故事而已，而是先生透過故事的形式所要傳達的他自己對於人生的某種理念。這一點認識是非常重要的。至於《馬浪婦》一劇所寫的以肉身施捨布人的故事，就也正是前一劇之賓白中所說的「割肉餧虎，刳腸飼鷹」之精神的故事化的表現。在《馬浪婦》的第一折中，馬浪婦一出場，就唱了三支曲子：

〈黃鐘醉花陰〉雲幻波生但微哂，萬人海藏身市隱，你道俺戀紅塵，那知俺淨土西方坐不得蓮臺穩。

〈喜遷鶯〉好教俺感懷悲憤，但行處擾擾紛紛，朝昏，去來車馬，恰便似漠漠狂風送斷雲，無定準，都是些印沙泥的雁爪，沿苔壁的這蝸痕。

〈出隊子〉有誰知此心方寸，田難耕，草要耘，一分人力一分春，轉眼西天白日曛，可憐這咫尺光陰百歲人。

在這三支曲中，第一支曲子所表現的實在就是我不入地獄誰入地獄的救世精神。第二支曲子則是寫人心之紛擾痴愚。然而先生對人世所採取的卻又決不是完全否定消極的態度，所以下面第三支曲子先生所寫的就是在心靈之修養持守方面，所當做的努力。而更可注意的其實是在這一折中後面所寫的另一支曲子：

〈刮地風〉俺也會到這寒宵將您那錦被兒溫，俺也會準備您的簞食盤飧，俺也會噓寒送暖將您來加憐憫，俺為您作幾件兒衣巾，作兩套兒衫裙，愛您似竹林的春筍，我送給您腮邊的密吻，到晚夕臥床邊將您來懷中抱穩，為什麼您偏生不認真，跪面前叫一聲娘親。

這一支曲子是寫眾兒童對馬浪婦嘲笑打罵時，馬浪婦所唱的曲子，表面雖似乎荒誕不經，但其實內中所蘊含的則是一種抱有救世之慈悲的深願，然而卻不能為世人所了解和接受的深刻的悲哀。這種悲哀在到了第四折時有更明白的敘寫，例如下面的一支曲子：

〈醋葫蘆．么篇之二〉：俺常準備著肉飼虎腸餵鷹，走長街吆喝看賣魂靈，您當俺不是爺娘血肉生。俺生前，無誰來相欽敬，俺死後將這臭皮囊直丟下萬人坑。

以及結尾一支曲子中的最後二句：「我請那釋迦佛來作證，則被著惡名兒直跳下地獄最深層。」像這些曲文可以說對本劇所蘊含的意旨都有著明白的提示。因此我們說先生的劇作中有著嚴肅深刻的取義，這是足可以為證的。

至於先生的第二本劇集《遊春記》，其內容則取材於《聊齋》中之〈連瑣〉一則故事。據先生在〈自序〉中所云，此劇之著筆蓋始於一九四二年一月間，而其完稿則在一九四五年之二月中，〈自序〉又云：「初意擬為悲劇，劇名即為《秋墳唱》，即遲遲未能卒業，暇時以此意告知友人，或謂然，或謂不然，詢謀既未能僉同，私意亦游移不定，今歲始決以團圓收場，《遊春》之名，於以確立。」當先生撰寫此劇之時，也正是我從先生受業之時，記得先生當日也曾與同學們談及此劇將以悲劇或喜劇結尾之問題，而且也曾在課堂中論及西方悲劇中之人物性格，其所曾討論者，先生已大半寫之於《遊春記》之〈自序〉中。先生為「悲劇」和「喜劇」所下之定義與西方並不盡同，依先生之意，以為「悲劇中人物性格可分二種，其一為命運所轉，又其一則與命運相搏」。對所謂「與命運相搏」者，先生又曾加以詮釋，曰：「遇有阻難，思有以通之，遇有魔障，思有以排之，……通之而阻難且加劇焉，排之而魔障且益熾焉，於是乎以死繼之，迄不肯苟安偷生，委曲求全，……竊意必如是焉，乃成乎悲劇之醇乎醇者矣。」持此一標準以求，先生以為西方莎士比亞之劇，「若《韓穆萊特》，若《利耳王》，其顯例已」。而在中國之元明雜劇及傳奇中，則根本缺少此類之悲劇。先生曾引王靜安先生《宋元戲曲考》之言曰：「明以後傳奇無非喜劇，而元則有悲劇在其中。」然而依先生之見則以為「即以元劇論之，若《梧桐雨》，若《漢宮秋》，世所共認為悲劇也，顧明皇元帝皆被動而非主動，乃為命運所轉，而非與之相搏，若《趙氏孤兒》劇中之程嬰與公孫杵臼，庶幾乎似之，然統觀全劇，結之以大報仇」，凡此類戲劇，嚴格地說起來，蓋皆不合於先生為悲劇所下之定義，所以在先生的標準之下，元明諸劇作中可以說並無理想之悲劇。至於所謂「喜劇」者，則先生以為靜安先生所說的「明以後傳奇中之喜劇」，實在不得稱之為「喜劇」，而「當謂之『團圓劇』始得耳」，而「團圓劇」則是被先生平時「常目為墮人志氣壞人心術者也」。蓋以一般團圓劇之所寫者，多不過為功名成就親事合諧，斯不過為人情物欲之滿足而已，故先生以為此種戲劇多屬淺薄庸俗，全無高遠之理想志意可言。那麼先生所理想之喜劇又該是怎樣的呢？先生在〈自序〉中對此雖然並無詳細之闡釋，而卻有一段簡短的說明云：「今之為此《遊春記》也，其自視也則又何如？則應之曰：『人既有此生，則思所以遂之，遂之方多端，而最要者曰力，其表現之於戲劇也，亦曰表現此力則已耳。其在作家，又惟心力體力精沛充實，始能表現之。悲劇喜劇，初無兩致。』」如果從這一段簡短的提示以及《遊春記》一劇本身之故事來看，我們可以推測先生理想中的「喜劇」與其所謂「墮人志氣壞人心術」的「團圓劇」必然有很大的不同，而最主要的分別則在於先生之所理想中的「喜劇」是要表現有一種為求遂其生而須付出追求之艱辛的「力」的作品。假如從這一種衡量的標準來看，我們便會發現先生的《遊春記》之所以選取《聊齋誌異》中之〈連瑣〉一則故事作為素材，而且決定以「喜劇」為結尾，其中是果然有著深刻之取意的。

首先從故事之取材而言，我以為先生之所以選取了《聊齋》中之〈連瑣〉一則故事作為素材的原故，主要蓋取其由死而復生的一點象徵的用意，這當然與把此一故事只有做僵屍復活之迷信的事件有著絕大的不同，先生只是借用此一則故事來表現一種可以起死人而肉白骨的精神和感情的偉力，同時也表現一種求遂其生的強烈的意志和願望。在本劇第一本的第一折中，正末楊于畏出場所唱的第一支曲子〈仙呂點絳唇〉中所描寫的雖然是「黃葉淒淒，又是悲風起」的秋天的肅殺悲涼的景色，可是緊接著的第二支曲子〈混江龍〉，楊于畏所唱的卻是：「任歲月難留如逝水，儘摧殘不盡是生機。」對堅強的生意的歌頌，同時還唱出了他自己的「則平生有多少相思意，相伴著花開花落，春去春歸」的纏綿執著的感情。到了第二折中，寫連瑣的鬼魂出現，則象徵了一個多情美好的生命被幽閉於隔絕淒冷之世界中的悲苦寂寞的心情，也曾經透過楊于畏的口吻唱出了下面一支充滿同情之感的曲子：

〈十二月〉可憐他腰肢瘦損，肺腑難伸，空剩下一身的窈窕，融解作四野氤氳，則他那無邊的怨苦，直引起半世的酸辛。

到了第三折，則寫出了對於愛情和生命之追求尋覓中的徘徊和迷惘，如楊于畏所唱的下面一支曲子：

〈川撥棹〉情暗傷，他爭知人見訪，俺則見風冷雲黃，水遠山長，樹映著朝陽，葉帶著餘霜，起伏著陀崗，上下看牛羊，我耐無聊徘徊半晌，則夜來的吟詩，真個也，夢想！

到了第四折則由正旦連瑣作為主角，於是就更為直接地唱出了她自己的多情而被幽閉的悽怨，如下面一支曲子：

〈紫花兒序〉一夜夜清眸炯炯，綉履盈盈，行來荒野，立盡殘更，無情，有情呵，幽閉在泉臺下待怎生。

然後就接寫連瑣之鬼魂被楊于畏的誠摯之情所感動，於是而前來與之相會，曾經唱了幾支曲子，表現出對於感情的誠摯的力量的感動，例如下面的一支曲子：

〈調笑令〉月明，澹雲橫，想昨夜三更那後生，立荒園不管霜風勁，把新詩雯時酬定，則他那聰明更兼心志誠，熱腸兒敢解凍融冰。

以上是本劇的第一本，一共四折，只寫到連瑣的鬼魂與楊于畏相見為止。

到了第二本開始，故事的背景就已經由前一本之淒寒的秋日轉變為風雪凜冽的嚴冬。如果說前一本之秋日的背景象喻了雖然在凋零肅殺之中也難以被摧毀的生機，那麼第二本第一折之嚴冬的背景則更可以說是有著兩層的提示和暗喻，其一是因季節之改變所暗示出來的楊于畏與連瑣之間的感情的增長和堅定；其二是因嚴寒的凜冽才更可顯示出對於生機之追尋有著不畏風雪的堅強執著的精神。所以在第二本的第一折，連瑣一上場所念的定場詩的末二句就是：「常愛義山詩句好，不辭風雪為陽烏。」表現了雖然在嚴冬中但堅決要追求光明和溫暖的堅強的心意。到了第二本的第二折，則季節已經自嚴冬轉為風光明媚的春天，而連瑣的幽魂也已經洋溢著滿懷生意。所以在這一折中，連瑣一上場所唱的定場詩的末二句就是：「幽緒滿懷蠶作繭，生機一片水生濤。」但若只是連瑣心中有了這一片生機卻仍嫌未足，正如古今中外所有的神話或宗教中所喻示的一樣，凡一切再生的救贖，都需要有一種犧牲的血祭，因此連瑣便向楊于畏提出了要以一滴活人的鮮血滴入臍中的要求。當這一幕莊嚴的儀式完成以後，正末楊于畏在下場時念了一首下場詩，說：「帶月荷鋤汗未消，南山曾記豆生苗，誰知深夜明燈下，一朵心花仗血澆。」這首詩用陶淵明寫躬耕之辛苦的詩句「帶月荷鋤歸」來喻寫對於心田中之心花的澆灌，正可見出凡屬一切收穫皆須付出汗血之代價的嚴肅的意義。到了第三折是對連瑣之起死回生的正面的敘寫，在這一折中，先生用了北曲中一套著名的套曲〈九轉貨郎兒〉，是先生的用力之作，其中有幾支曲子寫得筆酣墨飽，非常出色，例如：

〈九轉貨郎兒〉也是俺的至心寧耐，也虧俺的痴心不改，感動得巫娥飛下楚陽臺，我破家私將春光買，我下功夫將好花栽，也有個萬紫千紅一夜開。

〈四轉〉且莫道人生如夢，說不盡至心愛寵，將一幅畫圖兒叫真真，叫得啞了喉嚨，也有個幽靈感動，悲歡相共，恰便是向荒田中，沙漠裡，將情苗種，也有個一夜東風，裝點春容，人道是三山難遣風相送，凡人休作神仙夢，你看俺恰便是挂起了帆篷，東指雲海蓬萊有路通。

〈八轉〉俺這里凝看不瞬，他那里星眸閉緊，告巫陽好和俺賦招魂，且將這安息漫焚，漫焚，悄無聲，氤氤氳氳，我靜待青春歸來訊，則見他挪嬌身也麼哥，濤香津也麼哥，嚲下鬟雲，慢轉秋波，動著櫻唇，漸漸地嬌紅暈粉，暈粉，兩朵明霞弄顯痕，越越地添風韻。聽微呻也麼哥，看輕顰也麼哥，這一番親到瑤臺逢玉真。

這裡所引的三支曲子，前二支寫經過艱苦的尋求和期待以後，終於可以如願得償的歡欣和興奮，第三支則寫親眼得見到自己所期待已久的美好的生命的復活。先生將之寫得極為細膩生動，而所有的描寫其實都帶有超越於現實之上的一種象喻的含意，這種用心，是讀者所絕不應該對之忽略的。

以上第一本四折和第二本之前三折，劇中的故事情節與《聊齋》中之〈連瑣〉一則的故事大抵可以說相差不遠。到了第二本的第四折所寫的楊于畏與復活以後之連瑣並馬遊春的故事，則不是《聊齋》之所原有，而是全出於先生自己之想像和創造了。如果我們想到先生在〈自序〉中所曾提到的最初寫此劇時對於以悲劇或喜劇結尾的慎重考慮，我們就會知道先生之所以決定以喜劇結尾，並且增出此一折《聊齋》中所本來沒有的「遊春」的情節，更把全劇定名為《遊春記》，這其間必然有先生一種深微的用意。我以為先生此一折所要寫的，實在應該是理想中一種美滿之人世的象喻。而且更可注意的是先生在其所寫的「遊春」之中，還特別安排了「登山觀海」的敘寫，也就是說先生所理想中的美滿的人世，不僅應有如春日的欣榮，而且更應該有一種如同「登山觀海」之高遠的蘄向和志意。關於這種象喻的意義，先生在這一折的劇曲中，也有足夠的敘寫和暗示。例如當劇中寫到楊于畏與連瑣來到海濱觀海的時候，他們二人曾經有幾句賓白，先是「(末云) 娘子，你覷兀的不是大海當前也。(旦云) 相公，你聽林籟濤聲，宮商交作好悅耳也」。於是下面正旦連瑣就接唱了幾支曲子：

〈耍孩兒〉自然海上連成奏，多謝你個搊彈妙手，相伴著長林虛籟正清幽，珊珊佩玉鳴璆，說什麼翠盤金縷雲裳舞，月夜春風燕子樓，到此間齊低首，聽不盡宮音與商音同作，看不盡雲影和日影交流。

在這支曲子中對於海的讚美，當然也就象喻著對於一種高遠雄壯的美好的境界的嚮往。後來寫到海上日落，正旦連瑣又唱了一支曲子：

〈一煞〉遙空晚漸低，綺霞明未收，將海天塵世一起來莊嚴就，將遍人間絳蕊融成色，合天下黃金鑄一個球，潮音裡響一片鈞天奏，比月夜更十分淵穆，比春朝加一倍溫柔。

在這一支曲子中，其歌頌和象喻的意味，比前一支曲子就更為明顯了。我以為在中國文學史上，無論是在任何一種文學形式的創作中，如此富於反省自覺地苦心經營，使用象喻的手法寫出一種至圓滿至美好之理想人世之境界者，實當以先生此劇為第一篇作品，這一種成就和用心是非常值得我們尊敬和重視的。

最後我還要提出一點小小的補充說明，就是在此一劇中，先生曾經為楊于畏安排了一個淨扮的書僮「抱琴」，時常做一些插科打諢的說唱和動作。這是劇作中常有的一種調劑，不必有若何深意。至於在下卷第一折前面的楔子中先生又安排了楊于畏的四個學友來書齋中作鬧之事，則一來因《聊齋》的故事中也有關於這些情事的記敘，而且這種安排也暗示了在對於美好之事物的追尋過程中，也往往可能會遇到一些對美好之事物不知珍重愛惜，而竟以焚琴煮鶴之惡作劇為樂的人物。如此則此一楔子中之玩鬧的惡作劇，便也隱然有一層象喻之意味了。

五、尾　言

如我在前文所言，我聆聽羨季先生講授古典詩歌，前後蓋曾有將近六年之久，我所得之於先生的教導、啟發和勉勵，都是述說不盡的。當一九四八年春，我將要離平南下結婚時，先生曾經寄了一首七言律詩送給我，詩云：「食荼已久漸芳甘，世味如禪徹底參。廿載上堂如夢囈，幾人傳法現優曇。分明已見鵬起北，衰朽敢言吾道南。此際泠然御風去，日明雲暗過江潭」。先生又曾給我寄過一封信，說：「不佞之望於足下者，在於不佞法外，別有開發，能自建樹，成為南岳下之馬祖，而不願足下成為孔門之曾參也。」先生對我的這些期望勉勵之言，從開始就使我在感激之餘充滿惶愧，深恐能力薄弱，難副先生之厚望，何況我在南下結婚以後不久，便因時局之變化，而輾轉經由南京、上海而去了臺灣。抵臺後，所郵運之書籍既全部在寄運途中失落無存，而次年當我生下第一個孩子以後不久，又不幸遭遇到了一些意外的憂患。我在精神與生活的雙重艱苦重擔之下，曾經拋棄筆墨不事研讀寫作者，蓋有數年之久，於時每一念及先生當日期勉之言，輒悲感不能自已。其後生事漸定，始稍稍從事讀寫之工作，而又繼之以飄零流轉，先由臺灣轉赴美國，繼又轉至加拿大，一身萍寄，半世艱辛，多年來在不安定之環境中，其所以支持我以極大之毅力繼續研讀寫作者，便因為先生當日對我之教誨期勉，常使我有唯恐辜恩的惶懼，因此雖自知愚拙，但在為學、做人、教書、寫作各方面，常不敢不竭盡一己之心力以自黽勉。而三十年來我的一個最大的願望，便是想有一日得重謁先生於故都，能把自己在半生艱苦中所研讀的一點成績，呈繳於先生座前，倘得一蒙先生之印可，則庶幾亦可以略報師恩於萬一也。因此當我第一次回國探親時，我便向親友探問先生的近況，始知先生已早於一九六〇年在天津病逝，而其著作則已在身後之動亂中全部散失，當時心中之悵悼，殆非言語可喻。遂發願欲搜輯整理先生之遺作。數年來多方訪求，幸賴諸師友同門之協助，又有先生之幼女顧之京君，擔任全部整理抄寫之工作，更有出版社熱心學術，願意接受出版此書之任務。行見先生之德業輝光一向所不為人知者，即將彰顯於世。作為先生的一個學生，謹將自己對先生一點浮淺的認識，簡單敘寫如上。昔孔門之弟子，對孔子之贊述，曾有「仰之彌高，鑽之彌堅，瞻之在前，忽焉在後」之語，先生之學術文章，固非淺薄愚拙如我之所能盡，而且我之草寫本文，本來原係應先生幼女顧之京君之囑，所寫的一篇對先生之教學與創作的簡介，其後又經改寫，以之附於先生遺集之末，不過為了紀念先生當日之教導期勉，聊以表示自己對先生的一分追懷悼念之思而已。

一九八一年六月初稿
一九八二年四月改寫
一九八二年八月定稿

略談多年來我對古典詩歌之評賞及感性與知性之結合

——《迦陵談詩二集・後敘》

我想我可以說自己所經歷的，乃是一段從主觀到客觀、從感性到知性、從欣賞到理論、從為己到為人的過程。

數年前，當《迦陵論詞叢稿》出版之時，我曾經為之寫過一篇〈後敘〉，內容主要在說明，書中所收錄的文稿，雖然是寫作於不同之時間與不同之地域的作品，然而如果就詩歌評賞所當著重的感發之本質而言，則其中卻原是有著超越於時間地域以外之足以相通之一致性的。我曾於一九七〇年由臺北三民書局出版了《迦陵談詩》二冊，十餘年後的今天，《迦陵談詩二集》又將由三民書局出版，其中所收入的文稿，也同樣是寫作於不同時間與不同地域之作品，而這一次我卻想要在這些文稿之可以相通之一致性以外，也談一談其不同性質之差別性。

《迦陵談詩》及《迦陵談詩二集》所收錄的文稿，若以寫作時間之先後而言，則最早的一篇首當推一九五七年我在臺灣所寫的〈從義山嫦娥詩談起〉一文，而最晚的一篇則當推一九八二年我在溫哥華所寫的〈紀念我的老師清河顧隨羨季先生〉一文，這其間前後相距蓋已有二十五年之久，如果要想用簡單的幾句話來說明在此一漫長的期間內我自己研讀態度與寫作方式之轉變，我想我可以說自己所經歷的，乃是一段從主觀到客觀、從感性到知性、從欣賞到理論、從為己到為人的過程。在這段漫長的過程中，我當然曾經有所獲得，但也曾有所失落。因此我便想要為這冊《迦陵談詩二集》也寫一篇〈後敘〉，既以之說明我個人之轉變，同時也藉之對自己所曾經歷過的路程一加分析和檢討。

我首先要提出來加以討論的，就是《迦陵談詩》一書中所收的寫作時間最早的一篇作品〈從義山嫦娥詩談起〉，這篇文稿，僅從題目來看，便已可見出其並非嚴肅性的學術論文，而只不過是發抒個人讀詩之一點心得及感受的隨筆性的作品而已。使我採取這種方式來寫作的原因，大約有以下幾點：其一是因為當時邀我寫稿的原是臺灣的《文學雜誌》，這是一本古今中外並包、創作與論述兼收的雜誌，而並非性質嚴肅的專門的學術刊物，因此我才敢放筆去隨意抒寫，擺脫了體例和形式的局限。其二是因為我過去在北平輔仁大學讀書時，擔任我們唐宋詩課程的顧師羨季先生，在講課常是一任意興之感發，既沒有固定的教材，也沒有固定的進度，然而卻可以給學生以極大的啟發和感動。我個人以為羨季師所傳達的纔真正是詩歌中最寶貴的感發生命之本質，而並不是詩歌以外的知識和文字而已。可是我自己在教課時，則因為學校的規定，常不得不接受教材及進度的限制，而不能像羨季師一樣做這種純任感發的自由講述，但在內心中則常存有一種躍躍欲試之意，於是遂頗想藉此機會一作嘗試。其三則如我在該文中之所敘述，引起我寫作該文之動機的，原是由於一種偶然的感動和聯想，而行文時之藤生蔓引的牽涉，也都是由於一種機緣的巧合，頗近於寫詩時之所謂靈感，而並不盡出於理性之思索。因此我在這篇文稿中，乃表現有幾點特色：一則是行文的自由。我既從對於李商隱〈嫦娥〉一詩的欣賞和詮釋，而談到了詩歌中的寂寞心，又從詩歌中的寂寞心，而談到了王國維之哲人的悲憫及王維之修道者的自得。而此種進展乃全出於機緣湊泊之聯想，既沒有時代先後的觀念，也並非出於有心的比較和安排，此其特色之一。再則是我對於該文中所涉及的幾位詩人的稱謂並不一致，我對王國維稱「靜安先生」，以表現我的一分尊敬之意，對王維稱「摩詰居士」，以表現我的一分疏遠之感，而對於李商隱則不加任何稱謂，而直呼其字曰「義山」，以表示一種近於同類的親切，像這種純任一己之意興的寫作方式，當然並不合於一般的習俗和慣例，此其特色之二。三則是我對於李商隱、王國維及王維三位詩人之作品的欣賞與詮釋，乃全出於自己讀詩時之一點自我的體會和感受，我既未曾對這三位詩人做全面的研討和衡量，也未曾抄襲或依傍任何前人所已有的見解和成說，此其特色之三。像這種純任一己之聯想與主觀之感受的寫作方式，當然決不合於任何學術著作的正式要求，但是我以為這種寫作方式有時卻確實可以傳達出詩歌中之感發的生命。而且可以在作者與讀者之間形成一種活潑的生生不已的感發之延續。因此這一類作品所評賞的雖然是古人的詩歌，然而卻往往也可以流露出來評詩人之心靈與感情的躍動。所以我以為這一類的評賞及寫作方式，乃是主觀的、感性的、欣賞性的、是為己的而不是為人的。因此我在〈從義山嫦娥詩談起〉一篇文稿的結尾之處便曾特別加以聲明說「我這種解說和比較，都只憑一己之私見，或者不無欠允失當之處，但我原無意於評詩說詩，我只是寫我個人讀詩的一點感受而已」。

與這一篇文稿可以作為相對之比較的，則是本書中所收的時間較晚的我在溫哥華所寫的兩篇作品：一篇是一九七五年曾在臺灣的《中外文學》發表過的〈鍾嶸詩品評詩之理論標準及其實踐〉另一篇則是一九八一年完稿的〈中國古典詩歌中形象與情意之關係例說〉。這兩篇文稿與前一篇文稿，在研讀態度及寫作方式上，當然都有很大的不同。最明顯的一點差別，則是前一篇文稿所寫的乃是對於詩歌本身的感受和欣賞，而後二篇文稿所寫的則是對於詩歌之理論的討論和分析，前者主觀，後者客觀，前者以感性為主，後者以知性為主，這些差別當然都是明顯可見的。至於我何以將前一類作品稱為「為己」之作，將後一類作品稱為「為人」之作，則是因為我在寫前一類作品之時，乃是全以自己讀詩之感受及心得為主，頗有一些近於陶淵明之所謂「每有會意，便欣然忘食」，及歐陽修之所謂「至歡然而會意，亦旁若於無人」的意味，但求自我抒發之樂趣，而並不大在乎我所寫的內容之是否能得到一般讀者的認同和了解；而後一類作品則是以知解的辨析為主，所以就寫作之動機而言，則這類作品可以說是從一開始便已經帶有了想求得別人之認同與了解之目的。而造成我之欲以知解辨析來求得別人之認同與了解的原因，則約而言之大概可以歸納為下面兩點重要的因素：其一是由於現實的謀生的需要，其二是由於理想中傳承的責任。先就第一點現實的謀生的需要而言，自從我移居到國外以後，因為要參加一些國外學術性的會議，及在一些學術性的刊物中發表作品，自然便不得不顧念到國外學術界所要求的一般之研讀態度及寫作方式，而國外學術界對於論文的共同要求，則首在於客觀的態度、審慎的思辨和細密的考證。我既然要在國外謀生，當然便不得不使自己的寫作儘量合乎他們所要求的標準，這是使得我的寫作開始有了「為人」之意念的第一項重要因素。再就第二點理想中傳承之責任而言，則由於我多年來從事古典文學之研讀與教學，因而養成了我對於中國古典文學的一種深厚的感情，我以為在中國古典文學之遺產內，原來曾經凝聚著數千年來中華民族文化中最寶貴的精華和心血，不僅在文學創作中蘊含著才人志士的偉大的心靈與品格之光芒的閃爍，而且在文學理論中，也積蓄著不少前賢往哲之深思冥索的智慧的結晶，只不過因為歷史的距離，使他們的思維與表達之方式與現代人之間有了很大的差別，再加之以大陸的十年動亂，與臺灣這些年來過分追求西化的結果，遂使得今日的中國年輕人，對於了解和繼承中國古典文學之遺產，有了更大的困難。而當我在海外居留的時間愈久，對自己祖國的文化眷念日深的時候，便忽然警覺到自己過去在臺灣教書時，只著重對詩歌之感性欣賞的教學與寫作方式，並沒有完全盡到自己所應盡的傳承的責任。因為如果對於中國的古典文學，不能在客觀的、知性的、理論的方面，具有深厚的根基，便不能養成正確的判斷的能力，而如果盲目地使用自己的主觀，或盲目地接受西方的理論，則對於中國古典詩歌的欣賞和詮釋，便極容易造成很大的扭曲和偏差。（關於此點，在本書〈關於評說中國舊詩的幾個問題〉一文中，曾有詳細之論述，可以參看。）因此我在寫作之時，便逐漸也注意到客觀的、知性的、理論的辨析之重要性，希望能使中國年輕的一代，於繼承中國古典文學之遺產時，在由現代通往古代的長途遙距中，能夠受到一些啟發。這是使得我的寫作態度由「為己」轉向「為人」的第二項重要因素。當然，我的這種轉變，也並非一朝一夕的突變，而且在詩歌之欣賞與詮釋中，原來也難以做純然感性或純然知性之明確的劃分，因此除去我在前面所舉出的，可以代表性質明顯不同之兩類作品以外，在這冊書中所收錄得更多的，卻實在是介乎二者之間的一些作品，透過這些作品，不僅可以看出我在寫作之途中的轉變，也可以約略看出我對於「感性」與「知性」，「欣賞」與「理論」，「為己」與「為人」，兩種不同的研讀態度及寫作方式，曾經如何加以融匯結合的一段過程。

談到我自己在這兩種不同之研讀態度及寫作方式之間的轉變與結合的過程，我以為大體說來，我對於詩歌的評賞乃是以感性為主，而結合了三種不同的知性的傾向：一是傳記的，對於作者的認知；二是史觀的，對於文學史的認知；三是現代的，對於西方現代理論的認知。先就「傳記的」方面來談，在《迦陵談詩》所收錄的一些文稿中，除去前所述及之〈從義山嫦娥詩談起〉一文，我在評賞該詩時並未曾對於作者李商隱加以任何介紹以外，其後我在〈從「豪華落盡見真淳」論陶淵明之「任真」與「固窮」〉、〈說杜甫贈李白詩一首〉、〈論杜甫七律之演進及其承先啟後之成就〉、〈舊詩新演：李義山燕臺四首〉諸文中，則在評賞詩歌時，便都曾結合了諸詩人之為人與生平，作為論析立說的依據。只不過當我把感性之評賞與此種知性之資料相結合之時，其所結合的成分之多少、及用以結合的方式，則又各有不同。其所以然者，則因為我為文之目的原是在於說「詩」，而並不在於說「人」，所以我雖然在說詩時，也承認作者之為人與生平，可以作為評賞詩歌時之某些依據，然而卻與「載道」一派之想以作者之倫理價值，來作為衡量詩歌之標準者，有著截然的不同。我以為詩歌之要素，主要乃在於其所具有的一種感發之生命，因此衡量一首詩歌的重要標準，便當以其所傳達的感發生命之質量，及其所傳達的效果之優劣為根本之依據。至於如何衡量其感發之生命與傳達之效果，則我在本書〈人間詞話境界說與中國傳統詩說之關係〉一文中，已曾提出過可以作為此種衡量的兩項基本要素。一是「能感之」的因素，另一則是「能寫之」的因素。如果就其「能感之」的因素而言，則其主要的「能感」的主體，自然在於創作的作者，尤其中國詩歌的傳統又是一向以「言志」為主的，所以中國的詩論對於詩歌的作者也就一向格外重視。早在孟子就曾說過「頌其詩，讀其書，不知其人可乎？是以論其世也」的話，不過中國之重視作者的詩論，卻也曾產生過一種過分重視「人」之價值，卻反而忽略了「詩」之價值的本末倒置的流弊。因此我願在此特別說明，我所提出的對於作者之性格為人及其生平背景等「傳記的」資料的重視，只是為了我們讀詩時，對於詩歌中之「能感之」的因素，可以有更為深入的認識和了解，希望能因此而對其詩歌中所傳達的感發之生命的質量，作出更為深刻也更為正確的體會和衡量，而並不是要想以作者之為人的倫理價值，來作為評賞詩歌的依據，這一點是我們必須加以區別清楚的。因此我在評賞詩歌的文稿中，所採用的有關詩人之為人與生平的知性的資料，便往往也只是取其與我所欲闡述的詩歌中之感發生命有關的部分而已，而並不是全面的對詩人之為人與生平的敘述和考證。即如我在《迦陵談詩》中〈從「豪華落盡見真淳」論陶淵明之「任真」與「固窮」〉一文中，便是想要從陶淵明之為人的「任真」與「固窮」兩點特質，來說明其詩歌之「真淳」的特質，在〈說杜甫贈李白詩一首〉一文中，也是想從李白這一位天才詩人之飛揚、掙扎與殞落的一生，來說明其詩歌中所傳達的感發之生命的特質。在〈論杜甫七律之演進及其承先啟後之成就〉一文中，則是想從杜甫之集大成的容量與健全之才性，來說明他之所以能在七言律體方面有如此之拓展與成就的基本因素。至於《迦陵談詩》所收錄的，我論及李商隱詩的二篇文稿，則所論的雖是同一位詩人，而我所採用的方式和角度，卻也各有不同。在〈從義山嫦娥詩談起〉一文中，我對於詩人李商隱之生平與為人，可以說是全然未曾敘及；在〈舊詩新演：李義山燕臺四首〉一文中，則我雖然曾經對於李商隱寫作此四首詩之時、地與人，做了一番探討的工作，但結果卻又把這些探討的資料全部加以揚棄，而並未曾用之為立說之依據；只有在另一篇〈李義山海上謠與桂林山水及當日政局〉一文中，我才不僅對李商隱寫作此詩之歷史背景與地理環境，做了詳細的探討和說明，而且也曾利用這些資料，來作為解說分析此詩之重要依據。其所以有如此之差別者，一則雖是由於我自己寫作之態度與方式的轉變，再則也是由於李商隱寫作此三篇作品時，其寫作之心態本來也就有所不同的緣故。先就我自己來說，如我在前文所言，我在寫有關〈嫦娥〉詩的一篇文稿時，原只是「為己」的欣賞，而並無「為人」之意，我對〈嫦娥〉詩之解說，雖自信大體不失詩人之本旨，然而卻並未曾想到要把詩人之生平與為人敘寫一番，來作為取得別人信服之依據。其次再就作者李商隱而言，我想這一首詩也只是詩人偶然抒感的一首小詩，並沒有什麼牽涉其生平及歷史的重大事件，所以無須對作者之生平與為人的資料多做考證。至於其他兩篇文稿，則我便都不免存有一些想要取得別人信服的「為人」之意了，只不過因為李商隱寫作此二詩時之背景與心態又各有不同，因此我在評說此二詩時，便也不得不採用兩種不同的處理方式。〈燕臺〉四首之主旨，據我在該文中之考證，大約可能有兩重含意：其一是李商隱對其一生棲遲幕府之身世的悲慨；其二則是對其平生未能一得知遇的哀傷。至於〈海上謠〉一詩，則就其寫作之時間與地點而言，便似乎除去詩人自我之悲慨與哀傷以外，還更有著一分對當時朝廷政局之託諷的隱喻。因此李商隱在〈燕臺〉四首中，便可以全以感性為主，做主觀感情之發抒，而在〈海上謠〉一詩中，則因為涉及時政的關係，便不得不有心做一種隱晦的暗示的安排，所以當我解說〈燕臺〉四首時，我雖然也做了一番知性的考察，但這種考察卻只是為了證明這些知性的資料，有時並不能完全據以為立說的根據，有些詩歌是只能從感性去對作品中感發之生命加以探索體認，而並不宜於指說的。但在說〈海上謠〉一詩時，我便不得不根據一些知性的資料，來對作者詩中有心的安排和用意，去做一種辨析和說明。我對此二詩的兩種不同的評賞方式，可以說就是針對著此二種性質不同的難解的詩歌，所提出的兩種說詩方式之新嘗試。總之，以上所舉之種種例證，都足以說明我在採用知性的「傳記的」資料時，其目的也依然是在「詩」而不在「人」，我對作者的敘述主要是想為感性的欣賞提供一些可以參考互證的資料，這是我在寫評賞詩歌之論文時所結合的第一種知性的傾向。

其次再就「史觀的」方面來談，在《迦陵談詩》一書所收錄的一些文稿中，如〈中國詩體之演進〉及〈談古詩十九首之時代問題〉二文，其為純屬於知性的有關文學史之討論，固屬顯然可見，此外如〈幾首詠花的詩和一些有關詩歌的話〉及〈論杜甫七律之演進及其承先啟後之成就〉二文，則前者是在感性的賞析中結合有屬於知性的史觀的討論，後者是在知性的史觀的討論中，結合有對於作品的感性的欣賞。這三種不同性質的分別，對我而言，其實也並非有意為之，只不過因為寫作時之動機不同，所以就自然形成了這種不同的差別。如我在前文所言，我在過去的寫作與教學，原都是偏重於感性之欣賞的，在課堂上雖因教學的需要，有時不得不對文學史的知識加以介紹和說明，但在寫作時，卻一向不願寫這一類只屬於知識之整理的文字，然而卻因了某些機緣的巧合，我在臺灣大學教書時，曾經被邀參加過一些詩詞的講座及電視教學的節目，因為並非學校中的正式課程，講授之時間有限，有些屬於文學史的知識來不及仔細說明，於是就寫了一些有關的資料，以備聽講者的參考，這就是《迦陵談詩》中所收的〈中國詩體之演進〉及〈談古詩十九首之時代問題〉二篇文稿之寫作的由來。因此這二篇文稿可以說只是有關文學史的知識的整理，雖並非我的用心之作，但卻是講課時必要的參考，這種情形恰好也就正說明了，感性的欣賞也仍需有知性的史觀作為基礎之重要性。至於其他二篇文稿，則〈幾首詠花的詩和一些有關詩歌的話〉一文，其寫作之動機可以說是與〈從義山嫦娥詩談起〉一文頗有相近之處，都是由於一點偶然之觸發。不過〈嫦娥〉一文之觸發，是由於李商隱的一首詩歌，而〈詠花的詩〉一文之觸發，則是由於大自然之真正的花朵。當時我住在臺北的一幢宿舍中，院內臨窗有一株茶花，這種花不像春天之桃李的隨風零落，而是由含苞而開放而逐漸憔悴在枝頭。其由盛而衰，而鮮美而至於黃萎的生命之歷程，曾經給予我極深刻的印象和感受。因此我遂由此而聯想到了一些詠花的詩句，也似乎恍然對於古人所謂「悲落葉於勁秋，喜柔條於芳春」的「物色之動，心亦搖焉」的道理，更有了較多的體認，於是遂想到了「心」與「物」相感發之關係。又由這些詠花詩所表現的心與物之關係，體會出了中國之古典詩歌在內容情意方面及表現技巧方面，對這種心物相感的敘寫，隱然有著一種由簡單而漸趨於繁複的過程，因而我遂在本文的寫作中，採取了一種歷史的觀照的眼光，而當我寫作了這篇文章以後不久，我偶然閱讀王國維先生之《觀堂集林》中的〈肅霜滌場說〉一文，見到王國維所敘寫的由於見到「九十月之交，天高日晶，木葉盡脫，因會得『肅霜』『滌場』二語之妙」數語，想到自己也曾由所見之茶花而寫了〈詠花的詩〉一文，也就使我對於此種以感性與知性相結合的研讀態度，有了更大的興趣和信心，所以我以為此文之寫作，可以說原來也仍是由感性出發，只不過是在感性的欣賞和分析中，自然體會出了一種可以知性為歸納的歷史的觀照而已。至於〈論杜甫七律〉一文，則雖然從表面看來，也是一篇屬於以感性之賞析與知性之史觀相結合的文字，然其寫作之動機與態度，則實在與前篇〈詠花的詩〉一文有著很大的差別，前篇雖結合有知性之史觀，然而其引發起寫作之動機者，卻仍是由於一種感性的觸發，雖有屬於「為人」的分析和說明，但基本上卻仍是一種「為己」的自抒所感的作品，所以我在該文中解說〈苕之華〉一詩，及〈落花〉兩首七律時，便也曾如同我在說〈嫦娥〉一詩時一樣，投注有我自己在經歷憂患之後的一種主觀的感性的情意，可是〈論杜甫七律〉一文，則雖然在徵引詩例之解說中，偶然也仍有感性之賞析，但卻很少滲入有任何主觀的情意。而且就寫作之動機與態度而言，則更已是完全屬於客觀的，為人的，以知性來寫作的文字了。原來當日臺灣在六十年代初期，曾經因為受到歐美文學潮流之影響，而一度流行過所謂現代詩的寫作，這一類詩歌常以句法之顛倒錯綜，以及意象之超越現實，為創作之風尚，因而在社會中頗引起了一些爭論。我個人的看法以為，此種寫作方式，一方面固然確實可以傳達出某種幽隱複雜難以常言敘寫的情思，而造成一種特殊的創作效果。但另一方面卻也使得一些浮誇的盲目追求新異的人，因而取得了一種可以用晦澀艱深來文飾其空虛淺陋的手段。而這時我正在臺灣大學講授杜甫詩，想到杜甫晚年所寫的一些凝鍊精深的七言律詩，如〈秋興〉諸作，過去也曾經被某些編寫詩史及文學史的人譏諷為「難懂」、「不通」，以為這些詩「全無文學價值」，這種情形，遂引起了我想要將杜甫詩歌中一些晦澀艱深之作取為例證，來藉之對於當日臺灣現代詩之得失，以及其在新詩發展中之地位一加探討的意念，而且以為如果能以杜甫的〈秋興〉為例證，對其句法與意象之凝鍊精深的成就略加分析和說明，不僅可以對於當時在臺灣寫作現代詩的詩人，提供出一些可資參考的借鏡，而且也可以對當日有關現代詩的爭論，提供出一些比較公正的看法。像這樣的寫作動機，其全屬於「為人」而並非「為己」，自屬顯然可見。而為了要達到此種「為人」之目的，因此我遂不惜辭費地，對於杜甫詩中七律一體之繼承、演進、突破與革建的種種經過，以及〈秋興〉諸詩中之句法突破傳統與意象超越現實的諸種成就，都曾詳細加以敘述，以為如此才可以使人能夠明其流變而知所去取。因此關於這篇文字的寫作，我所採取的可以說是一種以文學演進之史觀，與文學個體之賞析相結合的寫作方法。如果把這篇文字之寫作的動機與方法，和前一篇〈詠花的詩〉之寫作的動機與方法放在一起來看，則我們便可以發現，無論是自「感性」出發，或是自「知性」出發，也無論是「為己」之作，或是「為人」之作，只要我們想對某一種文學現象做深入的探討，便自然會形成一種「史觀」的需要。因為天下任何事物都沒有無本之學，所以在文學的欣賞和批評中，「史觀」便自然要占有一個重要的位置，這在我國的文學批評史中，原來也很早就有人注意及之了，即如《詩品》與《文心雕龍》這兩部文學批評名著，便都曾表現了明白的「史觀」，《詩品》之〈序〉與《文心雕龍》之〈時序篇〉，固然是其論詩之著重「史觀」的極好的例證，而《詩品》之作者鍾嶸對各家詩人論評之首標其源流的作法，也足可見到他對於文學之演進與繼承之關係的「史觀」之重視。因此我在本書〈鍾嶸詩品〉一文中，便曾分別舉引過清代之章學誠及近人陳延傑與傅庚生諸人之說，以表明鍾嶸的詩論中對於重要的詩人所指出的淵源流派，其「明其流變」、「溯厥師承」之功是不可沒的。因為無論是任何作品，都要能將之置於歷史演進之長流中，然後方能更正確地認識此一長流之趨勢，以及個體的作品在整體中之關係、比例、與其真正之價值。所以我在自己所寫的評賞詩歌的文字中，便也經常提出一種「史觀」的看法，這正是我所結合的第二種知性的傾向。

其三再就「現代的」方面來談。要想談論此一方面之問題，首先我們就需要對「現代的」一辭給予一個明確的義界。所謂現代的 (Modern) 這個辭語，在歐美文學批評的特殊用語中，其實並不專指歷史上的某一時期，也不是近代或當代之意，而是指的自十九世紀末期以來到二十世紀中期，在歐美所發展形成的一種寫作的風氣。此一風氣曾經受有佛洛依德 (S. Freud) 與榮格 (C. Jung) 之心理學，及存在主義哲學 (Existentialism) 之影響，在內容方面重視意識流與下意識之活動，在表現方面重視象徵、聯想與暗示的作用。在當時的歐美文壇上，很多詩人、小說家、劇作家都曾在他們的作品中留下過此種影響的痕跡。而當日的文學批評界，也在此種風氣之影響下，形成了一種所謂新批評 (New Criticism) 的學派。此一學派的人物，主要以藍色姆 (J. C. Ransom)、泰德 (Allen Tate)、華倫 (R. P. Warren) 及布魯克斯 (Cleanth Brooks) 諸人為主，而所謂「新批評」則主要由於藍色姆之一本著作《新批評》(*The New Criticism*) 而得名。他們並沒有什麼固定的理論體系，而主要是表現對於舊傳統的保守的批評的一種反抗，他們反對用文類 (genre)、情節 (plot)、人物 (Character) 等作為衡量文藝之標準，而主張以細密的方法對文學作品本身取一種客觀的研析，他們認為對於文學作品中的語言作精密的探討，可以發現其所含容的內在價值和意義。此種批評風氣自一九四一年藍色姆之《新批評》一書刊出以後，曾經盛行一時，但究其源流則早在二十世紀二十年代中，英國一些學者的著作如李查茲 (I.

A. Richards)的《文學批評原理》(*The Principles of Literary Criticism*)及恩普遜(William Empson)的《多義七式》(*Seven Types of Ambiguity*),以及艾略特(T. S. Eliot)和龐德(Ezra Pound)的一些著作,實在都曾對新批評之形成產生過相當的影響。而在五十年代後期及六十年代初期的臺灣,恰好有一些大專學校的師生陸續創辦了幾種文藝性刊物,如《文學雜誌》、《現代文學》、《劇場》等,對於歐美現代派的作者及新批評的理論,做了不少翻譯和介紹的工作,於是臺灣便也出現了一股所謂「現代風」的潮流。此所謂「現代」便是兼指前所舉之號稱「現代」的創作風氣與號稱「新批評」之文學理論而言的。我當日既是身在臺灣,因此便也曾被此種風潮所波及,所以在寫作中便也偶或採用一些所謂「現代的」批評理論,即如我在《迦陵談詩》中〈一組易懂而難解的好詩〉一文中之談到詩歌之「多義性」與感情的基型;在〈論杜甫七律之演進及其承先啟後之成就〉一文中之談到杜甫〈秋興〉諸詩之「句法之突破傳統」與「意象之超越現實」;在〈舊詩新演:李義山燕臺四首〉一文中之著重詩歌中之意象與用字之感性的分析,並將李商隱的詩與卡夫卡(Franz Kafka)的小說相比較;在〈從比較現代的觀點看幾首中國舊詩〉一文中之提出「意象」、「架構」、「質地」三者作為賞析詩歌的標準;在〈詠花的詩〉一文中之稱述兩首〈落花〉詩之「偏重感覺」與「超越現實」的成就;在〈由人間詞話談到詩歌的欣賞〉一文中之提出「欣賞者之聯想的自由」，凡此種種可以說都是與歐美的現代派新批評之理論有著相合之處的。不過我在自己作品中所流露的現代觀，與臺灣當日文壇上的現代風，卻又頗有一點不同，首先是臺灣的現代風在開始時，大多以年輕人為主，他們所熱心的乃是對西方之作品及理論的譯介，並在詩歌與小說方面從事創作的嘗試。至於如我一樣用現代觀來評析古典詩歌者，則還極為少見。其後到了六十年代的後期及七十年代的初期，則使用現代觀來評析古典詩歌者乃突然盛極一時，於是就有熟識的人同我開玩笑，說我是這種風氣的始作俑者，但其實我之偶用現代觀來評析一些古典詩歌，與後來一些人之專用現代觀來評析古典詩歌的作品，在很多方面都是有所不同的。第一是學習背景的不同，我自己首先要承認，我幼年時所接受的原是完全傳統式的舊教育，其後在大學裡面所讀的也是中文系，因此對於西方的文學理論並沒有什麼廣泛深入的研究，這與一些曾在國外留學專攻英美文學的學者們相比，其學習背景自有很大的不同。其二是方法的不同，精通英美文學理論的學者們，他們常是在心中先有了一套西方的理論模式，然後再選取中國古典詩歌中某些看來性質相近的作品，將之納入於西方的模式之中，而我的寫作則常是先有一種「為己」或「為人」的動機，以自己所要表達的情思意念為主，而並沒有什麼先入為主的理論盤據在心。只不過在寫作的進行中，也常不免需要些理論的說明，在這種情形下，便有時會發現西方的某些理論觀念和批評術語，使用起來頗有方便之處，因此便有時偶或也掇拾一些西方現代的評論寫入自己的文字之中。這與那些有心要標舉西方理論的作法，當然也有很大的差別。其三是態度的不同，深於西方理論的人，常有先入為主的觀念，往往想把西方的理論奉為圭臬；而我自己則因為曾深受中國傳統之影響，所以對於西方理論中之與中國傳統不盡相合者，便不免要提出異議。即如在西方現代詩論中，艾略特 (T. S. Eliot) 及衛姆塞特 (W. K. Wimsatt Jr.) 諸人所曾提出的「泯除作者個性」(Impersonality) 及「作者原意謬論」(Intentional Fallacy) 等說法，當日在臺灣原也曾頗為盛行，但我在《迦陵談詩》中〈從比較現代的觀點看幾首中國舊詩〉一文中，則雖然也曾引用了一些西方現代的觀點，作為評說中國古典詩歌的依據，可是卻依然堅持作者之為人與生平，對於詩歌的創作和欣賞有極為重要的關係。以為如果不能深刻正確地認識到陶淵明、杜甫、李商隱三家的性格、為人和遭遇，就難以對他們的詩歌做出深刻正確的了解和評價。又如在〈論杜甫七律〉一文中，我一方面雖然也曾提出「句法之突破傳統」與「意象之超越現實」兩點現代的表現手法，以為臺灣現代詩的寫作也未嘗不可以在這方面加以嘗試和開拓，但另一方面，我卻並不以為中國的詩歌也一定要模倣與西方此種現代表現手法相伴以俱來的那種虛無病態的內容。因此我才舉出杜甫的〈秋興〉諸詩作為例證，用以說明這兩種所謂「現代的」表現手法，在中國古典詩歌中原來不僅是早已有之，而且也可以用之來表現健康博大正常的內容，而不必一定要模倣西方現代詩之虛無與病態。再如我在〈一組易懂而難解的好詩〉及〈由人間詞話談到詩歌的欣賞〉二文中，雖然也曾提出「詩歌之多義性」，及「讀者聯想之自由」，與西方現代的詩論也有相合之處。但另一方面我卻也常想為所謂「多義」與「聯想」加以一種合乎中國傳統的正當的規範。因此我在〈一組易懂而難解的好詩〉一文中，雖也標舉「多義」，但在解說時卻也仍儘量想求其所說之各有依據，而使之不致流為無本之妄言，而在〈由人間詞話談到詩歌的欣賞〉一文中，雖也標舉「讀者聯想之自由」，卻同時也提出了在《人間詞話》中凡以聯想立論之處，都隱然有一個「通古今而觀之」的「不離其宗的途徑」。凡此種種，都足以說明我雖然也引用西方現代之詩論，來賞析中國古典之詩歌，然而卻並未曾使之成為奪主之喧賓，而是欲使之為我所用，成為我在表達自己之情思意念時的一種便於使用的方式，因為西方之長於思辨的理論與精密的批評術語，確實有值得採用參考之處，所以我在自己的寫作中，便也經常引用一些現代的理論和術語，這是我所結合的第三種知性的傾向。

從上面所敘寫的我在評賞中國古典詩歌時所結合的三種知性的傾向來看，前二種所謂「傳記的」與「史觀的」論點，自然應該是屬於中國傳統詩論中早已有之的舊觀念，而所謂「現代的」論點，則應是屬於西方詩論中的新觀念，但其實這種區分只不過是外表的區分而已，因為事實上我對古典詩歌的評賞，一向原是以自己真誠之感受為主的，無論中西新舊的理論，我都僅只是擇其所需而取之，然後再將之加以我個人之融會結合的運用，即如對於所謂「傳記的」知性的資料，我便既不贊成中國舊傳統之以「人」之價值來取代或影響「詩」之價值的批評標準，同時也不同意西方新批評之「泯除作者個性」及「作者原意謬論」等將寫詩之「人」完全抹煞的看法，我所提出的評賞方式是要從「人」的性格背景，來探討「詩」中「能感之」的一種重要的質素，從而對詩歌本身做出更為深刻也更為正確的了解和分析。又如對於所謂「史觀的」知性的資料，我也並非僅做知識的歷史性的敘述和整理，也並非對作家之傳承做推斷之專指，我所要做的是想對詩歌之內容情意與表現方式，也就是對詩歌中「能感之」的因素，與「能寫之」的因素，加以較具系統的整理，將這些因素在中國古典詩歌中之運用及表現做一種歷史性的觀察，希望能從而看出一種如何發展演進的跡象。再如對於所謂「現代的」知性的資料，則我之所取更是但擇其合於我之所需要者而已，此一點在前文中已曾論及，茲不再述。另外我在此想略做補充說明者，則是我對西方文學理論所持有的一種求同存異的態度。我以為如果就人類所共有的基本心性言之，則中西之文學原有可以相通之處；但如果就社會、歷史、風俗習慣，及文學之傳統言之，則中西自然也有許多相異之點，我們既不可堅持古老之傳統故步自封拒人於千里之外，也不可迷信西方之理論俯仰隨人為削足取容之舉。即以前文所曾述及之西方新批評中之「泯除作者個性」與「作者原意謬論」諸說而言，這些理論用之於評賞中國之古典詩歌，就未免有不盡相合之處。這主要是因為中西方所謂詩歌之範疇及寫作之傳統，原來就有不盡相同之處的緣故。西方之所謂詩歌(Poetry)，在西方古代傳統中原是兼指史詩與戲劇而言的，其內容所敘寫自然不必與作者之性格生平有什麼密切的關係；而中國之古典詩歌則在傳統中原是以言志抒情為主的，則作者之性格生平自然與其作品之結合有密切之關係。而且以寫作之態度及方式而言，西方之詩歌似乎更重視理性之安排與設計，而中國之古典詩歌則似乎更重視內心直接之感發。中西方之詩歌既在範疇與寫作傳統中有如此種種之差別，因此針對西方之作品所形成的西方之詩論，自然有時就不能完全適用於中國古典詩歌之評賞，這一點當然是應該認識清楚的。但另外一方面則西方詩論中之所謂意象、聯想、結構、字質等，則都是屬於詩歌中之「能寫之」的重要因素，這些因素原為古今中外一切詩歌之所同具，即如在中國傳統文學批評中所曾涉及的神思、氣骨、格韻諸說，便都與文學中這些「能寫之」的因素有著密切的關係，只不過中國的一些批評術語常過於主觀抽象，缺少客觀理論的分析和說明。因此在評賞詩歌時，如果能確實認知中西方之詩歌在本質上的一些可以相通之處，偶爾選擇一些適當的西方之理論和術語，在立說方面便也有不少方便之處。不過有一些迷信西方術語的人，對於詩歌之本身並沒有什麼真知灼見，卻喜歡搬弄西方之術語，以自標新異為能事，有時就不免會流於虛妄和謬誤了，這其間的選擇與衡量之分寸實在極為重要，這一點自然也是應該認識清楚的。總之，我個人說詩之方式雖然結合有各種不同的知性的傾向，但基本上卻可以說仍是以自己之感受和體會為主的，這實在也並非是我一己之偏好，而是因為中國的古典詩歌也原來就是以感發之生命為主要之質素的緣故。所以我對於知性的資料，一向都是採取兼容並蓄的態度，只求其為我所用，而並不願為古今中外任何一種理論學說所拘縛；至於在感性的賞析方面，我所重視的則是想透過對於詩歌中「能感之」與「能寫之」諸種因素的分析，而對於詩歌中感發生命之質量及其獲致與傳達此種生命的經過和效果，都能有更深的體會和了解。不過因為我這些文字的寫作的時間地點不同，「為己」或「為人」的動機也不同，因此我在每篇文字中所結合的感性與知性的成分便也各有不同。一般而言，其感性成分之較多者，大約便較易於將詩歌中感發之生命做出更好的傳達，而且可以在讀者間引起一種生生不已的感動的效果，而其缺點則在於缺少知性的考證辨析的依據；至於知性成分較多者，則在考證辨析方面雖可以做出更細密的推論，但卻有時又不免反而斲喪了詩歌中感發生命之生生不已的生機。昔莊子曾以渾沌為喻，以為七竅鑿而渾沌死，因此所謂感性的欣賞，有時就要求欣賞者需要保持一種渾然完整之生氣。我個人回顧自己過去的作品，便也常感到七竅之鑿與渾沌之生往往有難以並存之勢。如何能夠做到七竅雖鑿而渾沌不死，使古今中外的知性資料都能在七竅之鑿中效其妙用，而卻仍能護持詩歌中感發之生命，使之在讀者之感受中不僅不受到斲喪，而且能得到更活潑更完美之傳達和滋長，這正是我過去所嘗試的途徑與今後所追求的理想。

以上是我對於《迦陵談詩》及本書中所收錄的各篇文稿之內容性質，以及我自己寫作之方式，所做的一點分析和檢討。下面我還想再簡單地做幾點補充說明：其一是我在〈詠花的詩〉一文中，曾經將陳寶琛所寫的兩首〈落花〉詩誤認為王國維之作，發現錯誤後我當時立即寫了〈由人間詞話談到詩歌的欣賞〉一文，在文中便已曾對此一錯誤加以聲明。但是後來在將〈詠花的詩〉一文收入《迦陵談詩》一書中時，我對原文中之錯誤，卻並未曾加以改寫，只不過將〈談到詩歌的欣賞〉一文仍然附在後面而已。我之將一篇有錯誤的文字屢次收入，其所以然者，主要是我以為在〈詠花的詩〉一文中，所討論的「心」「物」相感的關係，以及中國古典詩歌中情思與技巧之發展演進的過程，都是一些頗為重要的問題。而〈落花〉二詩作者姓名之誤植，則對於該文中所討論的主要意旨並無重大之影響，因此便在收入之時未加改寫。而且我既然已經在〈談到詩歌的欣賞〉一文中說明了此一錯誤，則同時將此一錯誤誠實地加以保留，不做遮掩隱藏之舉，則或者也尚不失古人所謂「君子之過如日月之食，其過也人皆見之」的遺意。其二我要加以補充說明的是在〈談到詩歌的欣賞〉一文中，我對「境界」一辭，曾經解釋為「具體而真切的意象之感受」與「具體而真切的意象的表達」，這實在是我當時對於「境界」一辭之最初步的了解，其後我在〈對人間詞話中境界一辭之義界的探討〉一文中，又曾由「境界」一辭之出處及訓詁各方面考證，以為「境界」乃是以「感覺經驗」為主的，「境界之產生全賴吾人感受之作用，境界之存在全在吾人感受之所及」，因此外在世界在未經過吾人感受之功能而予以再現時，並不得稱之為「境界」（請參看拙著《迦陵論詞叢稿》中所收錄之此一篇文稿）。這種說法主要是根據「境界」一辭的佛典之出處而言的。其後我又偶然讀到一些有關西方哲學中現象學派之論著，發現與「境界」之說也頗可互相參考。現象學（Phenomenology）最早興起於十九世紀末期的歐洲，胡賽爾（Husserl）、海德格（Heidegger）、沙特（Sartre）、馬盧龐蒂（Merleau-Ponty）諸人之學說，都與此一學派有著重要的影響和關係，而近年來歐美文學批評界也因為受到此一學派之影響，形成了一種所謂現象學的文學批評成為結構主義以外之另一重要思潮。如英格登 (Ingarden) 及杜夫潤 (Dufrenre) 等人，便都是此一批評思潮中之重要作者。現象學派的主張是重視意識 (Consciousness) 對客體 (Object) 之經驗，以為任何客體縱使存在於時空之間，但若不經由意識之感知，則不能產生任何意義。這種說法與我為「境界」一辭所下的義界實在極為相近。此一相近之情形，最足以證明我在前文所說的，就人類基本之心性言之，則中西方原有可以相通之處。前幾年臺灣刊物中曾有人為文批評王國維之「境界」說，以為並無新意，而近來又有人為文介紹西方現象學之說以為新潮。其實王國維之長處便正在於其能以自己之博學深思直悟一種最基本最重要的文學中之義理，而並無待於借用西方新異之說方以為高也。不過另一方面則我們當然也不得不承認西方理論之細密，確實有足供參考互證之處，因此我願在此對王國維《人間詞話》所提出的「境界」之為義，再做此簡單之補充說明，以為東西方之文學批評可以有會通之處的又一例證。其三我要加以說明的是，《迦陵談詩》及本書中所收錄的各篇文稿，其注釋之有無詳略頗不一致，造成此種情形的原因，主要是由於寫作態度與寫作環境都有所不同的關係。我開始從事於寫作評賞詩歌之文字，蓋正當我經歷過一段憂患生活之後。當時我們全家初從臺灣南部遷來臺北，我所有的書籍既都在憂患流轉之中遺失，居住的地方也極為狹隘，在一幢與別人合住的日式宿舍中，我與外子及兩個女兒只有一間六席的臥室，放了一張雙人床及一張上下兩層的窄竹床，便再沒有空地可以放桌子，只好把一張像學生課桌大小的桌子放在走廊，我坐的椅子前面兩條腿放在走廊地板上，後面兩條腿就落在臥室的草席上。在這種環境中，各種條件都不允許我在寫作時做博覽詳察的參考，而在心情方面我也並沒有什麼想要著書立說的偉願，只不過因為有些雜誌向我索稿，我便也偶然借機抒寫一些讀詩的心得感想而已，我在前文所提到的那些屬於感性的為己之作，大概就都是此一時期的作品，而這些作品大都是沒有任何注釋的。其後我來到國外，既為了在學術界謀生的需要，也為了想到傳承的責任，加之又有了很方便的閱讀環境，因此才開始寫作比較嚴肅的論文，我在前文所提到的那些屬於理性的為人之作，大概就都是此一時期的作品，而這些作品則大多是附有詳細之注釋的。如果用莊子所說過的「魚」與「筌」來做比喻，那麼我可以說我以前所寫的那些為己之作，只是我自己得魚之後的品味和欣喜，至於捉魚的筌或網，則早已不知遺忘何所了；而後來所寫的一些為人之作，則不僅是自己有心要編織出一具精密的筌或網來供捉魚之用，而且還想藉此來提供給年輕人一些捉魚的方法。這便是二書中所收錄的文稿其注釋之有無與多少頗不一致的主要原因。本來也曾有朋友勸我把一些文稿補加注釋，以求其整齊劃一，但我以為不同之體式既可以表現不同之風格，而且也可以反映我過去寫作時不同之態度與環境，一加補充及改訂，或者反不免有失真之虞，遂決定全部一仍其舊，而不復作畫蛇添足之舉，謹在此略做說明，希望能得到讀者們的諒解。

一九八二年十二月卅一日午夜寫畢於溫哥華

禪與老莊

吳怡

「本來無一物，何處惹塵埃？」由慧能開創出來的中國禪宗，實已脫離印度禪的系統，成為中國人特有的佛學。本書以客觀的方法，指出中國禪和印度禪的不同，並且正本清源，闡明禪與老莊的關係，強調禪是中國思想的結晶，還給禪學一個本來面目。

白萩詩選

白萩

本書乃白萩《蛾之死》、《風的薔薇》、《天空象徵》三本詩作的精選集，收錄了八十三首創世名詩：以圖像自我彰顯的〈流浪者〉、探究存在主義的〈風的薔薇〉、不斷追逐的〈雁〉、一條蛆蟲般的〈形象〉、舉槍將天空射殺的〈天空〉、直探生死議題的〈叫喊〉……，每一首皆是跨越時代、膾炙人口的經典之作。

肚大能容——中國飲食文化散記

逯耀東

逯耀東教授可說是中國飲食文化的開拓者，將開門七件事——油、鹽、柴、米、醬、醋、茶等瑣事提升到文化的層次。透過歷史的考察、文學的筆觸，與社會文化變遷相銜接，烹調出一篇篇飄香的美文。

小歷史——歷史的邊陲

林富士

小歷史的範疇包羅萬象，社會的邊緣人物如童乩、女巫、殺手，被視為奇幻迷信的厲鬼、冥婚、鬼婚，關乎頭髮、人肉、便溺、夢境的另類研究主題，都是值得關注的焦點。當你進入小歷史的世界，探訪這些前人足跡罕至的角落，你將會發現，歷史原來如此貼近你我。